비너스에게

비너스에게

권하은 장편소설

|주|자음과모음

땅은 아직 평평하고 불 구름이 떠 있던 그때
(……) 그때는 세 개의 성性이 있었는데
두 남자가 서로 등이 붙은 것 같은 해의 아이들,
비슷한 모양과 크기의 땅의 아이들
그들은 두 여자가 하나로 합쳐진 것 같은 모양이었어.
그리고 달의 아이들이 있었지.
숟가락과 포크가 합쳐진 것처럼
한쪽은 해, 한쪽은 땅
한쪽은 여자, 한쪽은 남자
사랑의 기원

— 헤드윅 OST 〈Origin Of Love〉에서

차례

사랑은 어디에서 올까	9
망상의 끝은 괴로워	31
낙오자가 되는 건 싫어	59
세상 모두를 사랑할 수 있는	79
오맙또 프라이데이	99
일상의 틈새	125
뽈로 받는 날	151
경계인	171
위로를 주고받기	195
달려라 달려 달	221
사랑의 밤	245
해설 '다름'과 '틀림' 사이에서 길 찾기	정여울(문학평론가)	261
작가의 말	283

사랑은 어디에서 올까

비너스에게.

무슨 말을 먼저 해야 하지.

우선…… 이름은 강성훈이고 열여덟 살이라는 사실. 엄마와 둘이 살고 있으며 아버지는 없어. 단둘뿐이어서 그런지 엄마와 내게는 아주 여러 가지 추억이 있는 것 같아. 그 추억을 차지하는 대부분의 기억은 주로 엄마가 내게 소리를 지르며 엉덩이를 때리거나 뒤통수를 후려갈기는 장면들. 엄마는 성질이 급하고 다혈질이라 별로 참을성이 없고, 나는 끈질기고 고집이 세서 우리 모자는 늘 으르렁거리며 싸우거나 물고 뜯으며 많은 시간을 보내야 했어. 어렸을 때야 내 힘이 엄마보다 약하니 늘 형편없이 두드려 맞다 끝내는 굴욕적인 울음을 터뜨리며 끝났지만, 내가 초등학교 5학년이 되었을 때쯤엔 내리치는 엄마의 팔뚝을 붙잡고 "이제 그만 하시죠"라고 멋지게 말해줄 수 있게 되었어. 물론 엄마는 옆에 있던 진공청소기를 집어들어 내 머리통을 후려쳤지만.

그 이후로 나는 키가 점점 더 자라났고 힘도 세지게 되었어. 그래서 이제는 엄마가 진공청소기로도 후려칠 수 없을 만큼 머리가 높게 솟아 있어서 엄마는 하이킥이나 익혀야 내 머리통을 갈길 수 있게 됐지. 내 엄마로 말하자면 기꺼이 하이킥을 날리고도 남을 여자이니 내 키가 커졌다고 방심할 수는 없어. 하지만 우리 모자의 최근은 매우 평온하고 다정하기까지 했어. 그 말은 내가 엄마를 그렇게까지 화나게 하지 않을 정도로는 철이 들었다는 뜻. 만사가 이렇게 잘 풀리기만 한다면야 얼마나 좋겠어.

친구들이 여자애들의 뒤꽁무니를 쫓아다니기 시작하고, 또 여자애들이 나나 내 친구들을 쫓아다니기도 하고, 내게도 가끔씩 미팅이며 소개팅 제의가 심심찮게 들어와서 예쁜 여자애, 멋진 여자애, 귀여운 여자애, 명랑한 여자애, 침울한 여자애, 통통한 여자애, 말라깽이 여자애 등등을 모두 만나보았지만 나는 누구에게도 마음이 가지를 않았어. 아니, 마음이 가지 않는 정도가 아니라 어색하고 불편하기만 했어. 솔직히 나는 걔네들의 가슴이나 엉덩이, 가느다랗고 높다란 목소리에서 아무것도 느낄 수가 없었어. 가슴이 유난히 큰(완전 수박만 했어) 여자애가 내 팔뚝을 잡은 적이 있었는데, 섬뜩했어. 그러고는 온몸에 소름이 돋았지.

내가 노력을 해보지 않은 건 아니야. 취미나 기호가 비슷하고 성격도 잘 맞는 어떤 여자애와 한동안 교제를 한 적이 있었어. 나는 전혀 모르겠지만 친구들 말에 의하면 성격이 고약할 것 같은 (사실 그 녀석들이 착해 보인다는 건 예쁘다는 말이나 마찬가지고, 인상이 고약하다는 건 못생겼다는 뜻) 인상의 여자애였지. 날더러 하필 왜 그런 애를 만나냐고 모두들 고개를 갸우뚱했지만 나는 적어도 그애랑 있을 때는 마음이 불편하지 않았어. 우리는 가끔 만나서 맛있는 것을 먹기도 하고, 영화를 보거나 함께 도서관에서 공부를 하기도 했어. 어느 날 그애가 슬쩍 내 손을 잡았을 때도 참을 만했고, 발이 걸려 넘어지는 척하며 안겨왔을 때도 견뎠지. 문제는 우리가 교제한 지 3개월 정도 되었을 때 생겼어. 주말에 그애의 집에 초대를 받았는데, 하필 부모님이 모두 집을 비운다는 거였어. 나는 정말로 얼마나 불안하고 무서웠는지 몰라. 친구들에게 조언을 구해보았지만 그 녀석들의 한결같은 대답은 "GO, GO!"였다고.

내 인생 최대의 시련에 부딪혔으니 나는 사실 엄마에게 조언을 구해야 옳았을 거야. 하지만 내가 어떻게 엄마와 그런 대화를 나눌 수 있었겠어.

"저기요, 엄마. 할 말이 있는데요. 여자친구가 덤벼들까봐 겁나요. 어쩌죠?"

그럼 엄마는 뭐라고 했을까. 아마도,

"아들. 가서 네 할 일을 하거라."

그랬겠지. 우리 엄마라면 그런 말을 하고도 남을 거야.

그래서 나는 주말에 피자 한 판과 콜라를 사서 자전거에 싣고 그 애의 집 앞에서 어정거리고 있었던 거지. 나는 내 안의 두려움과 혼란을 다른 사람에게 들키느니 차라리 여자친구와 자버리겠다고 결심하는 그런 녀석인 거야. 초인종을 누르고(손에서 식은땀이 나고 있었어), 영화, 드라마, 소설, 만화를 통해 숱하게 보아왔던 남녀 간의 낭만적인 장면을 떠올리며 그애와의 상황을 시뮬레이션해보고(몸이 덜덜 떨리기 시작했지), 나는 할 수 있다고 수없이 되뇌며(속이 울렁거렸어) 영원 같던 1분이 지나고 마침내 그애가 나왔어. 함께 있으면 마음이 더없이 편한 내 여자친구. 나는 피자 상자를 그애 앞으로 내밀다가 그 위에 토하고 말았어. 마침 피자를 받아들려고 내밀었던 그애의 손에 내 아침식사의 내용물이 몽글몽글 쏟아져 나왔지. 하아…….

난 전속력으로 되돌아나와 자전거 안장에 올라탄 후 야생마를 모는 기세로 페달을 밟아 그곳을 빠져나왔어. 그것으로 끝이었어.

비겁한 짓이라는 건 알았지만, 나는 여자애에게 관심 있는 척하는 것을 멈출 수 없었어. 사실 친구녀석들이 늘 여자 얘기만 하는 건 아니었고, 다들 자기 공부로 바빠 그럴 수 없기도 했지만, 나는 가만있으면 있을수록 나 자신이 투명해지는 것 같아 무서웠어. 부지런히 거짓말을 하고, 과장되게 팔다리를 허우적거리며 내 모든 관심사가 여자에게 있는 양 가식을 떨다보면 나도 내 정체를 모를 정도로 뿌옇게 흐려져서 안심이 됐지. 내가 어떤 놈인지 나 자신도 모른다면 남들도 그러지 않을까 하고. 영원히 그렇게 희뿌연 존재로 살 수 있다면 그것도 괜찮지 않을까 생각했어. 자신을 전혀 다른 무엇으로 가장하는 건 생각보다 어렵지 않았고 곧 익숙해지기도 해서 내 가장술은 둔갑술의 경지에 이르러 어느새 벌써 몇 명의 여자와 이런저런 체위를 구사해본 '경험자' '바람둥이' '가벼운 녀석'이 되어 있었어. 다시 한 번 말하지만 그건 어려운 일이 아니었어. 하지만 가슴 한쪽이 쿡쿡 쑤셔대더니 모든 것이 무거워졌어. 악의 없는 순진한 친구들이 버거워지고 학교에도 가기 싫어졌지. 뭔가가 잘못되고 있었던 거야. 그것만큼은 확실히 알 수 있었어. 하지만 그렇다 한들 내가 뭘 어쩔 수 있었겠어.

　그를 본 건 순식간이었어. 그는 얼굴을 비스듬히 돌리고 친구들과 이야기를 나누고 있었어. 체육대회 중이어서 모두 체육복을 입고 있었지. 비너스. 누구에게나 그런 때가 있는 걸까? 한 사람의 몸짓이나, 실루엣, 분위기, 목소리, 심지어는 머리카락이 바람에 한들거리는 모양까지, 언젠가 한번은 꼭 보고 싶으나 가능할 것 같지 않아 아예 포기해버린 완벽한 모습을 실제로 보고 있는 비현실적인 순간. 운동장에서는 반 대항의 농구시합이 한창이었고 친구녀석들은 우리 반을 응원하느라 난리법석을 떨고 있었지만 나는 그에게서 시선을 뗄 수 없었어.

　그를 보면서 느끼는 감동은 예쁜 여자를 보면서 감탄하는 것과는 완전히 달랐어. 그저 잘생긴 것과 예쁜 것뿐이라면 마음을 움직이게 하거나 몸을 달아오르게 하지도 않아. 그럼 그건 뭘까. 그런 감동은 대체 어디에서 오는 거지? 우리 반이 2점 차로 뒤지고 있는 상황에서, 반에서 제일 키가 큰 녀석이 시합을 1초 남겨두고 3점 슛을 집어넣었고, 그래서 내 주위의 녀석들이 방방 뛰며 미친 듯 소리를 질러대고 시합 종료를 알리는 화약총 소리마저 들리지 않을 정도로 소란스러운 가운데 나는 그와 키스를 한다면 어떤 느낌일까, 라는 망상을 하고 있었어.

저녁밥을 고스란히 남겨 엄마를 놀라게 한 건 물론이고, 열에 들뜬 그날 밤 나는 거의 잠을 자지 못했어. 낮에 보았던 그의 모든 것을 열심히 되감고, 되감고, 되감다보니 나중에는 기억이 긁혀버렸는지 자꾸만 엉뚱한 망상들이 떠올랐어. 그와 손을 잡는다면, 내가 그를 안는다면, 그가 나를 안아준다면, 그리고 하아……. 나는 아직 아무와도 섹스는커녕 키스도 해보지 못했으니 더 이상의 구체적인 망상은 불가능했지만 그것만으로도 충분했어.

다음날 학교에 가서 조용히 탐문을 시작했어. 그는 나보다 한 학년 선배였고, 몇 반인지까지는 알아냈지만 더 이상은 오리무중. 선배는 지나치게 공부를 잘한다거나, 뛰어나게 운동을 잘한다거나, 알아주는 싸움꾼이라거나 하는, 후배들도 알 수 있을 만한 특별한 점이 없는 사람이어서 특히나 우리 학년 중에는 그를 아는 녀석을 찾을 수 없었던 거지. 별 소득 없이 며칠이 지나자 나는 초조해졌고, 결국은 조심성을 잃어버린 채 닥치는 대로 "이유는 묻지 말고, 3학년 3반에 대해 아는 녀석 없는 거냐?"라고 묻고 돌아다녔어. 그래서 결국 나는 몇 다리를 건너서야 간신히 그와 같은 반에 있는 형을 둔 녀석을 찾아낼 수 있었던 거야. 하지만 막상 그 녀석에게 접근해서 그에 대한 정보를 캐낸다는 건 생각보다 굉장히 어렵고 조심스러운 일이었어. 대체 뭐라고 하며 그에 대한 이야기를 물어야 하는 거야.

"나는 알바를 하고 있어."

내가 사준 와퍼를 와구와구 먹으며 그 녀석은 무슨 알바냐고 무관심한 어조로 물었어.

"고3 수험생들의 하루 일과를 설문조사하는 거야. 아는 형이 '우리나라 입시제도에 대한 고찰'이라는 주제로 박사 논문을 준비 중인데, 자료로 필요하댔어. 나는 장당 천 원씩 받기로 하고 이 일을 맡았어."

"헤에, 굉장하네, 그거. 나도 좀 나눠 하면 안 될까?"

이런 제기랄.

"음……. 그건 좀 그래. 단순한 설문이 아니라 일대일로 만나 자세한 상담을 해야 해서 많은 노력과 시간이 필요하거든. 그러니 장당 천 원은 사실 아주 싼값이라고. 나야 아는 사이니까 도와주는 거지 뭐."

"그렇군."

그 녀석이 콜라를 쪼옥 빨아먹으며 아쉽다는 듯 어깨를 으쓱했어. 나는 그 녀석에게 형을 통해 3반과 연결을 좀 해줄 수 있겠느냐고 물었어.

"절대 공부에 방해되지 않게 할게. 쉬는 시간에 잠깐씩 만나 이야기할 테니까."

"글쎄. 우리 형은 제멋대로라."

"와퍼 하나 더 먹을래?"

"형한테 말이나 한번 해보지 뭐."

내 걱정과는 달리 그 녀석은 햄버거 얻어먹은 값을 톡톡히 해냈어. 쉬는 시간에 와서 설문을 해도 좋다는 허락이 떨어진 거야. 하지만 "원하는 사람에 한해서"라는 단서가 붙었지. 만일 그가 이 일을 마뜩잖아 한다면 나는 관심도 없는 다른 녀석들의 하루 일과에 대해서만 잔뜩 들어야 할 판이었던 거야. 그 교실에 처음으로 가기 전날 밤 얼마나 긴장하고 떨었는지. 얼마나 행복하고 또 얼마나 불안했는지. 그쯤에서 한 번쯤 진지하게 생각했어야 했을 거야. 대체 그를 만나 뭘 어쩔 셈인가 하고. 하지만 나는 그 외에는 다른 아무 생각도 할 수 없었어.

*

"에, 그러니까 나는 말이다. 하루에 열두 시간씩을 앉아 있는 거야. 그러다보니까 치질에 걸렸어. 아마 우리나라 입시제도에 대해 논문을 쓰고 싶다면 먼저 항문외과를 찾아가서 치질 수술을 받은 고3 수험생이 얼마나 되나 반드시 연구를 해봐야 할 거야. 그리고 내 엉덩이를 좀 보라고. 이게 어디 한창 때의 열아홉 살 엉덩이란 말이냐. 어딜 봐도 직장 생활 20년차 정도 되는 만년과장쯤의 푹

퍼진 엉덩이 아니야? 그런데 열받는 건 얼마 전 담임과의 상담에서 내가 수도권 소재의 대학에는 도저히 들어갈 수 없다는 진단을 받은 거야. 이게 말이 된다고 생각하냐? 뭐, 그렇게 좋은 머리도 아니고 열두 시간 앉아 있다고 그 시간에 공부만 하는 건 아니지만 말이야, 그래도 술 담배도 안 하고 여자친구도 안 사귀고 딴짓 안 하고 한눈 안 팔고 앉아 있으라는 대로 치질까지 얻어가며 끈질기게 앉아 있으면 최소한 집에서 다닐 수 있는 거리의 대학 정도는 들어가게 해줘야지 말이야. 삶의 비애와 능력의 한계를 열아홉에 깨닫게 하는 이런 썩을 구조 아래서 과연 우리나라 청소년이 뭐가 될 수 있겠어? 응? 그런데, 너, 왜 받아적지 않는 거냐?"

제일 먼저 설문에 응하겠다고 나선 이 녀석. 과연 이런 수상쩍은 일에 일순으로 선뜻 나설 만큼 괴이한 녀석이었어. 대체 자신의 치질 얘기까지 줄줄 늘어놓는 이런 녀석의 얘기를 받아적어야 하는 상황을 만든 나란 놈은! 이 녀석의 얘기에 진지하게 귀를 기울여주는 사람이 이 세상에 있기는 할까? 그렇게 생각하니 갑자기 안쓰러워지면서 녀석의 장광설이 조금은 견딜 만했어. 이제 녀석은 자기가 하루에 먹는 끼니의 수를 세고 있었지. 자신은 10대 청소년이 마땅히 누려야 할 여러 가지 것들을 금지당하고 억눌리는 바람에 그 욕구불만이 식욕으로 폭발하고 있다는 논리였어. 나는 녀석이 쏟아내는 말들을 열심히 받아적으면서 가끔씩 고개를 끄덕이기도 하고 진지하게 끄응~ 소리도 내가며 최대한 분위기를 맞춰줬어. 물론 그러면서도 그 녀석의 뒤에 옆에 뒤에 앉아 있는 그를 가끔씩 곁눈질로 훔쳐보았지. 그는 샤프를 손가락으로 뱅글뱅글 돌려가며 무언가를 집중해서 읽고 있었어. 고개를 숙이고 있어 찰랑거리는 앞머리가 쏟아져 내린 바람에 얼굴이 잘 보이지 않았어. 나는 애가 탔어.

비너스. 왜 사람은 누군가가 책을 읽고 있는 모습만으로 그렇게까지 마음이 흔들릴 수 있는 거지? 삶의 모든 것에 목적이 있고 의미가 있다면 이런 식의 감정 낭비는 대체 무슨 목적으로 생겨난 건지 대답을 좀 해줘. 난 정말이지 혼란스럽고 어지러워.

녀석이 자기는 대학에 합격하자마자 동정을 버릴 것이라 호언장담하는 순간 쉬는 시간이 끝났음을 알리는 종소리가 울렸어. 나는 메모지를 챙겨들고 일어났어. 나는 무의식적으로 그를 흘긋 쳐다보았고, 시선이 정면으로 부딪혔어. 그는 턱에 손을 고인 채 나를 흥미로운 표정으로 살펴보고 있었지. 나는 살짝 고개를 숙여 인사를 했고 그는 슬쩍 웃어주었어. 교실로 돌아오는 동안 나는 구름 위를 걷는 것만 같았어.

다음 쉬는 시간에 나는 메모지를 챙겨들고 다시 3학년 3반 교실을 찾아갔어. 설문에 응해온 사람은 안경을 낀 범생이 타입이었어. 그는 자신의 강박증에 대해 이야기했어.

"난 뭐든지 비교를 해. 성적 얘기가 아니야. 예를 들면 손톱 같은 거 말이야. 손톱을 깎고 나면 자를 가지고 길이를 재야만 안심이 돼. 그래서 가장 길게 깎인 손톱과 가장 짧게 깎인 손톱의 길이를 비교한 뒤에 날짜를 적고 공책에 적어놔. 라면을 먹을 때 면발을 일단 건져내서 접시에 늘어놓고 각각의 길이를 비교해. 그래서 가장 긴 면발과 가장 짧은 면발을 골라내어 기록하지. 그러다보니 항상 퉁퉁 불은 라면을 먹어야 해. 크기는 상관없어. 작은 건 작은 대로 큰 건 큰 대로 길이를 비교하고 싶어져. 요즘 내 가장 큰 욕망은 내가 살고 있는 아파트 단지의 실제 길이를 재고 싶은 거야. 아파트들을 볼 때마다 암벽을 등반하는 것처럼 기어 올라가며 정확한 센티를 재고 그 오차를 알아내고 싶어 미칠 지경이야. 아파트들을 다 재고 나면 여의도의 빌딩들을 재고 싶어. 내 꿈은 말이야, 석양이 질 때 뉴욕의 마천루들을 기어올라가며 줄자로 길이를 재고 싶은 거야. 그중에서 가장 긴 빌딩과 가장 짧은 빌딩의 길이 차를 내 공책에 기록할 수 있다면 좋겠지. 내가 이런 얘기를 하면 모두 비웃더군. 네가 킹콩이라도 되냐는 거야. 그런데, 이런 것도 고3 수험생의 생활자료에 들어갈 수 있는 거냐?"

나는 뭐라 말해야 좋을지 몰라 조금 머뭇거렸어.

"그렇지 않을까요. 어쨌든 선배님은 고3이니까."

"흠, 그렇군. 혹시 전국의 고3 중에 나 같은 강박증을 가진 녀석이 또 있을지도 모르지. 만일 그런 녀석을 발견하게 되면 나한테도 알려줘."

"그런 사람이 또 있으면 기분이 어떠실 것 같나요?"

그 녀석은 안경을 추켜올렸어. 그러고는 잠시 생각했지.

"안심이 되기도 하고, 실망스럽기도 하고 그럴 것 같은데."

"어째서요?"

"내가 그리 별종이 아니란 걸 알게 되니 안심이 되고, 한편으로는 내가 그리 특별할 것 없는 놈이라는 얘기도 되니 실망스럽겠지."

"……그렇군요."

무관심했던 처음과는 달리 우리가 이야기를 나누는 동안 몇 명의 선배들이 모여들어 이야기를 관심 있게 들었어. 범생이가 이야기를 마치자 바로 다음 타자가 나섰지. 하지만 그 녀석이 채 입을 열기도 전에 쉬는 시간이 끝나버렸고 그는 아쉬움이 역력한 표정으로 언제 또 오겠느냐고 물었어. 나는 점심시간에 찾아와도 되겠느냐고 했고 그 녀석은 좋다고 했지.

그는 우리 곁으로 오지는 않았지만 자기 자리에 앉은 채로 우리가 나누는 이야기를 상당히 흥미 있게 듣고 있었어. 나는 그의 시선을 내내 느낄 수 있었고 그가 이 일을 마뜩잖아 하고 있는 것은 아니라는 확신이 들었어. 언제일지는 모르겠지만, 나는 그와 마주 보고 그의 일상이나 욕망, 꿈에 대해 들을 수 있을지도 모른다는 희망이 생겼지.

　점심시간이 되어 3학년 3반을 찾아갔을 때, 열두 명이나 되는 사람이 설문에 응하겠다며 나를 기다리고 있었어. 그들은 앞서의 두 명보다 훨씬 더 진지하고 자세하게 자신에 대해 털어놓았고 그것이 '연구자료'로 쓰일 만한 것인지 궁금해했어. 나는 일이 이렇게 될 줄 몰랐기 때문에 당황스러웠어. 그들과 나누는 대화가 점점 더 부담스러워졌기 때문이야. 적당한 기회만 되면 그렇게 줄줄이 자신에 대한 이야기들을 술술 털어놓고 싶어할 줄 누가 알았느냐고. 비록 불순한 의도로 시작된 거짓말이었지만 막상 일이 시작되자 나는 모든 것이 생각처럼 가볍게만 흘러가지 않는다는 것을 깨달았어. 쓸데도 없는 기록이었지만 그들의 이야기를 성심성의껏 받아쓰고 최대한 주의를 기울여 들었어. 내가 정말 그런 사람은 아닐지라도, 적어도 그런 사람이고 싶었기 때문일 거야.
　비너스. 나는 아직도 그때 받아적은 기록들을 가지고 있어. 일부러 꺼내보고 싶을 정도는 아니지만 서랍을 뒤적거리다가 우연히 눈에라도 띄면 한 번쯤 다시 읽어보곤 하지. 마천루의 길이를 재보고 싶은 녀석 다음으로는 삶의 지루함에 대해 토로한 녀석의 이야기가 빼곡히 적혀 있어. 지금의 하루 일상이 빤하게 눈에 들어오듯이 자기 미래도 그럴 것이라는 이야기.

"버스에서 방귀를 참지 못하고 뀌었다는 것 말고는 도무지 아무런 사건이나 사고도 일어나지 않는데, 미래라고 대체 무슨 일이 있을 수 있겠어?"

거기에는 비슷비슷한 이야기들이 있는가 하면 조금 특이한 이야기도 물론 있어. 하지만 결국 내게는 큰 차이가 없었어. 왜냐하면 그들이 내게 특별하지를 않았으니까. 누군가 내게 특별한 사람이 되는 게 힘든 것처럼 나도 누군가에게 특별한 사람이 된다는 건 정말 어려운 일이겠지.

그가 내게 자신의 이야기를 털어놓은 것은 서른세 명이 정원인 반에서 서른한 번째였고, 그래서 거의 자포자기할 무렵이어서 그가 내게 왔을 때 믿어지지를 않았어. 나는 습관적으로 메모지를 펼쳐들며 그의 이야기를 받아적는 자세를 취했어. 가슴이 너무 쿵쾅거려서 심장이 입 밖으로 튀어나올 것만 같았지.

"너 괜찮냐? 얼굴이 벌게."

그가 쿡, 하고 웃으며 가볍게 말을 건넸고 나는 괜찮습니다, 라고 작은 목소리로 대답했어.

"너는 이야기를 아주 잘 듣더라. 원래 그러기가 굉장히 힘든 법인데."

아, 이 사람 너무 좋아, 라고 생각하고 말았어. 남의 이야기를 주의 깊게 듣는다는 게 얼마나 힘든 일인지 알고 있다는 건 그 역시 그럴 수 있는 사람이라는 뜻 아니겠어? 아니면 적어도 그러려고 노력하는 사람이거나.

"난 별로 할 말이 없어서 설문에 응할까 말까 좀 망설였지. 하지만 가만 지켜보고 있자니 나도 일상에 대해 말해보고 싶은 생각이 들었어. 준비됐냐?"

나는 고개를 끄덕였고 그의 얼굴을 뚫어져라 쳐다보았지. 그의 눈썹이나 콧대, 입술의 선, 얼굴 윤곽, 어디가 그렇게 특별해서 내 시선을 잡아떼놓지를 않는 건지 궁금했어. 그의 이야기는 별로 특별할 것이 없었어. 조금이라도 성적을 더 올리기 위해 학원에서 많은 시간을 보내고 있다는 것과, 엄마가 전업주부라 맏아들인 자신에게 무척 헌신적이어서 고마움을 느끼면서도 귀찮을 때가 있다는 것, 그리고 두 살 아래인 여동생과는 하루에 한두 마디의 말도 하지 않고 지나갈 때가 많다는 것, 대기업에 다니고 있는 아버지는 늘 피곤할 뿐이어서 대학에 들어가서 좋은 회사에 취직해봤자 결국 아버지처럼 되는 건가 회의가 든다는 이야기들을 털어놓았어.

"유일한 낙이 있다면 가끔씩 서점에 들러 무작정 책을 읽는다는 것 정도? 그때는 논술이니 면접이니 필독도서니 귀찮은 것들은 아예 머리에서 쫓아내버리고 아무거나 끌리는 것을 골라내 읽어."

"예를 들자면요?"

"음…… 얼마 전에는 여행서들을 샅샅이 읽었어. 여행에세이 같은 거 말고, 정말 그 지역을 여행하기 위해 필요한 것들을 아주 세세하게 기술해놓은 것들 말이야. 나는 지금 당장 써먹을 데가 있는 것도 아닌데 유용한 정보를 주는 책들이 좋더라. 일전에는 요리책들을 닥치는 대로 읽었어. 우와, 갈비찜이 완성되려면 이런 게 필요하고 이런 과정이 있는 거였어, 뭐, 그렇게 감탄하기도 하고 완성된 요리 사진을 보면서 기분이 좋아지기도 하고. 물론 그렇다고 내가 직접 요리를 하는 건 아니야. 요즘 읽는 책들은 와인에 관한 거야. 한 번도 마셔본 적은 없는데, 무작정 긴 이름들을 발음하다 보면 꼭 혀가 마비될 것 같잖아. 그 느낌이 좋다고 할까. 언젠가 여자친구를 사귀면 그 앞에서 폼도 좀 잡을 수 있겠다 그런 생각도 들고."

"그럼, 지금 여자친구는 없으신가봐요."

"제정신 가진 고3이면 여자친구나 사귈 때가 아니라는 것 정도는 알잖아."

나는 고개를 숙이고 열심히 받아적었어.

'여. 자. 친. 구. 나. 사. 귈. 때. 가. 아. 니. 다.'

"마지막 질문입니다. 주로 어느 서점을 다니시나요?"

"반디앤루니스. 교보는 너무 넓어서 불안하거든."

"어! 저도 그런데요."

"그러냐?"

"서점에는 주로 언제 가시나요?"

"주말에 짬날 때마다."

이건 굉장한 정보였어. 마침내 그와의 접점을 찾아냈거든. 나는 얼른 수첩을 닫았지.

"설문에 응해주셔서 감사합니다."

"아냐. 뜻밖에도 이거 괜찮네. 녀석들이 하는 말이 맞았어. 한번 해볼 만하다고 하더라고. 다음엔 4반을 하는 거냐?"

"아니, 선배님들도 겨우 기회를 얻은 거라 더 이상은 힘들 것 같습니다. 4반에는 아는 사람도 없고요."

"그래? 마침 4반에 친구가 있는데, 내가 다리를 놔줄까?"

이런, 된장 맞을!

"고, 고맙습니다만 굳이 그렇게까지 폐를 끼칠 수야……."

"천만에. 다른 녀석들도 한번 해보면 괜찮을 거야, 이거. 내가 말해놓을 테니까, 가만 있자, 네 폰 번호 좀 내 폰에 찍어라. 일이 잘되면 내가 연락해줄게."

선택의 여지가 없다는 건 바로 이런 걸 두고 하는 말이겠지. 나는 그의 휴대폰을 받아들고 내 휴대폰 번호를 찍었어. 이렇게 말하면 닭살스럽게 들리겠지만, 정말 그는 손가락 길이까지 딱 내 이상형이었어. 하아…….

잔인한 시간이 째깍째깍 흐르고 있었어. 나는 휴대폰을 한시도 손에서 놓지 않았고 잘 때는 베개 옆에 놔두었지. 새벽에 휴대폰의 자명종이 울리는데 벌떡 일어나 여보세요, 라고 한 적도 있어. 휴대폰을 하도 열었다 닫았다 하며 못살게 굴고 있자니 엄마가 의심스러운 눈초리로 보기 시작했어.

"아들. 바로 얼마 전에 여자친구랑 끝났다더니, 그새 또 사귄 거니?"

나는 대답하는 것도 귀찮아 내 방으로 들어가 문을 잠가버렸어. 완전히 열에 들떠 망상으로 날이 새고 지는 와중에도, 엄마만 보면 가슴이 쿡쿡 쑤시면서 답답해지기까지 했어. 엄만 항상 날 보며 입버릇처럼 말했었어. 평범하게 자라라. 평범하게. 그게 제일 좋은 거야. 나는 엄마가 왜 그렇게 평범한 것을 열망하는지 잘 알아. 아빠 없는 아이에게 자신의 성을 붙여 키우다보면 누구나 그렇게 될 거야. 엄마가 날 위해 골라준 것들은 언제나 지극히 평범했어. 평범한 셔츠, 평범한 바지, 평범한 양말, 평범한 가방, 평범한 연필, 평범한 자전거 등등……. 그래서인지 나는 엄마의 성을 가진 아이치고는 꽤나 평범했고 앞으로도 평범하게 살게 될 거라 굳게 믿었었어. 하지만 나는 아빠가 없는 것 정도는 비교도 할 수 없을 만큼 튀게 될 처지에 놓이고 말았던 거야. 다른 문제야 다 접어둔다 해도, '동성애자'라는 건 그야말로 엄청나게 튀게 돼 있는 거잖아. 엄마는 꽤 용감하고 씩씩한 여자지만 이 사실을 어떻게 받아들일지 짐작조차 할 수 없었어. 나는 엄마를 실망시키게 될까봐 정말 두려웠어.

사는 게 뜻대로 안 된다는 거 엄마도 알고 있어. 아마 누구보다 잘 알고 있을 거야. 하지만 그녀가 자신의 아들도 그렇다는 걸 이해할 수 있을까? 그게 생각처럼 쉽게 되는 일인가? 나는 튀지 않기 위해 언제까지나 팔을 휘적거리며 멋진 여자친구라도 있는 양 해야 되나?

하지만 내 이런 고민들은 일주일 뒤에 울린 전화벨 한 방에 말끔히 씻겨내려가버렸어. 마침내 그에게서 전화가 온 거야. 그는 4반에도 희망자가 꽤 된다면서 다음 월요일부터 설문을 시작해도 좋다고 했어. 나는 그에게 답례로 저녁을 사고 싶다고 했어. 물론 일이 틀어졌다 해도 나는 그에게 저녁을 사고 싶다고 했겠지. (사실 나야 일이 틀어졌다면 더없이 좋았겠지만. 하아……) 그는 후배에게 얻어먹을 수는 없다고 간단히 거절했어. 조급해진 나는 그만 불쑥 "그, 그게 아니라요, 선배님하고 좀 친해지고 싶어서요. 저는 형제가 없거든요. 그래서인지 선배님이 꼭 형처럼 느껴지기도 하고……." 그랬던 거야.

"그런가? 하긴 나도 남자 형제가 없어. 내일 같이 밥이나 먹자. 단 각자 내기로 하고. 서로 용돈 받아 쓰는 주제들이니까 말이야."

비너스. 그는 정말 괜찮은 사람이었지만 내 사랑이 거기에서 시작된 건 아니야. 그의 외모는, 굳이 구분을 하자면 호남형이었지만 역시 그 때문도 아니지. 말해두지만 내 토사물을 양손에 뒤집어써 버린 가엾은 내 전 여자친구도 무척 좋은 사람이었어. 내 친구 중에는 그보다 잘생긴 녀석도 있다고. 하지만 그토록 사랑스러운 사람은 만나본 적이 없었어. 정말 한 번도 없었지.

망상의 끝은 괴로워

비너스에게.

이제 나는 고통스러운 기억을 끄집어내야 해. 하지만 양나 씨는 이러한 과정이 내게 반드시 필요하다고 했어. 나도 그녀의 말에 동의해. 과거의 일에 대해 기억을 되짚다보면 그때는 그렇게 진지하고 무거웠던 감정이 얼마나 유치한지를 깨닫게 되면서 얼굴이 붉어지게 될 때가 있거든. 하지만 그런 일들을 통해 내 안의 균형이 잡히는 느낌도 들어. 지금 나에게 필요한 건 바로 그런 것일 테지.

전화통화 이후에 나는 선배와 저녁을 함께 먹었고, 서로의 학원 시간 때문에 많은 대화를 나누지는 못했지만 그를 '형'이라 부르기로 할 만큼은 친숙해질 수 있었어. 나는 그때 몹시 멍해 있어서 구체적으로 무슨 이야기들을 했는지 잘 기억이 나지를 않아. 다만 당시의 흥분, 행복, 불안, 그리고 초조감만 선명할 뿐이야. 그건 참 이상한 일이지. 함께 대화를 나누는 동안 그토록 즐거웠는데 정작 내용은 기억이 나지를 않는다니. 우리는 '어떤' 이야기를 하는지가 중요한 게 아니라 '누구와' 이야기를 하는지가 더 중요한 건지도 몰라. 하긴 혼자서 아무리 좋은 이야기들을 늘어놓아봤자 혼잣말밖에 더 되겠어.

 그 주 주말에 나는 그와 서점에 갔어. 서점 한구석에 마련된 의자에 나란히 앉아 그는 와인에 관한 책을 읽었고 나는 컴퓨터 관련 잡지를 읽었지. 두 시간 정도를 그렇게 말없이 책을 읽다가 우동을 먹고 헤어졌어. 그는 별로 말이 많은 사람은 아니었지만 다정한 성격이었어. 아니면 그가 한 평범한 말과 행동에 내가 멋대로 다정함을 느낀 것뿐인지도 몰라. 그는 수험생인 데다, 나와는 취미나 기호도 완전히 달랐어. 나는 직접 몸을 움직여서 있는 대로 땀을 쥐어짜게 만드는 격렬한 운동을 좋아했지만 그는 운동이라면 구경하는 것조차 관심 없어 했어. 영화를 보는 것도 그냥저냥, 특별히 공부시간을 줄여서까지 볼 정도는 아니었고, 게임도 즐기지를 않았어. 그러니 우리는 아주 가끔씩 서점에서 만나 말없이 책을 읽고 우동이나 라면(그는 면요리를 좋아한다더군. 나는 고기가 좋은데)을 먹고 헤어질 일밖에는 없었던 거야. 하지만 나는 그와 이런 거 저런 거 다 해보고 싶었어. 오직 그와. 나는 대체 어떤 식으로 그와의 시간을 만들어낼 수 있을지 막막하기만 했어.

"용돈이라도 떨어진 거니?"

엄마가 진료실의 시계를 흘긋 보면서 물었어. 밖의 대기실에서는 병원이 떠나가라 울고 있는 아기의 울음소리가 들려오고 있었지. 내가 엄마의 병원을 찾아간 건 아주 오랜만이었고 그래서인지 엄마는 대기환자가 스무 명을 넘어가고 있는데도 잠깐 시간을 내어 나를 만나주었어.

"묻고 싶은 게 있어서."

"집에서 하면 안 돼?"

"응. 나는 지금 의사가 필요하거든."

"어디가 아픈 거야?"

"그게 아니라, 내 불안을 알아채주고 묻는 말에 성심성의껏 답해줄 좋은 의사가 필요하다는 뜻."

"거창하네. 뭐가 불안한데?"

"엄만 간절히 원하면 다 이루어진다고 했잖아. 하지만 엄마는 늘 외롭고 힘들잖아. 그러니까……."

나는 아버지를 비롯한 엄마의 남자들에 대해 묻고 싶었지만 선뜻 입 밖으로 낼 수는 없었어. 하지만 엄마는 곧 알아챘지.

"그 말은 미성년자 한정이야. 넌 아직 미성년자니까 그냥 그렇게 믿고 있으면 돼."

"미성년자는 뭐든 간절히 원하기만 하면 된다는 거야?"

"그래."

"사랑도?"

엄마는 잠시 멈칫했어. 하지만 곧 힘주어 말했지.

"그렇고말고."

"고마워, 엄마."

엄마는 거짓말을 하고 있었지만 원래 좋은 의사는 거짓말을 잘하는 법이야. 말기 암환자에게 "당신이 간절히 원하기만 하면 살 수도 있습니다"라고 말해주기도 하니까. 나는 자리에서 일어났어.

"잠깐만."

엄마는 잠시 고민하다가 입을 열었어.

"사랑이고 나발이고 간에 콘돔은 필수야, 알지?"

"엄마! 어머니! 제발!"

그놈의 콘돔 얘기는 중학교 때부터 귀에 못이 박이게 들어온 터라 나는 질색을 했어. 부모들은 자신의 실수를 자식에게서 만회하고 싶어 한다니까.

월요일부터 나는 4반 녀석들의 이야기를 들어야 했어. 쉬는 시간에 찾아가자 4반의 반장이 맞아주었어. 일이 공식적이 되어가는 느낌이어서 조금 겁이 나버렸지.

"우리는 번호순으로 설문에 응하기로 했어. 하지만 강제적인 게 아니니까 원하지 않는 녀석은 빠질 거야. 3반의 반장에게 들어보니 정해진 시간이 따로 있는 건 아니라고 하더군. 하지만 따로 시간제한이 없다면 아무래도 네가 힘들어지지 않겠어? 뒤에서 기다리는 사람도 짜증나고 말이야. 해서 한 사람당 최대 삼십 분의 시간제한을 두면 어떨까 하는데."

"어, 네. 그러네요."

"아참, 그리고 다른 반의 반장들하고도 얘기해보았어. 그 녀석들도 이번 설문에 참가하는 게 의미가 있을 거라 생각하고 있고, 또 희망자도 많아. 해서 우리 반이 끝나는 대로 1반부터 해서 나머지 반들을 하면 돼. 이게 마감이 언제까진 거지?"

"저, 정해진 건 없는데요."

나는 완전히 기가 죽어 말까지 더듬으며 겨우 대답했어. 대체 이 녀석은 왜 이렇게 조직적인 녀석인 거냐!

"좋아. 그럼, 잘 부탁해."

사람 좋아 보이는 웃음을 지으며 그가 내 어깨를 툭툭 두드렸어.

4반의 1번은 키가 내 어깨까지밖에 오지를 않았어. 그는 나를 한참 올려다보더니 몸을 움찔하고는 한숨을 쉬었어.

"키가 크네, 너."

"그런가요?"

"게다 잘생겼고. 여자애들한테 인기짱이겠다아."

"고, 고맙습니다."

"작년까지만 해도 키가 더 자랄 거라고 생각했는데, 나는 이게 한계인가봐."

나는 그를 자세히 살펴보았어. 키가 작은 대신 몸에 균형이 잘 잡혀 있었고 얼굴도 귀여운 느낌.

"꼭 키가 크다고 좋은 건 아니에요. 작으면 작은 대로 충분히 매력적이잖아요."

"그런 소리는 꼭 너처럼 클 만큼 큰 녀석들이 하더라. 재수 없게."

"정말인데. 선배님은 작은 대신 균형이 잘 잡혀 있어서 보기가 좋네요. 몸에 군살도 없고. 게다 피부까지 좋아서 틀림없이 여자애들도 귀엽고 멋지다고 생각할 거예요."

"그러냐?"

선배가 약간 머쓱해하며 뒤통수를 긁적였어. 사실 그런 모습이 너무 귀여워서 절로 웃음이 나왔다고. 하아……. 정말 나는 진성 게이인 게 틀림없어. 여자애가 뒤통수를 긁어대는 모습을 봤다면 두피에 비듬이라도 있나 그렇게 생각했겠지.

1번 선배는 몸집은 작아도 성격이 시원시원하고 달변이었어. 그의 이야기도 사실 별다를 것 없는 우울하고 답답한 고3 수험생의 일상이었지만 나는 그가 마음껏 이야기를 하도록 놔두었어. 3반의 경험을 통해, 대개의 사람들은 이야기를 하면서 스스로 중심을 잡아간다는 걸 깨달았기 때문이야. 아무리 우울하고 답답한 현실이라도, 그래서 불평과 불만을 늘어놓다가도, 그들은 자신이 정말로 절망하고 있지는 않다는 사실에 깜짝 놀라면서 그래도 아직은 견딜 만해, 내일도 기대하고 있어, 라는 희망 섞인 기대를 보여주기도 하는 거야.

그 일을 통해 배운 것이 있다면 대개의 사람은 터무니없을 정도로 낙관주의자라는 사실. 그러니 동성에게 끌린다는 사실 외에는 지극히 평범한 나도 실은 터무니없을 정도로 낙관주의자일 가능성이 높을 테고, 그러므로 지금처럼 힘들거나 답답하거나 우울해질 때라도 그 감정에 속아넘어가지 않도록 주의해야지. 나도 내 이야기를 듣는 누군가에게는, 대책이 없을 정도로 희망에 넘쳐 있어 약간 바보스럽지만 그래도 따듯하게 바라보아지는 그런 사람일 테니까 말이야. 안 그래, 비너스?

"사실 나는 별로 공부하고 싶은 게 없어. 그런데 당연히 대학은 가야 한다고 생각해. 그런데, 나만 그런 게 아니라 다들 그런 거 아니야? 그렇지?"

"네, 정말 공부를 하고 싶다는 것과 대학을 가고 싶다는 것은 개와 고양이만큼이나 다른 것 같아요."

"가만 생각해보면 이상한 일이지 않아? 대학도 일단은 학교인데."

"그러게요."

"그건 그렇고, 개와 고양이 얘기가 나와서 말인데, 나는 애완동물을 예쁘게 꾸며주거나 하는 게 좋더라. 얼마 전엔 내가 기르는 요크셔테리어의 털을 직접 다듬어주었어. 이렇게 말하기는 뭐하지만, 제법 괜찮았다고. 그런데, 개 미용사가 되려면 대학을 나와야 하는 건가?"

오, 그건 정말 멋진 그림이지 않겠어? 작고 귀여운 1번 선배가 흰 가운을 입은 채 치와와라든가 말티즈 같은 강아지들을 껴안고 정성껏 샴푸하고 털을 다듬는 모습 말이야.

"글쎄요. 별 상관없지 않을까요?"

1번 선배는 고개를 갸웃했어.

"뭐, 일단 대학을 들어간 다음 생각해봐야지."

1번 선배의 이야기를 끝으로 쉬는 시간이 끝났고 나는 교실로 돌아왔어.

내 아르바이트에 대해 시끄러운 친구녀석들이 이런저런 참견을 해오기도 하고, 어렵고 껄끄러운 선배들과 매일같이 어울린다는 사실에 놀라워하기도 하고, 그러면서도 대체 무슨 이야기를 듣고 오는지 궁금한 녀석들은 내 수첩을 들춰보기도 했지만 그 모든 게 별로 떠들어댈 만큼 대단한 일이 아니라는 것은 누가 봐도 확실했어. 내 가장 친한 친구인 영무는(무슨 인연인지 우리는 유치원부터 시작해서 고등학교까지 내리 같은 곳을 다니고 있는 처지야) 어떤 일에든 유난을 떠는 성격이 아닌지라 별말이 없다가, 일이 점점 더 커지는 듯 보이자 남의 이야기를 계속해서 듣는 게 피곤하지 않냐고 한마디 했어. 나는 영무에게까지 거짓말을 한다는 게 몹시 꺼림칙했지만 할 수 없었어. 내가 학교 선배에게 한눈에 반했다는 사실을 가장 알리고 싶지 않은 사람이 우리 엄마라면 영무는 바로 그다음이니까.

"그게…… 생각보다 괜찮아. 좋은 선배들도 많고."

나는 이쯤에서 멈춰야 하나 어째야 하나 고민하다가 결국 슬쩍 말을 흘렸어.

"3반에서 좋은 선배를 만났어. 음…… 꼭 친형 같다고나 할까."

"헤, 그래? 자상한 사람인가보지?"

"어? 그, 그런가?"

내가 당황하자 영무가 피식 웃었어.

"넌 그런 거 무지 좋아하잖아. 자상하고 다정한 거. 어렸을 때도 누가 길거리에서 너한테 귀엽다, 예쁘다 다정하게 말만 붙이면 무작정 쫓아가서 아줌마가 얼마나 식겁을 했었냐."

"그랬나?"

"그랬어. 그리고 지금도 그러잖아. 누가 너 좋다고 하면 거절 못하는 거. 그러니 주변에 그렇게 여자들이 많지."

 난 할 말을 잃었어. 난 이미 너무 많은 거짓말로 너무 멀리 와버렸던 거야. 그래서 형제나 다름없는 영무와도 점점 멀어지고 있었어. 그건 무척 쓸쓸하고 괴로운 기분이야, 비너스. 누군가와 같이 있고 싶어 열심히 무언가를 했는데 그게 결국은 아무와도 같이 있을 수 없게 만든다는 것은.

 그때의 내 생활을 돌이켜보면 나름대로 굉장히 충실했구나 싶은 생각이 들어. 전부 거짓말로 시작된 일이었지만 적어도 내게는 틀림없는 현실이었어. 쉬는 시간과 점심시간, 심지어는 방과 후의 시간까지 약간의 짬이라도 나면 수첩을 챙겨들고 3학년 교실로 뛰어가 사람들이 내게 털어놓는 이야기들에 귀를 기울였어. 이제는 복도에서 나와 마주치는 3학년 선배들이 모두 다정하게 손을 흔들어주거나 인사를 건네오기도 하고(설문은 잘 돼가? 라든가, 뭐 좀 특이한 놈이라도 있냐? 라든가), 일부러 간식 같은 것을 사주는 선배도 생겨서 나는 조금 행복해지기까지 했어. 이야기를 듣다보면 때로는 같은 패턴이 계속 반복되기도 하고(그런데 정작 말하는 사람은 자신이 아주 독특한 이야기를 하고 있다고 믿는 거야. 하지만 그런 사람일수록 이미 서른 번도 넘게 들은 이야기를 또 하고 앉아 있어) 본바탕의 나쁜 면이 가감 없이 드러나 듣기에 무척 불편하기도 하고, 자기 자신을 객관화하는 법을 전혀 몰라 우왕좌왕 도무지 종

잠을 수 없는 이야기가 '네버엔딩'으로 펼쳐지기도 했지만 나는 뭐에라도 홀린 듯 이야기들에 빠져들었어. 아마 다른 사람에게 진심으로 귀를 기울이고 있는 순간만큼은 자기 자신으로부터 뿜어져 나오는 온갖 고통스러운 소리에서 해방될 수 있기 때문인지도 몰라. ……적어도 나는 그랬어.

*

그가 내 머리를 툭툭 두드리며 "3학년생들의 남동생"이라고 말해주었을 때, 솔직히 정말 기뻤다고. 관심을 끌고 싶어 안달이 난 상대의 주목을 받게 된 것이니까 말이야. 우리는 종각역 부근의 '소렌토'에 앉아 있었고, 나란히 까르보나라를 주문해서 먹고 있었어. 여름방학이 얼마 남지 않은 주말이어서 밖은 무더웠지만 가게 안은 무척 시원했지. 하지만 좀 전까지 밖에서 느꼈던 열기가 빨리 가시지를 않아 나는 얼음이 가득 든 다이어트 콜라를 두 모금에 마셔버린 뒤 바로 한 잔을 더 리필 받았어.

"다이어트 콕? 살도 안 쪘는데?"

"찔까봐서요."

"남자답게 생겨서 너, 묘하게 여성스러운 데가 있네."

"그, 그런가요?"

"그래. 일전에 네가 선물해준 선크림 말이야. 잘은 쓰고 있다만 여동생이 보고 놀라더라고. 그 브랜드가 요즘 뜨는 거라던데, 보통 그런 거 잘 모르잖아."

그의 말을 듣고 보니 '내가 그런가?'라고 새삼 생각해보게 되었어. 난 엄마와 단둘이 살아왔고, 그래서 집에는 늘 여성용품이나 여성잡지 같은 것이 굴러다니고, 나도 어렸을 때부터 그런 것들을 보고 자라서인지 좋은 물건이나 새로운 상품에 관심이 많고, 폼 클렌징부터 기초 화장수를 모두 갖춰놓고 쓰는 건 당연한 일이어서 새삼스러울 것이 없고, 스스로를 멋지게 꾸미는 것을 좋아해서 쇼핑에 많은 공을 들이는 것도 사실이고…… 평범한 내 또래의 남자애들과는 좀 다르다고 느꼈었지만, 내 주변엔 게이라고는 그림자조차도 찾아볼 수 없어서 이게 내 개인적인 특성인지, 아니면 성적 기호에 따르는 일반적인 특성인지 가늠이 되지를 않았어. 하지만 이런 생각은 별로 유쾌하지 않았어, 비너스. 내 취향이나 관심사 모두가 단지 성적 기호에 따라붙는 특징적인 행태 중 일부인지도 모른다는 건 말이야. 그건 마치 "저기 물소 떼가 보이십니까. 그들은 맹수의 공격을 받으면 일단 원을 그리며 울타리를 만들고 새끼들을 보호합니다"와 같은 〈동물의 왕국〉에서나 들을 법한 설명이잖아? 내가 물소 떼 속의 물소처럼 행동하고 있을 뿐인지도 모른다는 가능성이 나를 몹시 착잡하게 한 거지. 하아…… 나는 그냥 나면 안 되는 건가?

"여름방학 때 무슨 계획이라도 있냐?"

"수학이 좀 처져서요. 학원에서 방학기간 특별반을 모집 중인데, 거기 들어갈 것 같아요. 형은요?"

"나도 그렇지, 뭐. 정말 시험이 코앞이잖아. 서점에 오는 것도 이제 그만둬야 할 것 같아."

나는 눈앞이 캄캄해졌어. 그나마 가뭄에 콩 나듯 만나던 것도 이젠 그만인 거였어.

"그래서 말인데, 여름방학이 시작되면 여동생이랑 부모님이 여행을 가거든. 해마다 가는 가족여행인데, 나는 고3이라 이번에 빠지게 됐어. 우리 집에 와서 놀다 하룻밤 자고 가라. 모처럼 방학이니 나도 하루쯤은 놀아도 괜찮겠지."

하룻밤 자고 가라! 하룻밤…… 자고 가라! 더 이상 무슨 말이 필요하겠어!

너무 들떠서였는지 나는 도대체 이야기에 집중할 수 없었어. 내 앞에 앉아 있는 녀석은 못마땅하다는 듯 인상을 찌푸렸지.

"너, 내 얘기는 듣고 있는 거냐?"

"아! 네, 그럼요."

사실 그 녀석의 이야기는 몇십 번이고 들어왔던 "답답해, 짜증나, 힘들어, 난 왜 내 맘대로 할 수 있는 게 아무것도 없는 거야"의 연속이어서 인내의 한계에 다다른 내가 볼펜을 집어던지며, "그럼 어디 하고 싶은 대로 하고 살아보란 말이야!"라고 소리쳐주고 싶게 만들었거든. 나도 늘 엄마에게 그런 식으로 투정을 부렸었고, 앞으로도 기꺼이 그럴 테지만, 그냥 이게 또 나란 놈인 거지, 뭐. 하아…….

"너, 소문 듣자 하니 여자 경험이 그렇게 많다며? 너희 학년에서는 유명하다던데? 잘 놀고 공부도 잘한다고. 그거 진짜냐?"

나도 모르게 얼굴이 확 붉어지고 말았어. 선배를 짝사랑하게 되면서, 나는 여자에 대한 거짓말을 하지 않게 되었어. 무척이나 충만한 감정이 내 몸속 구석구석을 꽉 채운 터라 더 이상 내 속이 비쳐 보일까봐 두려워하지 않게 되었던 거야. 그 문제가 화제에 오르자 나는 절로 몸이 움츠러들고 말았어.

"그냥…… 그렇지도 않아요."

"그럴 리가. 아는 동생이 너랑 같은 반이야. 너 여대생 누나랑도 했다며?"

"그, 그러게요."

그 녀석은 두 눈을 가늘게 뜬 채 나를 묘한 표정으로 훑어보았어.

"네가 처음인 애랑 잔 적도 있는 거냐?"

나는 숨이 막히는 느낌이었어. 친구들이 그렇게 구체적으로 물어올 때면 나는 다소 거만한 태도로 그건 그애의 프라이버시야, 난 더 이상 말해주지 않을 거야, 라고 하면 그만이었어. 그럼 순진한 내 친구들은 그쯤에서 순순히 물러나주었지만, 나는 직감적으로 알아챌 수 있었어. 그 녀석이야말로 진짜 경험자, 정말 여자란 무엇인지, 그 보드랍고 말랑한 피부가 어떤 감촉을 가지고 있는지 알고 있는 게 분명했어. 그 녀석도 직감적으로 알아채고 있었는지도 몰라. 내 말이 전부 뻥이라는 것을 말이야. 내 등에서는 식은땀이 흐르고 있었지.

"네, 뭐……."

"그건 정말 어이없는 일이지 않아?"

그가 잘난 체하듯 으스대면서 말했어.

"몸은 장작처럼 뻣뻣하기만 하지, 입구가 좁아서 잘 들어가지도 않아. 아프다고 소리만 꽥꽥 질러대고, 이쪽도 무릎이 쓸려서 나름대로 아프다고. 전혀 돋지도 않는데 계속 발기된다는 것도 쉬운 일이 아니고."

"그, 그러게요."

"흠, 뭐니뭐니해도 압권은 그놈의 피야."

"피?"

이론상으로는 물론 알고 있었어. 여자애들의 질에는 막이 있어서 외부나 내부 충격으로 인해 파열된다는 것을. 하지만 그건 그냥 운동을 하다가도 터진다고 알고 있었는데? 그 녀석은 파랗게 질린 나를 뚫어지게 쳐다보다가 피식 웃었어.

"그래, 피. 시트 전부가 뻘겋게 되잖아. 말이 나와서 얘긴데, 생리 중인 애랑 하는 것도 괜찮지 않아? 미끌미끌한 게 기분이 좋다고."

나는 몸에 한기가 돌면서 소름이 돋기 시작했어. 그 녀석은 내 팔에 보슬보슬 돋아난 닭살을 보더니 박장대소를 했어. 그러고는 내 쪽으로 몸을 숙이더니 작은 소리로 말했어.

"너 진짜 웃기는 놈이구나."

나는 벌떡 일어나 교실을 뛰쳐나왔어. 몇몇 선배가 쳐다보았지만, 마침 쉬는 시간이 끝나는 종소리가 울렸기 때문에 이상하게 여기는 사람은 없었어. 그 녀석은 내 속을 완전히 꿰뚫어보고 있었고, 단지 나를 놀리고 있을 뿐인 걸 뻔히 아는 데도 달리 뭘 어쩔 수가 없었어.

비너스. 나는 그 순간을 평생 잊지 못하겠지.

"어떤 누구라도 자신의 본모습은 절대 수치스러운 게 아니야. 자연에 가장 가까운 모습이거든. 단지 그 모습을 인정할 수 없는 자신은 수치스러워해야 해. 자신을 인정할 수 없으면 더 나은 사람이 될 가능성도 없기 때문이야."

이건 양나 씨가 내게 해주었던 말. 나는 그래서 나 자신이 몹시 수치스러웠지만, 그때는 뭐가 뭔지도 모른 채 그저 죽고만 싶었어.

나는 기말고사 핑계를 대면서 설문을 중단했어. 문제는 이게 끝이 아니라는 거였어. 4반에는 아직 순서를 기다리는 여섯 명의 선배들이 남아 있어서 언제라도 다시 시작해야만 했어. 학교에 갈 때마다 모두에게 거짓말쟁이라는 비난을 듣게 될 것 같아 심장이 옥죄었지만, 내 걱정과는 달리 아무런 일도 일어나지 않았어. 나는 여전히 '좋은 녀석'이었고, 복도에서 마주치는 선배들도 예전처럼 손을 흔들어주거나 어깨를 두드려주었지. 나는 그 녀석이 왜 입을 다물고 있는 건가 궁금했어. 내가 겨우 짐작해낸 건, 그 녀석은 '진짜'인 녀석이어서 오히려 입을 조심하고 있다는 거였어. 그 녀석은 전혀 튀지 않게 행동하는 법을 완전히 터득하고 있었고 그런 만큼 '문제'의 소지가 될 만한 것들에 대해서는 철저히 침묵하고 있었던 거지. 나처럼 아무것도 모르는 반편이들이 외려 떠벌떠벌, 있는 건 물론이고 없는 것까지 신나게 떠들어대고 있을 뿐이었던 거야. 마침내 여름방학이 시작되었을 때, 나는 러시모어 산 밑에라도 깔려 있다 기어나온 느낌이었어.

*

비너스. 그의 이름을 너에게 가르쳐주지 않았어. 이름을 발음하는 것만으로도 내 가슴이 아파오기 때문이야. 그래서 나는 그냥 그를 '군'이라 부를까 해. 군의 집은 40평형대의 아파트였고 어디서나 볼 수 있는 소파와 장식장, 화분들이 즐비한 평범한 집이었어. 30평형대의 우리 집을 약간 늘여놓은 듯한 느낌. 이런 말을 들으면 엄마는 화를 낼 거야. 자신의 안목이 독특하다고 믿고 있으니까. 하지만 우리 집도 군의 집처럼 어디에서나 볼 수 있는 장식장과 소파, 침대, 장롱으로 꽉 차 있다고.

군의 방도 내 방과 비슷했어. 싱글침대, 책상과 의자, 컴퓨터, 책장. 단지 벽에 '소녀시대'의 대형 브로마이드가 떡하니 걸려 있다는 게 달랐어.

"소녀시대 좋아하나봐요?"

"뭐, 좋아한다기보다는 그냥 눈이 즐겁잖아."

하아…… 그래. 그렇겠지. 나도 '2PM'을 좋아하는 건 아니지만 보고 있으면 눈이 즐겁다고.

군에게는 플레이스테이션2가 있었고 우리는 한동안 그것을 가지고 놀았어. 아파트 창 밖으로 석양이 지고 있어서 실내는 곧 어둑해졌지. 군이 게임기를 내려놓으며 눈을 비볐어.

"배고프지? 맛있는 거 시켜먹자. 뭐 먹고 싶어?"

나야, 군이랑 같이 먹는데 뭔들 안 맛있겠어. 그래서 아무거나, 라고 하자 그가 고개를 갸웃했어.

"늘 그러네. 너랑 만나면 항상 내가 좋아하는 것만 먹었던 것 같

아. 설마 식성이 똑같을 리는 없을 테고, 어려워 말고 네가 좋아하는 걸 말해봐."

"난 정말 아무거나 좋아요."

내가 웃으며 말하자 그는 어깨를 으쓱했어. 나는 군이 이번에도 면요리를 주문할 줄 알았지만 그는 피자를 주문했어.

"역시 피자엔 이거거든."

피자가 도착하자 군이 냉장고에서 맥주를 두 캔 꺼내왔어.

"아까 미리 사다놨어. 가끔 이럴 때도 있어야지."

우리는 건배를 한 뒤 단숨에 맥주 캔을 비웠어. 맥주는 시원하고 맛있는 데다 흥이 오르게 했어. 군은 두 개째의 캔을 들이키며 어렸을 때 놀이공원에서 부모님을 잃어버릴 뻔했던 거나, 처음으로 술을 마신 날, 처음으로 담배를 피워본 날, 처음으로 야동을 본 날, 그리고 처음으로 사귄 여자친구에 대해 이야기했어.

"고1 때였는데, 같은 학원 다니는 애한테 고백받아서 잠깐 사귀었어. 무척 예쁜 아이여서 인기가 많았는데 날 좋아한다기에 왜, 그런 거 있잖아. 으쓱해지는 거. 어떤 애인지도 잘 모르면서 그냥 사귀었어. 그래서인지 사귀는 내내 진심으로 그애를 신경 써준 적이 한 번도 없었던 것 같아. 늘 내 입장에서만 생각했지. 결국은 내가 먼저 그만두자고 했어. 내가 먼저 말을 꺼내면 개도 좋아할 거라고 생각했거든. 그런데 울음을 터뜨리면서 뺨을 철썩 때리는 거야. 이 이기적인 자식아! 차는 건 내가 하게 해줄 수도 있잖아! 그러는데 할 말이 없었어. 나는 헤어지는 문제까지 내 입장에서만 생각했던 거야."

군은 남은 맥주를 쭉 들이켰어.

"뭐, 그때의 나를 생각해보면 무척 부끄럽지만, 앞으로 다른 여자친구를 사귀게 되면 나도 좀 다르지 않겠어?"

비너스. 나는 그가 하는 평범한 이야기들이 미치도록 좋았어. 사람에게는 누구나 자신의 시야를 벗어나는 곳에 모서리가 있어서, 그 모양이 어떤지를 혼자서는 절대로 알 수가 없는 거야. 그런데 자신에게 꼭 맞는 누군가와 만나게 되면 철컥, 소리와 함께 그 모서리 부분이 단단히 맞물리게 돼. 상대방의 모서리 모양을 보면서 내 모양이 어떤지를 처음으로 깨닫게 되는 거, 그게 바로 사랑 같았어. 군을 보면서 나는 내가 어떤 사람인지 알 수 있을 것 같았고, 한 사람의 외면과 내면 모두가 내게 그렇게까지 완벽할 수 있다는 것이 믿어지지 않았어. 나는 지금 이 순간 그를 놓치면 다시는 사랑할 수 없을 것 같았고 평생 후회 속에서 살아가게 될 것 같았지.

군이 틀어놓은 MTV에서는 날씬하고 싱싱했던 시절의 브리트니 스피어스가 섹시하게 춤추면서 네게 중독되었다고 노래하고 있었어. 넌 몰라 네가 중독이라는 걸. 내가 왜 널 사랑하는지도. 넌 몰라 네가 중독이라는 걸. 넌 몰라 네가 중독이라는 걸.

"형."

군이 웃음 띤 얼굴로 내 얼굴을 바라보았고 나는 그의 곁으로 다가갔어.

"나 형 좋아해요."

"그러냐? 나도 너 좋다."

"정말정말 좋아요. 이 세상에서 제일 좋아."

군이 큰 소리로 웃음을 터뜨렸어. 둘 다 한껏 취해서 얼굴이 붉게 달아올라 있었어. 브리트니는 멋진 몸을 비틀었지. 난 지금 흥분했어. 너와 사랑하는 건 지금이라고 생각해. 지금 난 준비가 됐다고 생각해. 지금 난 준비가 됐다고 생각해. 난 지금 흥분했어. 너와 사랑하는 건 지금이라고 생각해. 지금 난 준비가 됐다고 생각해.

내가 군의 어깨에 열이 오를 대로 오른 얼굴을 묻자 그가 쿡쿡거리고 웃었어.

"너 취했구나."

내가 군을 처음 만났을 때부터 날 잠 못 들게 했던 망상의 한 장면. 내가 그의 어깨에 얼굴을 묻고, 그는 내 머리를 쓰다듬어주고, 우리의 시선이 자연스레 부딪치고, 그래서…… 스스로 취했었다고 변명해보았자 소용없는 짓이야. 나는 그때 약간 몽롱하고 열에 들뜨기는 했지만 충분히 이성적인 판단을 할 수 있는 상황이었어. 나는 군의 인품에 대한 믿음이 있었고, 내가 다소 함부로 굴어도 그가 나를 내치지는 않을 거라고 영악하게 계산했던 거야. 아니면 순진한 낙관이었든지. 그래서 나는 군의 뺨에 가볍게 입을 맞추었고, 그는 여전히 장난인 줄 알고 헤헤거리며 술김에 두 팔을 번쩍 들어 나를 안아주기까지 했어. 짧은 순간 너무 행복해서 눈물이 나올 것 같았지. 그 도취의 감정이 결국 무모한 짓을 저지르게 만들었어. 나는 군의 얼굴에 내 얼굴을 바싹 갖다 댔고(우아~ 너 가까이서 보니까 엄청 뚜렷하게 생겼다아아), 그가 올바른 상황판단을 미처 하지 못하는 짧은 순간(에에, 치워, 인마) 그의 부드러운 입술을 훔쳤어. 우려와는 달리 군은 꼼짝도 하지를 않아서(지금 생각해보면 그저 너무 놀라 얼어붙었던 것뿐) 나는 그만 이성을 잃고 말았어. 거듭된 망상 속의 한 장면처럼 군에게 키스하며 그의 어깨를 세차게 끌어안은 거야. 본의는 아니었지만(……정말이야), 내 그곳이 완전히 흥분해버려서 군의 허벅지를 누르고 말았어. 군이 비명을 지르며 나를 난폭하게 밀쳐냈고 나는 뒤로 나가떨어졌어. 그때 군이 나를 보던 시선을 어떻게 잊겠어. 그는 아무 말도, 어떤 행동도 하지 않았어. 그저 나를 뚫어져라 보았지만, 그 시선은 내 가슴속의 무언가를 무너져내리게 했어. 나는 미안하다고 계속 사과했어. 취해서라기보다는 너무 충격을 받아 몸이 마음대로 휘청거렸고, 그래서 몇 번 비틀거리다 넘어지기까지 했어. 나는 간신히 현관 앞까지 가서 손잡이를 잡았어. 손이 덜덜 떨리고 있었지만 그대로 문을 열고 밖으로 나왔지. 나는 유령 같은 얼굴을 하고 있었겠지만 다행히 아무도 보고 있지 않았어.

비너스. 남은 여름방학 기간 동안 내가 얼마나 만신창이가 되었는지는 굳이 말 안 해도 알겠지. 먹지도, 자지도 못하는 괴로운 시간이 흘러가고 있었지만 나를 더욱 고통스럽게 하는 건 공포의 개학이 다가오고 있다는 거였어. 그나마 한 가지 다행인 것은 엄마가 워낙 일이 바쁘고, 항상 피곤에 절어 사는지라 내 상태가 이상하다는 것을 눈치채지 못했다는 거야. 영무는 방학이 되면 늘 우리 집에 와서 살다시피 했는데, 그 녀석에게는 머리 굵은 남동생이 셋이나 있어서 언제나 집이 벅적거리다 못해 혼란스럽기까지 해서였어. 우리 집이야 늘 나 혼자이니 영무에게는 한적하고 느긋한 별장 정도인 셈. 하지만 나는 누구와 함께 지낸다는 게 불가능한 상태였고, 더욱이 영무라면 말할 것도 없었어. 영무에게는 아무 말을 하지 않을 수도, 사실대로 말을 할 수도 없었으니까. 나는 영무의 전화를 피했고 집으로 찾아와도 숨을 죽이고 없는 척했어. 영무가 엄마에게 전화라도 했는지 어떻게 된 거냐고 엄마가 물어왔을 때 집중해서 공부하고 싶어 일부러 피하고 있다 대답했어.

"그럼 영무에게 그렇다고 하면 되잖아? 왜 있으면서도 없는 척 거짓말을 해?"

엄마가 눈살을 찌푸리며 못마땅하다는 듯 말했어.

"그게 더 편하니까."

엄마가 갑자기 내 뒤통수를 후려쳤어.(우리는 소파에 나란히 앉아서 치킨을 먹으며 주말드라마를 보고 있었어. 그래서 내 머리통이 그녀의 사정권 안에 있었지.)

"나쁜 녀석!"

나는 엄마의 공연한 참견에 짜증이 났어. 뒤통수도 아팠고.

"그게 뭐가 나빠? 내가 편하려고 거짓말 좀 하면 안 되냐?"

"안 돼. 미성년자의 거짓말은 무조건 나쁜 거야."

"웃기지 마!"

나는 버럭 소리를 질렀고 엄마는 조금 놀라는가 싶더니만 바로 내 뒤통수를 또 한 번 후려쳤어. 나는 벌떡 일어나 현관문을 열고 밖으로 뛰쳐나갔어. 엄마가 부르는 것 같았지만 내 착각이었는지도 몰라.

급한 김에 꿰어신고 나온 슬리퍼가 짤깍거리며 거치적거렸고, 주머니에는 백원짜리 동전 하나 없었으니 어디 PC방에 가 있을 수도 없었어. 휴대폰이라도 들고 나왔으면 좋을 뻔했다고 후회하면서 한참을 길거리에서 어슬렁거리다, 나는 결국 어쩔 수 없이 영무네 집으로 향했어. 반바지에 슬리퍼 차림으로 저녁시간에 불쑥 찾아가도 놀라지 않을 곳은 그곳뿐이었거든. 현관문 안쪽에서는 우당탕탕 무언가 때려 부수는 소리가 들려왔고, 굵직한 목소리를 가진 녀석들이 웅얼웅얼 말다툼이라도 하고 있는 것 같았어. 영무네 집이 여전한 것을 보니 나는 조금 안심이 되면서 초인종을 누를 수 있었어.

영무는 팔짱을 낀 채 현관 앞에 서서, 곧바로 집에서 뛰쳐나온 게 틀림없는 내 꼴을 한동안 바라보았어.

"너 말이야, 도대체……."

"미안!"

"뭐가?"

"전부 다. 정말 미안해."

영무는 한숨을 쉬었고 들어오란 뜻으로 몸을 약간 비켜주었어. 나도 영무네 집이 내 집처럼 편했으므로 그 녀석의 집 안에 발을 들여놓는 순간 안심이 되었어. 거실에서 게임을 하느라 난리법석을 떨고 있던 영기, 영빈, 영준은 나를 보자 손을 흔들었어. 영무네 아줌마는 아들 넷을 낳고 키우느라 목소리가 자꾸 커지더니 이제는 파바로티와 함께 이중창을 불러도 될 정도의 성량을 가지게 되었어. 그래서 나는 그녀의 음성을 참 좋아해. 마음이 편안해지거든. 닭다리 한 개를 겨우 뜯다 나오기도 했고, 요즘 잘 먹지도 못한 터라 영무네 아줌마가 보글보글 끓이고 있는 김치찌개 냄새를 맡자 갑자기 허기가 졌어.

"아줌마, 저도 밥 좀 주세요."

"그럼 안 먹으려고 했니?"

아줌마가 거의 세숫대야만 한 반찬그릇들을 식탁에 기세 좋게 내려놓으며 쾌활하게 말했어. 영무가 우리 집의 외롭고 고요한 느낌을 좋아한다면, 나는 영무네 집의 시끌벅적한 느낌을 좋아해. 커다란 식탁에 여럿이 둘러앉아 밥을 먹는다는 자체가 기분이 좋아지거든. 밥맛이 훨씬 좋은 거야 두말할 것도 없고. 식사를 끝내고 영무와 함께 밖으로 나왔어. 영무가 잠시도 가만있지 않는 동생들 때문에 거의 진저리가 나 있었기 때문이야.

"너 요즘 왜 그러는 거냐?"

묵묵히 걷던 영무가 먼저 물었어. 나는 솔직하게 대답해주고 싶었지만, 군의 시선을 떠올리자 그럴 수 없었어. 만일 영무에게까지 그런 시선을 받는다면 더 이상 견딜 수 없을 거라 생각했어. 그래서 결국은 나 자신을 편하게 해줄 거짓말의 반복.

"그냥 좀 우울해졌어."

"그냥?"

"사실은…… 사귀던 여자한테 차였어."

하아…… 영무야, 미안. 내가 겨우 이런 놈이라. 나는 그런 소동을 또 한 번 감당하느니 차라리 절친에게 거짓말을 술술 해대는 녀석인 거야.

"그랬구나. 이번엔 꽤 오래간 거 아니었어? 거의 4개월을 사귀었잖아."

"······그랬지."

"여친이랑 헤어지고 이렇게 힘들어하는 거 처음 본다. 꽤 진심이었구나."

"그렇지 뭐."

"기운 내."

"그래. 고맙다."

영무의 위로가 진심인 걸 아니까, 내 고맙다는 인사도 당연히 진심이었어. 나는 정말 영무의 위로에 고단한 마음이 잠시 녹여졌고 근 한 달 만에 처음으로 숨을 쉬는 게 버겁지가 않았어. 내가 엄마와 말다툼을 했다고 말하자 영무는 내 머리를 툭, 치며 "아줌마 힘들게 하지 마라, 인마"라고 했어. 영무는 동생이 줄줄이 달린 장남이어서인지 이런 면에서는 무척 어른스러웠거든. 우리는 PC방에 가서 한참 동안 게임을 하고 거기에서 자장면까지 시켜 그릇을 싹싹 비운 뒤 어둑해져서야 밖으로 나왔어. 영무는 자기가 쏘는 것이라고 했지만 그럴 수는 없었어. 그 녀석은 동생 셋과 용돈을 나눠야 했으므로 나보다 항상 쪼들렸기 때문이야. 나는 영무를 데리고 우리 집으로 갔어. 우리가 현관문을 열고 들어서자 엄마는 콧구멍에서 김을 뿜으며 뛰쳐나왔지. 만일 영무가 같이 오지 않았다면 그녀는 하이킥을 해서라도 내 머리통을 날려버렸을 거야. 그날 영무는 우리 집에서 잠을 잤고 다음 날부터 내 생활은 예전의 평온했던 때로 돌아갔어.

낙오자가 되는 건 싫어

비너스에게.

이제 내가 왜 하필 너에게 편지를 쓰게 됐나 이야기할 차례야. 그러니 당연하게도 양나 씨에 대한 이야기가 나와야겠지. 그러자면 내가 양나 씨를 만날 수밖에 없었던 과정들이 나와야 하고, 그것에 대해 말한다는 건 무척이나 고통스럽고 힘든 일이 될 거야. 나는 벌써부터 가슴에 바윗덩이가 내려앉은 것만 같아.

개학일이 되었을 때 나는 생각보다 훨씬 침착한 마음으로 학교에 갔는데, 모두 영무 덕분이었어. 영무와 언제나처럼 툭탁거리고 지내다보니 내게 일어났던 일이 마치 꿈처럼 느껴졌거든. 설문에 대해서도 완전히 정리하기로 마음먹었고 졸업 때까지 쥐죽은 듯 지내리라 결심도 했어. 나는 더 이상 어떤 사건에도 말려들고 싶지 않았고 조금의 부담감도 감당해낼 자신이 없었어. 하지만 참, 사는 게 뜻대로 되지가 않아.

담임의 조례를 기다리고 있는데 방송에서 내 이름이 흘러나왔어. 영무와 친구 녀석들이 무슨 일이냐고 물었지만 나도 잘 모르겠다고 말할 수밖에 없었지. 교장실로 향하는 동안 내가 생각할 수 있는 최악의 일들이 머리를 스쳤고, 너무 떨려서 걸음이 잘 옮겨지지가 않았어. 나는 난생처음으로 교장실이라는 데를 가보는 것이었고, 그것만으로 이미 '평범'에서 멀어지고 있었어.

교장실은 예상했던 것보다 훨씬 넓어서 우리 학교 어디에 이런 공간이 있었나 놀랄 정도였어. 교장의 뒤로는 이 학교를 2년 가까이 다니면서도 처음 보는 학교 깃발이 휘장처럼 드리워져 있었어. 그 옆에는 내 담임과 학년주임이 심각한 표정으로 서 있었지.

"네가 2학년 강성훈이냐?"

학교 행사 때나 들었던 교장의 목소리를 바로 코앞에서 듣고 있자니 어째 현실감이 없었어. 교장도 그냥 사람이었구나, 그렇게 감탄도 하고.

"네."

나는 불안한 심정으로 담임의 표정을 살펴보았어. 하지만 불행히도 담임의 별명은 '철가면'이었는데, 도통 아무 표정이 없다는 의미야. 나는 대체 무슨 일이 일어나고 있는 건지 짐작조차 할 수 없었어.

"아버지가 안 계시다고?"

저 말로 시작해서 좋은 대화가 된 경험이 한 번이라도 있었던가? 또한 대개 저런 질문은 내가 뭔가 사고를 쳤을 때 나오는 것이기도 했고.

"네."

"그렇구나."

교장은 말꼬리를 길게 늘이며 무언가 심각한 표정을 지었어. 정말 보통 일은 아니었던 거야.

"실은 문제가 생겼다."

"네?"

"며칠 전에 학부모 몇 분에게 항의전화를 받았어. 모두 3학년생들의 부모였다."

아, 설문! 나는 그게 문제가 되었다는 걸 짐작했어.

"저기, 그건 말입니다. 정말 좋은 마음으로……."

"대체 왜 그런 짓을 한 거냐?"

"네?"

교장은 말하기 곤란하다는 듯 헛기침을 했고 대신 주임이 나섰어.

"네가…… 그러니까, 흐흠, 3학년 선배를, 흠흠, 유혹했다고. 난 잘 믿기지가 않는다만 요즘 세상이 하도 난장판이니까, 학부모들이 입을 모아 거짓말을 하고 있는 게 아니라면, 에, 뭐, 너는 아버지도 없고, 그러다보니 정신상태에 문제가 있을 수도, 물론 있을 테고."

"솔직히 말해라. 그게 사실이냐?"

담임이 딱딱하게 굳은 목소리로 물었어. 할 수만 있다면 난 아니라고 잡아뗐을 거야. 나는 지금까지도 자신을 보호하기 위해 쭈욱 거짓말을 해왔고 앞으로도 그럴 것이기 때문이야. 하지만 생각을 해봐. 교장에게까지 그날 밤의 은밀한 순간이 다 까발려지고 있는데 잡아뗀다 한들 과연 내게 승산이 있을까? 나는 군이 내게 했던 이야기들을 전속력으로 되감고 있었어. 군의 어머니는 분명 전업주부였지만 자식에게 지나치다 싶을 만큼 열성적이었고, 군도 그게 고마우면서 부담스럽다고 했었지. 그녀는 대학에서 학생운동을 한 적도 있어서 보통 엄마랑은 다르다고 군이 자랑스러워했어. 아버지와는 달리 엄마하고는 대화가 통해. 사고가 트여 있거든. 분명 그렇게 말했었지. 내가 완벽한 이상처럼 숭배했던 군이 아기처럼 자신의 엄마에게 징징거리며 그날 밤의 일을 몽땅 털어놓았다는 것이 교장 앞으로 불려나온 것보다 더 충격이었어. 아마도 그녀는 4반의 반장 못지않게 조직적인 모양이었고, 당장에 영향력을 행사할 수 있는 다른 학부모들에게 연락을 취한 후 행동에 돌입했던 거야. 이제 내가 할 수 있는 일은 뭐지?

"……사실입니다."

세 명의 선생에게서 동시에 신음소리가 흘러나왔어.

"어째서 그런 짓을 한 거냐!"

철가면이 버럭 소리를 질렀어. 교장과 주임은 놀란 눈으로 그런 그를 보았지. 철가면의 얼굴에 선명히 떠오르는 표정을 나는 처음으로 보고 있었어. 그건 바로 '혐오'였어.

내일 어머니와 함께 다시 얘기하자는 말을 듣고 교장실에서 놓여나 교실로 돌아왔어도, 모든 게 현실감이 없었어. 다만 내게 정말 큰일이 벌어지고 있는 건 분명했어. 남의 일이라면 궁금해서 사족을 못 쓰는 친구들이 몰려와 무슨 일이냐고 물었을 때 나는 별일 아니라며 간신히 웃어 보였어. 하지만 계속 속이 울렁거렸으므로 결국 화장실로 달려가 아침에 먹은 것을 몽땅 토해야 했어. 영무가 화장실 밖에서 기다리고 있다 무슨 일이냐고 걱정스레 물었지. 아마 그것이 영무에게 솔직할 수 있는 마지막 기회였을 거야. 하지만 비겁한 나는 고개를 가로저으며 별일 아니라는 말만 되풀이했어. 그렇게 해서 나는 내 안과 밖의 정말 소중한 무언가를 잃어버리고 말았어.

엄마의 퇴근은 진료가 모두 끝나고 마지막 점검까지 완료되는 오후 여덟시. 병원에서 집까지는 겨우 십 분 거리(엄마의 병원은 아파트 단지 내의 상가건물에 있어)여서 엄마는 특별한 일이 있을 때를 제외하고는 언제나 여덟시 십분이면 집에 도착해. 그러니 나는 여덟시 십분이 되기 전에 모든 마음의 준비를 마쳐야 했어. 하지만 엄마가 여느 때처럼 퇴근해 돌아와 소파에 털썩 누우며 "아, 너무 피곤하다!"라고 외쳤을 때도 나는 전혀 준비가 되어 있지 않았어. 모든 것이 혼란스러웠지만 내가 엄마에게 정말 끔찍한 짓을 저질렀다는 것만은 분명했어. 만일 엄마에게 영원히 비밀로만 할 수 있다면, 나는 교장실에서 무슨 수모를 당하든 끝까지 혼자 치러내는 쪽을 택했을 거야. 하지만 그럴 수가 없었지. 엄마는 선생에게 그 일을 듣는 것보다, 그래도 아들인 내 입을 통해 직접 듣는 게 낫다고 생각하지 않을까? 결국 내가 그때 할 수 있는 일이라고는 끔찍한 모욕에 엄마를 끌어들이는 것뿐이었어.

 엄마는 내 이야기를 듣는 동안 점점 파랗게 질려갔어. 나는 그날 밤의 일에 대해 설명하면서 혀가 타는 듯한 고통을 느꼈지. 그 동안 엄마에게는 몇 명의 애인이 있었고, 나도 그들의 존재에 대해 알고 있지만, 엄마가 구체적으로 그들과 어떻게 사랑을 나누고 어떤 식으로 헤어졌는가를 듣게 된다면 나 역시 파랗게 질렸을 거야. 게다가 만일 엄마가 같은 여자와…… 그건 내게 열고 싶지 않은 혼돈의 상자와도 같았어. 내게는 아무런 감흥이 없는 여자의 몸을, 더욱이 같은 여자가 보고 욕정한다는 건 상상만 해도 징그러웠거든. 이런 혐오감이 무척이나 모순된다는 걸 알지만 어쩔 수 없었어.

"하지만 너는 그동안 계속 여자애들과……."

"노력해본 거예요. 나도 평범한 게 좋으니까."

"정말…… 도저히 어쩔 수가 없는 거야?"

나는 울음이 터질 것 같아 필사적으로 입술을 깨물었어.

"……네."

"죽어도?"

"……."

엄마는 입을 다물고 한참을 목석처럼 앉아 있었어. 거실 벽에 걸려 있는 시계의 초침 소리가 천둥처럼 들려오는 동안 나는 머리카락 한 올 움직이지 못하고 숨을 죽였어. 목이 메어와 물이라도 마셨으면 했지만 그때의 내게는 그마저도 엄청난 호사처럼 느껴졌어.

"네 방으로 들어가."

"……네."

나는 방으로 들어와 침대 위에 드러누웠어. 부엌 쪽에서 달그락거리는 소리가 들려왔고, 엄마가 장식용으로 사다놓은 밸런타인 36년산을 따고 있다는 걸 알 수 있었어. 식탁의 유리와 크리스텔 술잔이 맞부딪치는 맑은 소리, 그리고 엄마의 흐느낌 소리가 내 방으로 잔잔하게 스며들었어. 나는 이불을 머리끝까지 뒤집어썼어.

비너스.

그때 나는 내가 아닐 수만 있다면 무엇이든 할 수 있을 것 같았어.

고통, 고통, 고통…….
달리 무슨 말로 그때의 일들을 설명할 수 있을까?
엄마는 핏기 없는 얼굴로 나와 함께 교장실 소파에 나란히 앉아 끝도 없이 쏟아지는 모욕들을 고스란히 들어야 했어. 아버지의 부재, 일하는 엄마, 방치, 무관심, 반항아, 사회적인 문젯거리, 문란, 건학 이래 처음 생긴 전대미문의 사건, 못된 송아지 엉덩이에 뿔난다, 미꾸라지 한 마리가 진흙탕을 만들게 둘 수는 없는 법 등등. 말 없이 듣고 있던 엄마가 더 이상 견딜 수 없었는지 힘겨운 저항을 했어.

"이건 개인적인 성향의 문제입니다. 말씀이 지나치시네요."

교장의 입가에 비웃음이 떠올랐어. 네가 그러니까 애가 저 모양이지, 라는 표정.

"자식의 상태에 대해 심각하게 무지하십니다그려. 강성훈 군은 우발적인 실수로 이런 일을 저지른 게 아니에요. 3학년 선배들에게 의도적으로 접근해서 그들의 사생활까지 캐고 다녔단 말입니다. 설문조사니 뭐니 악의적인 거짓말을 해가면서요. 몇몇 학생들의 증언에 따르자면 강성훈 군은 그들의 프라이버시에 관련된 문제를 집요할 정도로 캐냈다고 합니다. 피해 학생도 그중 한 명이었어요. 강성훈 군이 그걸 이용해서 무슨 짓을 저지르려고 했는지는 우선 본인에게 들어보아야겠지만, 이건 경악할 만한 사건입니다. 알아들으시겠어요, 어머니?"

엄마가 멍하니 내 얼굴을 바라보았어. 도저히 믿기지가 않는다는 표정. 나도 내가 그런 짓을 저질렀다는 게 믿기지가 않는데 엄마야 오죽하겠어.

"정말이야?"

정말이기도 하고 아니기도 한 그 미묘한 왜곡. 대체 당시의 내 진심은 다 어디로 증발했을까? 교장실에는 무거운 침묵이 감돌았고 엄마는 오로지 나에 대한 책임감만으로 그 힘겨운 순간을 버텨 내고 있었어.

"……우리 성훈이가 뭘 어떻게 해야 할까요?"

"그러게 말입니다."

교장의 차가운 답변이 돌아왔어.

"학교 측에도 입장이라는 게 있습니다. 수험이 코앞인 이런 중차대한 때에 미꾸라지 한 마리가……"

"자퇴하겠습니다."

엄마가 교장의 말을 딱 잘랐어. 이번에는 내가 엄마의 얼굴을 멍하니 바라보았어. 교장실에는 다른 의미의 침묵이 흐르고 있었지. 주임이 못마땅하다는 듯 입을 열었어.

"어머니, 그러시라는 게 아니라…….."

"그동안 우리 성훈이 가르치시느라 수고 많으셨습니다."

엄마가 내 손을 꽉 잡더니 벌떡 일어났어. 비너스. 하지만 나는 그녀를 따라 일어설 수가 없었어. 엄마가 내 의사는 전혀 고려하지도 않고 마음대로 자퇴를 결정하며 날 마치 유치원 아이 다루듯 손을 잡아끈 것은, 내게는 선생들이 쏟아부은 비난과 조금도 다를 바가 없는 굴욕이었어. 나는 엄마의 심정을 이해할 수도 있었고, 그녀를 이런 상황으로 몰아넣은 자신에 대해 혀를 물고 싶을 정도였지만, 엄마까지도 아들의 입장보다는 자신의 자존심이 먼저라는 사실이 나를 절망하게 했어. 나는 그 지경이 되어서도 학교에서 낙오한다는 현실을 받아들일 수 없었던 거야.

"얼른 일어나!"

내가 꼼짝도 않고 앉아 있자 엄마는 이중의 모욕으로 얼굴을 붉히며 낮게 윽박을 질렀어. 나는 잠시 망설였어. 그러고는 냉정한 눈초리로 우리 모자를 지켜보고 있는 세 명의 선생들을 차례로 보았지. 비너스. 내가 더 이상 뭘 어쩔 수 있었겠어. 나는 엄마의 체면을 지켜줘야만 했고 그것이 내가 할 수 있는 최선이었어. 그래서 나는 제대로 된 변명이나 자기변호 한마디 하지 못한 채, 일방적이고 턱없는 매도에 대해서도 반항 한 번 하지 못하고 마치 목줄에 묶여 끌려가는 개처럼 엄마 손에 질질 끌려나와야 했어. 그 순간의 가장 큰 고통은 바로 그거였어. 내가 아무것도 할 수 없었다는 거.

철가면이 곧 복도로 뒤쫓아 나왔고 엄마와 얘기를 나누었어. 그가 우리 엄마를 지극히 경멸하고 있다는 것은 누구라도 알 수 있을 정도였지만 엄마의 얼굴은 철가면을 세 겹 정도 덧씌워놓은 듯했어.

"성훈아, 교실 가서 가방 가지고 교문으로 와."

담임과 말이 길어질 것 같자 엄마가 신경질적으로 말했고 나는 말없이 두 사람 곁을 떠났어. 교장실에서 2학년 교실로 가려면 3학년 교실을 반드시 통과해야만 해. 우리 학교는 3학년 교실을 교장실이나 교무실과 가깝게 배치해놓았기 때문이야. 내가 복도를 걷고 있을 때 이쪽으로 난 창에 선배들의 얼굴이 하나둘 나타나는가 싶더니 급기야는 호기심 많은 원숭이 떼들마냥 우르르 몰려들었어. 나는 그 녀석들의 표정이 어땠는지 잘 몰라. 허리를 곧게 펴고 고개를 똑바로 든 채 뚫어져라 앞만 쳐다보고 있었거든. 엄마의 마지막 체면은 내가 세워줬지만 내 체면은 나밖에 세울 사람이 없었기 때문이야.

교실에서는 이미 1교시 수업이 진행중이었고 내가 들어가자 모두의 시선이 내게로 쏠렸어. 칠판에 한참 문제풀이를 하고 있던 수학선생의 분필도 딱 멈췄지. 나는 자리에서 가방을 챙겨들었어. 반 아이들은 쥐죽은 듯 조용했고 나는 아무와도 눈이 마주치지 않도록 최대한 주의하면서 교실을 나서려고 했어. 하지만 결국 영무 쪽을 바라보고 말았어. 우리의 시선이 마주쳤지만 영무는 곧바로 고개를 돌려 외면을 해버렸어. 나는 어금니를 꽉 깨물었지. 그러고는 다시 허리를 최대한 곧게 펴고 교실 문을 나섰어. 반 아이들의 눈에 내 모습은 분명 필사적으로 보였을 테지.

학교의 거대한 모습이 내 등을 찍어 누르듯 뒤로 처졌고, 나는 그 안에서 지금 벌어지고 있는 일들을 상상하지 않으려고 안간힘을 썼어. 하지만 텅 비어 있는 운동장을 바라보다가 끝내 눈물을 흘리고 말았어. 엄마가 보기 전에 닦아내려고 허둥거리는데 등 뒤에서 내 이름을 부르는 소리가 들려왔어. 틀림없는 영무의 목소리였지. 영무가 나를 위해 따라나와주었던 거야. 하지만 나는 걸음을 멈출 수 없었어. 나는 영무의 배웅을 받을 만한 자격이 없는 놈이었기 때문이야.

엄마는 집으로 돌아오는 동안 한마디도 하지 않았어. 그리고 집에 도착하자마자 무시무시할 정도의 평온을 유지하며 기운차게 병원으로 나갔지. 나는 침대에 누운 채 망연자실하고 있었어. 나는 불과 몇 시간 전만 해도 아침이면 일어나 학교에 가서 친구들과 툭탁거리고, 지루한 수업도 견뎌가며 어딜 가든 내 이름과 함께하는 'A고등학교 2학년'이라는 문장이 당연한 것인 줄 알았어. 나는 정말 낙오자가 된 거였고, 그게 바로 첫 키스 때문이라는 건 웃어넘길 수도 없는 악질적인 농담 같았어. 거짓말로 시작된 설문을 위해 쉬는 시간을 몽땅 바쳤던 일들이며 군에게 잘 보이고 싶어했던 모든 과장된 말과 행동들, 군에게 가졌던 터무니없는 기대들, 그리고 죽는 날까지 내게는 '수치' 그 이상은 아닐 첫 키스의 당혹스럽고 황망한 기억. 도대체 어디쯤에서 나 자신을 용서할 수 있는 건지 전혀 알 수 없었어.

엄마가 퇴근을 할 때까지 나는 침대에서 꼼짝도 하지를 않았어. 하루 종일 아무것도 먹지를 않았는데도 전혀 식욕이 없었지. 엄마는 늘 바쁘고 피곤하니까 요리하는 것을 좋아하지 않아. 우리는 이틀에 한 번꼴로 배달음식을 먹었고 쉬는 날이면 늘 외식을 했어. 하지만 그날 엄마는 퇴근하는 길에 장을 잔뜩 봐가지고 왔고, 두 시간 가까이 부엌에서 달그락거리며 온갖 요리를 했어. 식탁 위에는 불고기와 갖은 쌈 야채와 나물 요리들과 전과 해물매운탕과 된장국과 잡곡밥이 하나 가득 차려져 있었고, 엄마는 비장의 빈티지 와인까지 꺼내 잔 두 개에 부었어.

"아들, 건배."

도무지 상황에 어울리지 않는 엄마의 씩씩함이 어리둥절하면서도, 나는 순순히 그녀가 하자는 대로 했어. 엄마가 나 때문에 겪어야 했던 일들에 대해 어떤 식으로든 사죄하고 싶었기 때문이야.

"자, 먹어. 배고프지? 한창 성장기라 골고루 잘 먹어야 하는데, 만날 피자니 치킨이니 그런 것만 먹였으니. 엄마가 신경 못 써줘서 미안. 다 엄마 잘못이야."

나는 일단 숟가락을 들었지만 도무지 밥알을 씹어 삼킬 수가 없었어. 엄마의 자책이 마치 돌덩이처럼 목에 걸려 침 한 방울 넘어가지 않았거든. 엄마는 와인 한 잔을 단숨에 들이켜더니 불고기 쌈을 커다랗게 만들어 볼이 미어터지게 우물거렸어.

"엄마가 생각을 해봤어."

엄마가 잔에 다시 와인을 따르면서 말했어.

"미국이나 캐나다도 좋지만 거기 교육환경이 생각보다 좋은 게 아니거든. 널 사립에 넣을 형편은 안 되니 공립에 가야 하는데, 과연 그쪽 공립에서 원하는 만큼의 교육서비스를 받을 수 있을지 의문이야. 그래서 호주나 뉴질랜드가 어떨까 해. 그곳은 인종차별이 거의 없고, 동성애자에 대해서도 오히려 북미보다 사고가 열려 있어. 오늘 짬짬이 알아봤는데, 그곳으로 이주한 교민들 중에 유학생들을 대상으로 홈스테이를 하는 이들이 꽤 되더라. 자세히 알아보면 너에게 잘 맞는 곳이 있을 거야."

"……어째서 내가 유학을 가야 해?"

"그럼 여기서 뭘 할 건데?"

"나도 몰라. 날 학교에서 쫓아낸 건 엄마잖아."

엄마가 와인 잔을 내 어깨 너머로 집어던졌고 잔이 벽에 부딪치면서 쨍그랑 소리와 함께 부서졌어. 그건 엄마가 세트로 맞춰놓고 무척이나 아끼던 '호야글라스'였어. 이제 그녀는 한 개가 비는 와인잔 세트를 볼 때마다 이 순간의 불행을 기억하겠지.

"내일부터 어학원에 등록할 테니 열심히 다녀. 연말쯤에는 수속이 다 끝나 있을 거야."

"……아직 빚도 다 못 갚았잖아요."

엄마는 병원 개업에 필요한 자금을 90퍼센트 이상 대출받았어. 해서 엄마가 아무리 온갖 아이들의 온갖 질병을 열심히 진료해줘도, 이자니 뭐니 해서 지출이 많다보니 우리 집의 경제사정은 늘 빠듯하게 돌아갔어.

"그건 네가 상관할 일이 아니야."

우리는 고개를 숙이고 열심히 밥을 먹었어. 음식 씹는 소리까지 들려올 정도의 숨 막힐 것 같은 고요가 먹음직스러운 음식들 위에 파리 떼처럼 새카맣게 내려앉았어. 그건 내가 먹어본 것 중 가장 씁쓸한 맛이었어.

엄마가 등록해준 어학원은 뉴질랜드로 유학을 가려는 학생들을 위해 특별반을 운영하고 있어. 그 학원에 대해 내가 아는 건 그게 전부. 나는 단 하루도 출석하지 않았거든. 매일 아침 엄마는 병원으로 향하면서 내게 당부를 했지. 사고치지 마. 거기에 덧붙이는 거야. "제발." 퇴근해 돌아와서는 신발도 벗기 전에 물었어. 무슨 일 없었니? 나는 웃으며 씩씩하게 고개를 끄덕였어. 아무 일도 없었어요, 걱정 마세요. 나는 잘하고 있어요.

나는 이곳저곳을 어슬렁거렸어. 영화도 보고, PC방에서 눈이 짓무르도록 게임도 하고, 실내 수영장에 가서 수영도 하고, 공원 벤치에서 낮잠을 자기도 했어. 나는 차츰 밖으로 나가는 게 귀찮아졌고(어차피 수강시간은 한낮이었으므로) 엄마에게는 시치미를 뗀 채 집에서 꼼짝도 하질 않게 되었어. 그 긴긴 시간 동안 집에서 대체 무얼 했느냐고? 처음에는 텔레비전을 보거나 인터넷으로 웹서핑을 하며 하루를 보냈지. 하지만 그마저도 귀찮아져서 나중에는 그저 멍하니 맞은편 아파트로 꽉 막힌 거실 창만 바라보게 되었어. 나는 집주인이 외출한 다음 혼자서 집을 지키는 강아지가 된 것 같았고 집 밖에도 세계가 있다는 것을 모르는 채 집 안만을 배회하는 유령이 된 것 같았어. 태어난 뒤 단 한 번도 실제의 하늘을 본 적이 없는 강아지이자 집 안을 절대 떠날 수 없는 집유령인 나는 차츰 말을 잃어버리게 되었어.

아이가 이상해. 엄마가 울먹이며 누군가에게 전화를 하고 있었지만 나는 아무렇지도 않았어. 저게 내 얘기인가 싶었을 뿐.

할머니가 왔지만 엄마는 열쇠공을 불러 억지로 내 방문을 열어야 했어. 졸려 죽을 것만 같은데 할머니는 나를 불러 앉혀놓고 자꾸 우셨어. 할머니는 청상과부였고 엄마를 혼자 키웠어. 그리고 엄마가 의대 시절 임신해서 아이를 낳자 그 아이도 키워주셨지. 할머니가 울 때마다 하는 말이 있어. 영감만 그렇게 빨리 안 죽었어도. 나는 한 번도 본 적이 없는 할아버지가 아직 살아 있다면, 엄마는 아무 사고 없이 의대를 졸업해서 멋진 남자를 만나 결혼을 한 뒤 합법적으로 아이를 낳고, 그 아이는 물론 정상적인 이성애자로 자라 믿음직한 아버지와 자상한 할아버지를 모시고 사우나를 다니며 서로의 등을 문질러주었을지도 몰라. 생각이 거기쯤 다다랐을 때 나는 더 이상 졸음을 이기지 못하고 머리를 방바닥에 처박고 말았어. 콧대가 부딪치며 코피가 흘렀지만 그대로 잠을 자고 싶었으므로 몸을 웅크린 채 꼼짝도 하지를 않았어. 엄마와 할머니가 비명을 지르며 내 어깨를 흔들어대기에 나는 소리를 버럭 질렀어.

"제발 입 좀 닥치란 말이야!"

엄마와 할머니가 갑자기 조용해져서 나는 만족스럽게 웃었어.

*

"소년, 반갑다. 내 이름은 양양나. 양나 씨라고 불러주면 고맙겠군."

양양나. 참으로 이상한 이름. 나는 침대 구석에 웅크린 채였고 그녀는 길고 미끈한 다리를 외로 꼰 채 내 의자에 앉아 있었지. 그녀의 새까만 머리카락은 턱선에 맞춰 가지런히 잘려 있었어. 그 머리는 붉게 칠한 장밋빛의 입술과 무척 잘 어울렸어. 세련되고, 당당한 느낌의 미인.

"난 네 엄마의 의대 동기. 한때 친구이기도 했지만 네가 방구석에 처박혀 꼼짝 안 하기 전에는 서로 어디 살고 있는지도 몰랐어. 운수는 네게 내가 필요하다더군."

"……네."

양나 씨는 가만히 날 바라보았어.

"날 만나니 어때?"

"좋아요."

"내가 왜 왔을까?"

"내게는…… 필요하니까."

"소년. 그러지 마라. 억지로 대답할 것 없어."

나는 멍하니 그녀의 무릎 근처를 보았지.

"내 직업은 사람들의 이야기를 들어주는 거야. 몽상, 망상, 상상, 가상, 후회, 진실, 고백, 가식, 거짓말, 협박, 울음, 웃음, 분노, 기쁨 뭐든지 좋아. 이야기만 된다면. 나는 다른 사람의 이야기를 듣는 게 좋거든."

"……거짓말."

"뭐가 말이니?"

나는 대답하기 귀찮아 가만있었어.

"너에게 한 가지는 약속할게. 나는 너에게 절대로 거짓말하지 않을 거야. 절대로."

"……내가 어때 보여요?"

"미남이네. 소년. 웃어라. 너만 한 미남은 세상의 여자들에게 웃어줄 의무가 있는 거야."

"……난 여자한테 관심 없어요."

"그러니? 난 남자한테 관심이 없어. 그러니까 더욱 웃어줘야지."

내가 피식 웃자 양나 씨는 박수를 쳤어.

"좋아! 훨씬 좋군. 지금 기분은?"

"……."

내가 아무 말이 없자 양나 씨도 침묵을 지켰어. 그녀는 엄마가 내게 보낸 중재안이었고 내가 바깥세상과 타협할 수 있는 마지막 기회였을지도 몰라.

"……선생님은……."

"양나 씨."

"양나 씨는 정신과 의사인가요?"

"나는 의대를 졸업했지만 전문의 자격증은 따지 않았어. 지금은 상담소를 운영하고 있지."

"상담소……."

"구경 와. 나름 재미있는 곳이야. 친구들도 있고."

"거기 있는 애들은 모두 정신병자인가요?"

"모두 너 같아. 넌 정신병자인가?"

"그건, 아닌데요."

"오, 발끈하는군. 그럼 걔들도 아니야."

"내게 뭘 원하는 거죠?"

"넌 뭘 원하니?"

"편해지는 거."

"편해질 수 있어."

"……어떻게?"

"날 찾아와봐. 그럼 널 정열적으로 사랑해주고 완전히 가게 만들어줄게."

그녀는 그렇게 이상한 말을 남겨놓고는 고양이처럼 우아하게 내 방을 나갔어. 그건 여자가 남자를 유혹할 때나 쓰는 말이었으니까 그녀는 날 유혹하고 있는 셈이었어. 이 어두운 방에서 나올 수 있겠니? 그 절망감에서 손을 내밀어보겠니? 내가 너를 붙들고, 내가 너의 손을 잡아줄게. 나는 절대로 너에게 거짓말하지 않아.

세상 모두를 사랑할 수 있는

비너스에게.

'애미 청소년 상담소' 양나 씨가 운영하는 곳의 정식명칭. 작명 센스가 어째 저 모양인지, 쯧.

그곳은 서울 근교의 위성도시 어느 곳에 있어. 엄마의 자동차로 한 시간 삼십 분 정도 걸렸으니 서울에서 그리 멀다고 할 수는 없었지만 차에서 내리자마자 제법 맑은 공기가 느껴졌어. 엄마는 우리 사이의 침묵을 견딜 수 없다는 듯 운전을 하는 내내 이런저런 이야기들을 했어.

"양나는 굉장히 우수했어. 하지만 그녀는 뭐랄까…… 항상 근성이 부족했어. 집안이 워낙 부유한 데다 부족한 것 없이 자라서였는지 절실한 게 없었거든. 결국 도중에 그만둬버리고, 외국으로 나갔다가 훌쩍 귀국하는가 싶더니 어느 날 부모님에게 물려받은 유산으로 상담소를 열었다는 소문이 들리더구나. 음…… 하지만 상담소 평판은 꽤 좋은 것 같아. 게다가 양나는…… 너에게 도움이 될 거야. 그녀는…….″

″동성애자니까?″

엄마가 날 흘긋 보는 게 느껴졌어. 나는 차 창문을 열어놓고 태풍처럼 쏟아지는 바람을 느끼며 흘러가는 풍경을 보고 있었어. 근 석 달 만에 하는 외출. 그리고 엄마에게 근 석 달 만에 하는 대답.

″그래.″

'애미 청소년 상담소'는 울창한 나무들에 둘러싸인 이층짜리 흰색 목조건물이었어. 나무들은 모두 붉거나 노랗게 색이 물들어 화창한 가을햇살에 반짝이고 있었어. 집처럼 보이는 건물 디자인은 그렇다 쳐도, 목가적인 전원풍경으로밖에는 보이지 않는 결정적인 이유는 널찍한 풀밭을 어슬렁거리고 있는 얼룩소 두 마리 때문. 소들은 엄마의 자동차가 진입로로 들어서자 여전히 풀을 우물거리면서도 순한 표정으로 우리를 바라보았어. 동작이 느릿하긴 해도 호기심이 많은 놈들 같았어. 양나 씨는 밖으로 나와서 기다리고 있다가 우리를 맞아주었지. 그녀는 여전히 멋졌고 더없이 편해 보이기도 했어. 엄마는 그녀와 악수를 하면서도 얼굴이 굳어 있었고 슬퍼 보이기까지 했지만.

"상담소가 멋지다. 너랑 잘 어울려."

"고맙다, 운수. 넌 피곤해 보인다."

"그렇지 뭐."

양나 씨가 시선을 돌려 나를 보았어. 나는 소를 보고 있었지.

"걔들은 하나와 앨리스. 이와이 슌지 감독을 무척이나 좋아하는 애가 붙여준 이름이야. 한 마리는 수놈이라고 얘길 해줘도 막무가내더군. 그래서 암놈이 하나, 수놈이 앨리스."

"웃기네요."

"그럼 웃어봐."

양나 씨가 내 어깨에 손을 얹으며 다정하게 말했어. 나는 미소를 지었고 그녀는 만족스럽다는 듯 고개를 끄덕였어.

"운수는 거실에서 차라도 마시면서 쉬고 있어. 오늘은 자원봉사 하러 온 사람도 없으니 직접 타 마시도록. 방금 머핀을 구웠으니 홍차랑 먹으면 끝내줄 거야."

"나도 같이 있으면 안 될까?"

엄마가 불안한 목소리로 물었어.

"절대 안 돼."

양나 씨는 화사하게 웃으며 단호히 거절했어.

양나 씨가 상담실로 쓰고 있는 곳은 벽이 노란색으로 칠해져 있어. 주황색과 연두색의 꽃무늬가 프린트된 푹신한 천소파가 방 한

가운데 있고, 흰색 화분에 담긴 갖가지 나무들이 방 여기저기에 아무렇게나 놓여 있어. 양나 씨의 오래된 마호가니 책상은 무척 낡았는데도 분위기에 잘 맞았어. 소파 위에서 등을 구부린 채 잠을 자고 있는 검은 고양이까지, 모든 것이 제각각이지만 꼭 있어야 할 곳에 자리를 잡은 듯한 느낌. 엄마가 홍차를 마시고 있는 거실도 낡은 가구들과 커다란 화분으로 꽉 차 있었지만 무척 편안한 느낌이었어.

"걔는 씨아."

내가 소파에 앉자 씨아는 눈을 떴고 웬 지저분한 놈이지, 라는 표정으로 후닥닥 일어나 양나 씨에게로 갔어. 목에 두른 붉은색 가죽 목걸이가 검은 털과 무척 잘 어울렸지.

"양나 씨를 닮았네요."

"내 고양이니까."

양나 씨의 상담실에서 가장 인상적인 건, 벽면 하나를 가득 메우고 있는 보티첼리의 〈비너스의 탄생〉. 나는 지금껏 그렇게 큰 복제화는 본 적이 없었고, 비록 진짜 그림은 아니었지만 사이즈 때문인지 박력에 압도당하고 말았어. 그렇게 보는 비너스는 무척 신비로운 느낌이었고 아름다웠지. 10등신은 돼 보이는 전라의 여신.

"그림이 마음에 드니?"

"그림 속의 저 여자가 양나 씨의 이상형인가요?"

"그래."

"키가 크군요."

"키는 문제가 안 돼. 그녀는 사랑과 미의 여신이야. 더 이상 무슨 말이 필요해?"

"아!"

"아?"

"애미 청소년 상담소."

"맞아. 사랑 애에 아름다울 미. 사랑과 아름다움."

양나 씨는 그림 앞으로 가서 물끄러미 쳐다보았어.

"바람을 일으켜 비너스를 육지로 데려오고 있는 건 제피로스. 그는 정신적인 사랑을 뜻해. 사랑은 육체만으로는 완성되지 않는 거야. 비록 비너스처럼 완전히 성숙한 어른으로 태어났을지라도."

"그녀는 몇 살쯤일까요?"

"그 당시에 여자가 스물을 넘겼다는 건 지금 마흔을 넘긴 것이나 마찬가지야. 그녀는 네 또래이거나 한두 살 더 어릴지도 몰라. 사랑과 미의 여신은 아름다운 소녀지."

"……저애라면 세상 모든 사람들이 사랑하겠군요."

양나 씨가 몸을 돌려 나를 보았어.

"어리군. 그녀는 세상 모두를 사랑할 수 있는 이야. 그러니까 사랑의 여신이지."

양나 씨는 책상에 가서 앉았어. 그러고는 씨아의 등을 부드럽게 쓰다듬어주었지.

"네가 최근에 힘든 일들을 많이 겪었다는 걸 알아. 상처가 크다는 것도 알고. 하지만 넌 이렇게 자라오는 동안 그보다 더 많은 좋은 일들을 겪어왔고, 더 큰 위로를 받으며 살아왔어. 그것의 힘은 굉장해서 도저히 아물 것 같지 않은 상처까지 치료하기도 해. 우리가 여기서 해야 할 일은 네 안에 대체 어떤 힘들이 숨어 있나 찾아내보는 거야."

"내 안에 있는 건 벌레밖에 없어요."

"벌레?"

"더러운 벌레."

"네가 더럽다고 생각하니?"

나는 고개를 끄덕였어. 말해두지만 난 그런 생각을 해본 적은 없어. 하지만 양나 씨가 그렇게 묻는 순간 번개처럼 깨달았어. 이 얼마나 더러운 놈인가 하고.

"이곳은 마음에 들어?"

"네. 사랑스러운 곳이네요."

"너는 훨씬 더 사랑스러워."

양나 씨가 눈 하나 깜빡하지 않고 저런 닭살 돋는 말을 진짜 진지하게 주워삼켰을 때, 예전의 나라면 어이가 없어 크게 웃음을 터뜨렸겠지. 하지만 지금의 나는 왠지 그 말에 안심이 되었어.

"양나 씨는 왜 이런 일을 하죠?"

"나는 사람들의 이야기를 듣는 게 좋다고 했잖아."

그녀가 거짓말을 하고 있다는 불편한 느낌. 내 갑작스러운 침묵에 양나 씨는 생각에 잠긴 표정으로 나를 보았지.

"내 말을 믿지 않는구나. 왜?"

"관심도 없는 다른 사람의 시시콜콜한 이야기를 듣는 건 짜증나고 힘들기만 하니까."

"관심 있는 사람의 이야기도 듣다보면 짜증나고 힘들 때가 있어."

"하지만 양나 씨는……."

"하지만 그래도 좋아. 그것과 이것은 별개야. 너도 알잖아."

그녀는 내 설문 소동에 대해서 알고 있는 게 분명했어.

"……그건……."

"그건?"

"어쩌다 보니까……."

"무엇이?"

"그러니까…… 설문이요. 양나 씨도 알고 있죠?"

"그래. 네가 무척이나 열심이었던 거 알고 있어. 그 일에 최선을 다했다는 것도."

"그걸 어떻게 알아요?"

"그렇게 많은 사람들의 이야기를, 그토록 오랜 시간 듣는다는 건 최선을 다하지 않으면 불가능한 일이거든. 게다, 그 일을 좋아하지 않으면 절대로 안 되지."

씨아가 하품을 쩌억 하더니 기지개를 켰어.

양나 씨가 나를 처음부터 시종일관 '소년'이라 부르는 것은 아마도 그게 나의 가장 큰 정체성이기 때문일 테지. 아직 소년이기 때문에, 나는 양나 씨의 말 한마디에 갑자기 눈물을 글썽이고 마음도 흔들리는 거겠지. 그러니까 지금 약간 울먹인다고 창피해하지 말자. 나는 아직 그래도 되는 나이일 거야. 양나 씨는 나를 위해 시선을 피해주었고, 씨아의 턱을 다정하게 긁어주었어. 씨아가 기분 좋게 갸르릉거리는 동안, 나는 조금 울고 콧물을 왕창 흘렸어. 테이블의 티슈를 뽑아들고 시원하게 코를 풀고 나니 양나 씨가 말을 꺼냈어.

"지금 너에게 필요한 건 두 가지야. 네 이야기를 하는 것과 남의 이야기를 듣는 것. 그거야말로 소통의 기본이고, 소통은 너를 치료해줄 가장 강력한 힘이야. 그리고."

양나 씨는 가지런한 치아를 드러내며 맑게 웃었어.

"내가 보기에 너는 그 두 가지에 아주 뛰어난 소질이 있어."

당장은 아무 이야기도 하고 싶지 않다는 내 말에 양나 씨가 내게 권한 방법은 글로 써보라는 것. 일기든 편지든 소설이든 다 좋아.

다만 누군가에게 읽힌다는 생각으로 쓸 것. 그래야 스스로 균형을 잡을 수 있으니까. 누구에게 쓰겠니? 나는 보티첼리의 그림을 다시 한 번 보았어. 세상 모두를 사랑할 수 있는 아이. 나는 비너스에게, 라고 답했고 양나 씨는 만족스러워했어.

"여기에서는 매주 금요일마다 모임이 있어. '오맙또 프라이데이'라고 자기들끼리 부르더군. 오 맙소사 또 금요일이다, 라는 뜻. 서로 모여서 과자를 굽기도 하고 소풍도 가고, 뭐 하는 일은 그때그때 다르지만 나름 재미있어. 강제성이 있는 건 아니지만 출석율도 꽤 좋고. 그래서……."

"아직 그런 건 좀 그래요."

"사람 말을 끝까지 들어야지. 나는 너에게 아르바이트를 부탁하는 거야."

"아르바이트?"

"그래. 그애들에게 일주일 동안 있었던 일들을 네가 들어주었으면 좋겠어. 성실하게 기록해서 그걸 내게 넘겨주면 장당 만원씩 쳐줄게."

"글쎄요……. 난 별로 돈이 필요 없어요."

"소년. 죽고 나서야 돈이 필요 없어지는 거다. 하다못해 가출을 할래도 비자금 정도는 있는 게 좋다고. 한번 생각해봐."

양나 씨는 나를 내보내면서 엄마를 들여보내라고 했어. 이번엔 네가 홍차와 머핀을 먹고 있으렴. 거실로 나가자 엄마가 소파에 기대 자고 있는 모습이 눈에 들어왔어. 아침 일찍부터 서두르느라 몹시 피곤했는지 입을 약간 벌린 채, 손에는 먹다 만 머핀이 들려 있었어. 아주 잠깐 가슴이 아픈가 싶더니 다시 아무렇지도 않아졌어. 그때 나는 엄마를 보면 도통 아무런 느낌도 없었거든.

거실에는 정원 쪽으로 커다란 창이 뚫려 있어서 하나와 앨리스가 풀을 뜯어먹고 있는 모습이 훤히 보였어. 바람에 살랑거리는 포플러 잎사귀를 보고 있자니 마음이 평온해지는 것 같았지. 나는 이곳이 마음에 들었어. 이곳이 진짜 '바깥세상'이 아니라는 것을 알고 있었지만, 아무래도 상관없었어. 일단 어두운 내 방보다는 훨씬 넓은 데다, 양나 씨도 엄마보다 편했으니까. 엄마와 양나 씨는 삼십 분 정도 이야기를 했고, 그래서 조금 전보다는 훨씬 좋은 표정으로 엄마가 거실로 나왔을 때 나는 세 개째 머핀을 먹고 있었어. 나는 그동안 식욕이 없었으므로 몸무게가 10킬로그램 가까이 줄어 있었어. 하지만 양나 씨의 머핀은 먹을 만했지.

"네가 여기 오는 건 매주 수요일. 버스를 타고 혼자 올 수 있겠니?"

엄마는 불안한 시선으로 날 보았어. 그래서 엄마가 저 안에서 양나 씨와 나를 데려다주는 문제로 약간의 설전을 벌인 것을 짐작할 수 있었어. 아마도 엄마는 자기가 매주 함께 오겠다고 고집을 부렸을 테고, 양나 씨는 나라면 충분히 혼자 올 수 있다고 했겠지. 나는 그때 나를 믿어주는 사람이 몹시도 절실했어. 그래서 양나 씨의 말에 두말없이 고개를 끄덕였지.

"좋아. 대단히 좋아."

양나 씨는 나를 대견해했고, 엄마는 실망스러워했어. 엄마가 입을 열어 불만을 제기하려고 했을 때 양나 씨가 단호하게 제지했어. 운수, 안 돼. 엄마는 여전히 불만스러운 표정이었지만 어깨를 으쓱하고는 더 이상 아무 말도 하지 않았어.

*

수요일의 아이. '애미'에서는 날 그렇게 불러. 양나 씨는 일부러 아무 상담약속도 잡혀 있지 않은 수요일에 날 넣은 것인데, 그건 처음 오는 아이들에게 주어지는 특권 같은 거야. 대개 수요일의 아이는 아직 다른 아이들과 만날 준비가 되어 있지 않은 상태이기 때문. 그래서 내가 시외버스와 시내버스를 번갈아 타며 상담소에 도착한 첫 번째 수요일에는 하나와 앨리스, 씨아, 그리고 양나 씨만 상담소에 있었어. 양나 씨는 부엌에서 햄치즈 샌드위치를 만들고 있다가 들어서는 나를 보자 활짝 웃으며 손을 흔들었지. 푸른색 페인트칠이 군데군데 벗겨진 식탁의자에 편히 누워 있던 씨아가 슬그머니 일어나 구석으로 숨었어.

"오는 길은 어땠어?"

오이피클 하나를 집어들어 와삭 깨물며 양나 씨가 물었고, 나는 좋았다고 대답했어. 그건 공연한 말이 아니었어. 스스로 몸을 움직여 멀리 나와본 게 오랜만이라 처음에는 다소 어색했지만 내 몸은 곧 3개월 전의 활력을 기억해냈고, 흔들리는 버스에 앉아 속도감을 즐기고 있었으니까. 양나 씨는 피크닉 바구니에 샌드위치와 사과, 우유, 주스 병을 넣은 뒤 날더러 돗자리를 들라고 했어.

"어디로 가는 건데요?"

"멀리 갈 것 있니? 마당에 자리 깔고 앉아서 밥이나 먹자고."

나는 피식 웃고 말았어. 겨우 마당으로 샌드위치 먹으러 나가면서, 양나 씨는 얼굴 전체를 뒤덮는 커다란 선글라스와 멋들어진 밀짚모자, 녹색 도트무늬의 스모킹원피스까지 완벽하게 갖춰입고 있었거든.

양나 씨는 포플러나무 밑에 자리를 깔라고 했고, 나는 그녀가 시키는 대로 했어. 양나 씨가 원피스의 주름을 펴며 우아하게 자리를 잡자 씨아가 그 옆에 냉큼 와서 앉았지. 양나 씨는 샌드위치를 내게 건넸어.

"먹어라, 소년. 조금만 더 살이 찌면 훨씬 더 보기 좋을 거야."

양나 씨가 샌드위치를 크게 한입 베어먹으며 말했어.

"비너스에게 편지는 썼니?"

"음…… 한 장 정도."

"어땠어?"

"생각보다…… 괜찮았어요."

"좋아. 쓰고 나서 꼭 퇴고를 하도록 해."

"꼭 그래야 하나요?"

"꼭 그래야 하지. 그리고 네가 남긴 문장보다는 빼버린 문장에 대해 주의를 기울여봐. 빼버려도 될 정도의 문장이라면 실제로도 대단한 게 아니라는 것. 사람들은 대부분 삶에서 중요한 게 무언지는 잘 알아. 하지만 중요하지 않은 게 무엇인지 몰라 우왕좌왕하거든. 이걸 깨닫는다면 더 좋은 문장을 쓸 수 있을걸."

"좋은 문장…… 난 작가도 아닌데."

"작가인지 아닌지는 상관없어. 좋은 문장은 좋은 생각, 좋은 생각은 좋은 인간한테서 나오니까."

"착한 인간이 되라는 건가요?"

"그거야말로 씨아에게 멍멍 짖으라는 소리군. 인간 자체가 착한 존재가 아니니까 말이야. 착한 것과 좋은 것은 다르지."

"어렵네요."

"좋은 게 쉬운 거면 다들 좋게? 세상도 지금보다 훨 좋겠지."

"하지만…… 여긴 정말 좋아요."

나는 정원을 휘 둘러보며 말했어. 하나와 앨리스는 안 그런 척하면서 슬금슬금 우리 근처로 다가와 있었지.

"여기는 원래 초등학교가 있던 자리야. 폐교가 싼값에 나왔다기에 와봤더니 저 멋진 나무들이 있더라고. 마당이 원래 운동장이어서 풀을 심느라 고생 좀 했지. 하나와 앨리스는 마당의 풀을 관리해줄 관리자가 필요해서 키우게 된 거야. 재들이 알아서 잡초랑 다 뽑아먹어주거든."

양나 씨는 내게 두 개째 샌드위치를 건네주었어.

"저…… 기, 양나 씨는…… 그러니까 구체적으로 언제쯤……."

"자각을 했느냐고?"

"네."

"유치원 때부터."

"설마요."

"진짜야. 예쁜 여자애들만 보면 사족을 못 쓰고 쫓아다녔고, 한글을 깨치자마자 유치원 최고 미녀한테 러브레터부터 썼다고."

"조, 조숙했네요."

양나 씨가 웃음을 터뜨리자 씨아가 깜짝 놀라 잠에서 깨어났어.

"그래. 난 어렸을 때부터 늘 '사랑 최고'였어."

"그럼, 지금 누구와……."

"애인이 있긴 해. 하지만 그녀는 나 말고도 다른 애인이 있어."

"말도 안 돼요."

"어째서?"

"그야…… 양나 씨 같은 여자가 뭐가 아쉬워서 그런 관계를……."

"흠. 소년, 제법이구나. 여자를 칭찬하는 법을 알아."

"애인에게 다른 애인이 있다는 건 어떤 기분이죠?"

"더러운 기분."

"그럼 왜……."

"그녀와 있으면 괴롭고 그녀가 없으면 외로워. 난 외로운 것보다는 괴로운 게 좋거든."

"이해할 수 없어요."

"사랑은 원래 이해할 수 없는 것투성이야. 너도 그러지 않았니?"

나, 그리고 군. 생각하는 것만으로 다시 목에 돌덩이가 걸린 듯했어. 내가 맛있게 먹던 샌드위치를 슬그머니 내려놓자 양나 씨는 나를 측은한 눈초리로 보았어.

비너스. 어른이 된다는 건 멋지고 완벽한 사랑을 가지게 되는 게 아니라, 양나 씨처럼 불완전한 사랑에 담담해진다는 걸까? 그렇다면 나도 이 고통이나 자책에서 온전히 벗어나는 게 아니라, 단지 무감각해지게 되는 것뿐인가? 이 순간의 아픔이 영원히 남게 되는 거냐고 양나 씨에게 물어보고 싶었지만 나는 묻지 않았어. 내 질문에 양나 씨가 "그래, 소년. 불행히도 우리가 한 번 겪은 시간은 우리에게 영원히 남아버려"라고 답하는 것을 듣고 싶지 않았거든. 양

세상 모두를 사랑할 수 있는 93

나 씨는 내게 거짓말은 절대 하지 않겠다고 했으니 분명 그렇게 대답했겠지.

"궁금한 게 있는데요. 대체 여자들끼리는 어떻게……."

"오, 좋은 질문이야. 남 일에 슬슬 호기심도 생기는 모양이군. 그야, 애송아. 인간은 상상을 초월할 만큼 다양한 부위에 갖가지 감각을 가지고 있어서 말이야. 사랑하는 사람끼리 서로 즐겁게 만들어줄 수 있는 방법은 엄청나게 다양하단다. 아마 너도 언젠가는 알게 되겠지."

샌드위치를 다 먹고 나자 양나 씨는 마당을 좀 거닐고 싶다고 했어. 그녀는 내게 손을 내밀었고 나는 그 손을 붙잡았어. 우리는 마당을 천천히 거닐며 이야기를 했어. 나는 별로 이야기를 하고 싶지 않아서 주로 양나 씨의 이야기를 들었지. 그녀는 엄마와의 추억에 대해 이야기해주었어. 마음에 들어 찍어놓고 작업중이었는데 덜컥 임신을 해버리더라고.

"솔직히 말하자면 운수가 나한테 거의 넘어왔다고 착각하고 있었다니까. 그때만 해도 내가 어렸지. 지금의 너보다 겨우 한두 살 많았으니까. 하여간 이성애자 보기를 돌보듯 해야 한다는 교훈을 네 엄마가 줬어. 우리가 도저히 어쩔 수 없는 것처럼 그들도 도저히 어쩔 수 없는 부분이 있으니까 말이야. 그런 면에서, 소년. 넌 별로 연애운이 좋지 않았지만 특별히 나쁜 것도 아니야. 비밀을 하나 알려줄까? 네 엄마의 가방들, 이번에 보니까 여전하더군."

"엄마의 가방이 왜요?"

엄마는 유난히 가방에 민감했어. 몸치장에 특별히 신경을 쓰는 것도 아니고, 액세서리에도 무심하면서 엄마는 늘 가방만은 브랜드의 신상품을 무리해서라도 구입하곤 했거든. 그래서 엄마는 샤넬과 루이비통, 구찌, 프라다, 에르메스 같은 명품 가방들을 다양하게 가지고 있었어.

"운수는 옛날에도 그랬어. 과부 어머니 밑에서 힘들게 공부하는 주제에 가방만큼은 늘 최고급이었다고. 내가 왜 그렇게까지 가방에 집착하냐고 물으니까 네 엄마가 뭐라 그랬게?"

"그, 글쎄요."

우리는 하나와 앨리스 앞에서 멈춰 섰어. (불알이 달린 걸 보아하니) 앨리스 쪽이 양나 씨에게 슬금슬금 다가왔고 양나 씨는 그 녀석의 콧잔등을 쓰다듬어주었어.

"좋은 연애를 하려면 일단 자신의 좋은 점을 보여주라고 하는데 말이야. 도통 그런 게 없는 여자들은 뭘 어떻게 해야 하냐? 그러니까 이건 보여줄 게 없는 여자의 차선책이야, 그랬어. 운수의 가방 개수야말로 꼬이는 연애사의 확실한 물증이라고 할 수 있지. 그녀는 평범한 이성애자지만 우리보다 특별히 운이 좋다고는 할 수 없었지."

나는 엄마의 옷장에 차곡차곡 쌓여 있는 명품가방들을 떠올렸어. 그러니까 그건 가방이라기보다는 그녀가 메고 다니는 결핍, 그리고 장 한가득 차 있는 고독.

"그런데 씨아가 안 보이네요?"

어딜 둘러봐도 씨아의 검은 털이 보이지 않았어. 양나 씨가 손목시계를 보았지.

"어머나, 시간이 벌써 이렇게 됐네. 씨아의 밤마실 시간이야. 지금쯤 아마 거실 한구석에서 열심히 몸단장 중일걸. 고양이들에게 저녁부터 새벽까진 사랑의 시간이지. 넌 이제 그만 돌아가는 게 좋겠다. 저녁노을이 질 무렵 버스를 타는 건 좋아. 차창 밖 풍경도 아름다울 거고, 네가 MP3에 담아온 음악하고도 아주 잘 어울릴 거야. 하지만 어두워진 다음에 버스를 타는 건 좋지 않지. 너무 우울해지거든. 내가 딱 한 번 죽고 싶다는 생각을 한 적이 있었는데, 불면증에 시달리면서 야간버스를 탔을 때였다고. 그건 그렇고."

양나 씨가 심각한 표정으로 말했어.

"소년. 너, 소똥 밟았다."

제기랄. 하나와 앨리스가 여기저기 싸놓은 똥들을 일껏 잘 피했다고 생각했건만, 결국 마지막에 덜컥 밟아버린 거였어.

"아참, 다음 주에 이곳의 유일한 자원봉사자를 만날 수 있게 될 거야. 그는 여기에서 가까운 곳에 살고 있어. 수의사인데, 하나와 앨리스 덕분에 알게 되었지. 그가 와서 소똥도 치워주고, 저 녀석들도 돌봐주고, 차도 끓여주고, 내 친구도 되어주고, 하여간에 엄청나게 유익한 인간. 그 사람도 게이야."

"몇 살인데요?"

양나 씨가 미소를 지었어.

"이런, 바짝 관심을 보이는구나. 그는 올해 스물아홉이야. 나머지는 직접 만나서 천천히 알아봐."

나는 조금 머뭇거리다 그녀에게 손을 내밀어 악수를 청했어. 하지만 그녀는 손을 내미는 대신 두 팔을 활짝 벌려 나를 따듯하게 안아주었어. 그녀의 풍만한 가슴이 내 가슴과 맞닿았지만 괜찮은 기분이었어.

"넌 역시 운수 아들이야. 사랑스러운 녀석."

양나 씨가 하는 말이 직업정신에 의한 것인지, 아니면 진심인지 가늠이 되지를 않았어. 하지만 뭐 어때, 비너스. 나에게는 그런 말이, 바싹 마른 대지에 쏟아지는 시원한 물줄기 같았는걸.

오맙또 프라이데이

비너스에게.

그 생각은 불현듯 난 거야.

정지신호에 걸린 버스에 앉아 창 밖을 내다보다가, 바로 옆에 서 있는 오토바이를 발견했어. 운전자는 나보다 서너 살 정도 많아 보였지만 어쩌면 내 또래인지도. 요즘은 하도 겉늙어 보이는 녀석들이 많으니까. 어쨌든 그는 오토바이에 앉아 푸른 하늘과 흘러가는 구름과 길가 건물에 걸려 있는 색색의 간판들을 둘러보았고 신호가 바뀌자 부드럽고 경쾌하게 달려나갔어. 아마 헬멧을 쓰고 있지 않았다면 머릿결이 바람에 휘날렸겠지. 순간 그가 부러워졌고 나도 오토바이를 탈 수 있었으면, 이라는 생각이 들었어.

비너스. 그건 학교를 그만둔 뒤 내게 처음으로 생긴 욕망이었어.

'애미'에 도착하기 전까지, 나는 줄곧 오토바이에 대한 생각에 사로잡혔어. 그래서 도착했을 때쯤에는 오토바이를 타고 '애미'를 오가는 것이 충분히 실현가능한 일이며 동시에 멋지기까지 한 꿈이라는 데 아무도 이의를 제기할 수 없을 거라고 확신하고 있었지.

"아! 좋은 얼굴."

양나 씨가 나를 보자마자 유쾌한 목소리로 말했어.

"뭔가 좋은 일이라도 있는 거니?"

나는 별로, 라고 짤막하게 대답했어. 양나 씨는 거실에서 한 남자와 차를 마시고 있었고, 나만 보면 질색을 하면서 도망가는 씨아는 그 남자의 무릎에 얌전히 앉아 있었어. 나는 처음으로 '게이'를 보고 있었는데, 그건 나 역시 마찬가지임에도 역시, 조금은 신기한 기분? 바로 그래서 복잡한 느낌이었어. 나는 그간 얼마나 많은 이성애자들 틈에서 살아온 거지?

그의 이름은 현신. 호리호리한 몸집이어서 그런지 전체적으로 가는 느낌. 몸이 날렵해서인지 몰라도, 이런 시골에서 수의사를 하는 사람이라기보다는 모범적인 학생 같은 분위기였어. 나이보다 어려 보이는 외모였지만 막상 입을 열고 말을 시작하자 그가 정말 완전한 성인 어른이라는 것을 확실히 알 수 있었어. 그렇다고 그가 뭔가 대단한 말들을 줄줄 쏟아낸 건 아니야. 그는 오히려 말이 없는 편. 그저, 아, 이 사람 정말 어른이구나, 라는 것을 곳곳에서 느끼게 하는 성숙한 뉘앙스, 흔들림 없는 침착함 같은 것들이 그의 목소리 전체를 지배하고 있었어.

비너스. 이상하게도 나는 양나 씨와 그가 몹시 닮게 느껴졌어. 양나 씨의 외모는 화려했고, 그는 수수했는데. 두 사람의 목소리 때문일지도 몰라. 두 사람 모두 외모와 상관없이 성숙한 그들만의 아우라가 있었고, 내가 느끼기로는 그들의 음성이 바로 그랬거든. 그러므로 나는 나 자신이 더욱 철부지 어린아이처럼 여겨졌지.

"너만 괜찮다면 오늘은 거실에서 우리 셋이 이야기를 하면 어떨까? 현신은 네가 궁금한 것을 자신에게 물어봐도 좋다고 했어. 그럼 아는 한에서 솔직하게 대답해주겠다고. 대신 현신은 네게 어떤 것도 묻지 않을 거야. 괜찮겠니, 소년?"

나는 고개를 끄덕였어. 그가 오늘 여기 온 것은 우연히 날이 겹친 게 아니라 양나 씨가 일부러 불러들인 것임을 깨달았지.

"나는 가서 먹을 것을 좀 준비할게. 좋은 대화에는 좋은 음식. 이거야말로 삶의 큰 기쁨 중 하나지."

양나 씨가 주방으로 사라지자 우리 둘 사이에는 어색한 침묵이 흘렀어. 나는 어떻게 말을 꺼내야 할지 막막한 심정이었어. 나는 목소리를 가다듬고 입을 열었어.

"게, 게이네요?"

이런 제길!

"그래. 게이네."

그가 웃으며 대답했어. 그러자 눈꼬리에 부드러운 주름이 잡혔지.

"가족과 사세요?"

"아니, 나 혼자 살고 있어."

"왜…… 이런 시골에서 혼자 사세요? 고향이 여긴가요?"

"아, 그건 아주 긴 이야기가 될 거야. 괜찮겠니?"

나는 괜찮다고 했고 그는 자세를 바로잡았어. 그러고는 생각을 정리하려는 듯 잠시 사이를 두었지.

"내가 자신의 성정체성을 자각한 건 중학교 때. 첫사랑이 같은 반 친구였어. 원래 성격이 소극적인 데다 내성적이라 아, 내가 그런가, 그러고만 넘겼던 것 같아. 그애랑 뭘 어쩌고 싶은 생각도 없었고 내가 나 자신을 뭘 어쩔 생각도 없었지. 고등학교 때까지는 숨을 죽이며 성실하게 살았어. 문득문득 괴롭기는 했지만 당장은 대입이 가장 큰 문제여서 대충 묻어갔던 거지. 아니…… 그럴 만큼 좋은 사람을 만나지 못했던 것뿐인지도. 내가 좀 늦된 편이었던 모양이야.

다른 이들과의 '다름'이 심각한 문제가 된 건 대학에 입학하면서부터. 이성교제가 자유로워지고, 나 역시 꾹 억눌렀던 금기가 풀려나가자 예전과는 비교도 할 수 없을 정도로 심각한 감정에 엉망으로 휘둘리게 됐어. 서툴고, 엉성하고, 부자연스러운 짝사랑 몇 번에 제대로 감정조차 전하지 못하고 그대로 삼켜버리는 일이 몇 번 반복되자 서서히 지쳐갔어. 그래서 마음껏 사랑할 수 있는 동류들이 만나고 싶어졌지. 그때를 돌이켜보면 나는 사랑보다는 소통에 목말랐던 것 같아. 나 자신을 온전히 드러내고, 그대로 인정받으면서 관계를 맺고 싶었던 거지만, 내가 선택한 건 굉장히 손쉬운 방법이었어. 성훈이는 아직 잘 모르겠지만, 사람에게는 그런 게 있어. 가지기 어려운 것일수록 쉽게 가질 수도 있다고 끊임없이 자기 암시를 하게 되지. 그러니까, 그때의 나는 그야말로 엉망진창, 누구든 나를 원하기만 하면 거리낌 없이 섹스했어. 그러다보면 겪지 않아도 좋을 일까지 겪게 돼버려. 사람에게 늘 좋은 일만 일어날 수는 없는 법이니까."

그는 말을 멈추고 나를 다정한 시선으로 바라보았어.

"앞으로의 성훈에게 그런 일은 일어나지 않았으면 좋겠어. 사람 일이 늘 마음같이 되는 건 아니지만, 그래도 아닌 건 아닌 거지."

나는 구체적으로 그게 무슨 일인지 궁금했지만 물어보지 못했어. 어차피 나는 그가 얘기하는 프리섹스에 대해서도 아주 추상적으로만 알아들었을 뿐인 거고, 그가 민망할 정도로 구체적인 얘기를 해준다 한들 그가 입은 상처를 짐작도 할 수 없을 테니까. 비너스. 내가 그의 이야기를 완전히 이해하는 유일한 길은 나도 그와 똑같은 일을 겪은 후에야 가능한 일이야. 그 누가 내가 겪은 일, 그

오맙또 프라이데이

래서 내가 입은 상처를 이해할 수 있겠어. 그러니까, 그런 거지.

"내 인생에서 제대로 된 유일한 연애는 스물여섯에 찾아왔어. 나는 처음으로 한 사람에게 충실했고, 그 역시 내게 그렇다는 것을 느끼며 사는 건 굉장히 충만한 기분이었어. 우리는 사귀기 시작한 지 1년 정도 됐을 때 동거를 시작했어. 나는 그 사람과 평생 그렇게 살고 싶었고, 아마 그렇게 되리라 막연하게 믿었던 것 같아. 그러다보면 서로가 시들할 때도 있고 귀찮을 때도, 무덤덤해질 때도 있지만 그래도 그게 사랑이 아닌 건 아니라고 생각했어. 같이 산 지 1년째 되는 내 생일날 아침, 일어나보니 내 곁엔 그가 없었고 휴대폰에 문자가 하나 들어와 있었어. 도저히 안 되겠으니 그만 헤어지자는 거였어. 기가 막혔던 건 헤어지자는 말보다 하필 내 생일날, 그것도 문자로 이별을 통보하는 그의 방식이었어. 우리의 관계 자체가 그의 이별처럼 가볍고 무성의한 것에 불과했나, 라는 회의가 들었지.

나는 내가 만일 이성애자였다면, 이라는 가정을 좋아하지 않아. 가정은 가정일 뿐 현실이 될 수 없을 테니까. 하지만 그때 처음 생각해보았어. 이성애자였다면. 사람들이 그렇게 길고 지루하며 복잡한 과정을 통해 결합하는 법적인 관계를 만들고, 또다시 그러한 과정을 겪어야만 헤어질 수 있는 결혼제도를 만들어낸 건 어차피 사람 모두가 가볍고 무성의한 관계를 맺을 수밖에 없는 존재들이기 때문은 아닐까? 그러니 이성애자였다면 적어도 이런 식의 통보는 받지 않게끔 온갖 제도가 보호해줬겠지. 나는 소모적인 생각에 완전히 지쳐버렸고, 모든 것에서 떠나 있고 싶었어. 도시에서 수의사가 하는 일이란 작은 애완동물을 돌보아주는 게 전부라, 나는 조금 더 나이를 먹으면 시골로 이주하리라 마음먹고 있었어. 그래서 모든 것을 정리했고 작년에 혼자 이곳으로 이사했어."

비너스. 왜 연애 이야기란 항상 서글프지 않으면 고통스러운 거지? 제대로 된 관계를 맺어본 사람들 중, 이렇게 아파보지 않은 사람은 단 한 명도 없는 걸까?

"그건 그냥 그 새끼가 또라이야! 내가 수천 번도 더 말했잖아."

양나 씨가 쟁반에 담아온 커다란 초콜릿 퍼지 케이크를 테이블에 내려놓으며 소리쳤어.

"소년! 기억해라. 세계는 넓고 또라이는 많아. 그러니까 우리가 살아가면서 또라이를 만날 확률은 매우, 아주 매우 높아. 그렇다고 세상 사람 모두가 또라이라고 생각하는 건 본인 손해야. 어딘가에는 또라이 끼가 전혀 없는 순수배양 인간이 절대로 살아남아 있다고."

양나 씨는 케이크 커팅용 칼로 퍼지 케이크를 큼직하게 조각낸 다음 각자의 접시에 담아 차례로 돌렸어.

"맛이 어때?"

내가 케이크를 한입 먹자 양나 씨가 물었고 나는 목이 멘 채 대답했어.

"너무 달아서 혀가 마비될 것 같아요."

"현신은 이런 걸 좋아하거든. 그는 당분에 집착하는 채식주의자야."

"채식주의자? 고기를 싫어하세요?"

"좋아해. 하지만 먹지 않아."

"왜요?"

"동물이 사육되는 과정을 알게 되면 절대로 먹지 않게 돼. 난 이미 다 컸으니 더 이상 동물성 단백질은 필요 없기도 하고."

"게다 그는 살찌는 걸 싫어해. 그지, 현신?"

"그래. 난 살찌는 게 싫어."

그가 웃으며 말했어. 그때 느낀 건데, 그는 참 잘 웃었어. 그리고 웃는 모습이 잘 어울리기도 했지. 그는 양나 씨가 말한 순수배양 인간 중 하나일까?

"거봐. 살찌는 게 싫은 건 아직 연애에 대해 기대가 남아 있다는 증거야. 정말 연애를 포기한 거라면 지금쯤 실컷 먹고 맘 편히 살걸?"

"엄마는 여전히 연애를 하고 싶다고 부르짖지만 아직 한 번도 다이어트에 성공해본 적이 없어요."

내 말에 양나 씨가 어깨를 으쓱했어.

"물론 어디든 예외는 존재해. 운수는 늘 예외적인 인간이라고나 할까."

나는 혀가 마비될 것 같은 케이크를 먹으며 그에게 몇 가지를 더 물어보았어. 이곳에서의 생활은 마음에 드는지, 앞으로의 계획 같은 것들. 그는 이곳에서 몸은 바쁘지만 마음만은 편히 쉬고 있다고 했어. 무척 만족스럽지만 그런 것이 영원하지 않으리라는 것을 알고 있다고. 나는 그의 말을 이해할 수 없었지. 무언가가 영원하기를 바란다면 자신의 삶 전부를 그것만으로 채울 수도 있지 않은가, 라고 생각했거든. 내 말에 현신과 양나 씨는 서로 마주 보았어. 그들은 내게, 너도 언젠가는 알게 될 거야, 그런 건 불가능해, 라는 말 같은 건 하지 않았어. 그저 씁쓸하게 웃었을 뿐이야.

"언젠가 아프리카에 가보고 싶어. 나는 수의사니까, 거기에서 도움될 일이 많을 거야. 그래서 한 번쯤은 커다란 바오밥나무 밑에 누워 아프리카의 새파란 하늘도 올려다보고. 무척 덥고 나른하고 행복한 기분일 것 같아."

나는 그때 그의 옆에 같이 누워 있는 내 모습을 잠깐 동안 상상해보았지만, 우선 나는 고기가 너무 좋고, 더위는 끔찍하게 싫으며, 결정적으로 아프리카에 가서 할 일이 하나도 없었으므로 그 상상은 곧 흔적도 없이 사라져버리고 말았어.

"기쁜 소식이 있어, 소년. 하나가 앨리스의 아기를 가졌단다."

"어, 네, 축하해요."

"아기가 태어나면 축하파티를 하자. 사랑의 밤, 뭐 이런 타이틀이면 멋지지 않겠니?"

"언제 태어나나요?"

내 질문에 양나 씨는 생각지도 못했다는 듯 화들짝 놀라며 현신을 보았어.

"그러게, 현신. 언제 태어나?"

"흠, 지금 두 달째니까, 내년 8월쯤."

"에에? 암소의 임신기간이 그렇게나 긴 거야? 나는 한두 달 있으면 태어나는 줄 알았다고."

양나 씨가 완전 실망하며 말했어. 아무리 봐도 양나 씨는 '사랑의 밤'이라는 파티 계획을 이미 다 세워놓은 게 틀림없었어.

"양나 씨. 일전에 말한 아르바이트 말인데요."

"오, 그래. 생각해봤니?"

"네. 열심히 해볼게요."

"왜 갑자기 마음이 바뀐 거지?"

"돈이 필요해서요."

"그래?"

양나 씨는 싱긋 웃었어.

"잘 부탁해, 소년."

오후에는 현신과 양나 씨의 일을 도왔어. 현신은 하나와 앨리스, 그리고 씨아를 검진했고 지붕을 수리하거나 전기배선 같은 것들도 모두 손봐주었어. 그는 부지런한 데다 손재주가 좋고 아는 것도 많아서 정말 아프리카에 가서도 충분히 잘살 수 있는 사람 같았어. 양나 씨는 붕붕거리며 청소기를 돌렸고 셋이서 같이 하나와 앨리스의 똥도 치웠어. 현신은 그 똥이 농사짓는 사람들에게는 좋은 비료가 된다고 했어. 도시에서 그런 일들을 했다면 무척 지저분하고 힘들게만 느껴졌을 거야. 하지만 일이 다 끝나고 양나 씨가 직접 만든 차가운 레모네이드를 마시고 있자니 무척 만족스러운 기분이었어. 나는 그날도 저녁노을이 질 무렵 버스를 탔고, 씨아는 몸단장을 마친 후 밤마실을 나갔지. 현신은 시외버스 정류장까지 날 배웅해주었어. 나는 나란히 걷는 동안 그의 몸에 내 몸이 닿을까봐 무척 조심해야 했어. 왠지 부끄러운 기분이었기 때문이야.

"음, 거기는…… 괜찮은 거지?"
엄마가 한참을 망설이다가 입을 열었어.
"네."
엄마가 놀란 눈으로 나를 보았어. 내가 제대로 된 말대답을 한 건 아주 오랜만의 일.

"금요일에도 가는 거니?"

"네."

"괜찮겠어?"

"재미있을 것 같아요."

"아, 그래. 정말…… 정말 다행이네."

엄마는 시리얼 그릇을 보며 중얼거렸어. 그녀가 그렇게 안심을 하는 것도 아주 오랜만의 일.

내가 들어서자 거실에 모여 있던 아이들은 서로의 옆구리를 쿡 찌르면서 수요일의 아이, 그렇게 중얼거렸어. 주방 쪽에서는 양나 씨의 높다란 웃음소리와 아이들이 시끌벅적 떠드는 소리, 달그락거리며 그릇들이 부딪치는 소리가 들려오고 있었지.

"양나 씨! 수요일의 아이가 왔어요!"

흔들의자에 앉아 흔들흔들하며 무언가를 읽고 있던 남자녀석이 소리를 질렀어.

"소년! 알아서 시작해! 난 조금 있다 나가볼 테니까!"

양나 씨도 안쪽에서 소리쳤지.

거실에 모여 있는 아이는 모두 다섯 명. 소파에 앉아 탐색하는 눈초리로 날 머리끝에서부터 발끝까지 훑어보고 있는 여자아이들 셋, 흔들의자에 앉아 있는 남자아이 하나, 오디오 앞에 앉아 헤드폰을 끼고 음악을 듣고 있는 남자아이 하나. 모두 내 또래이거나 한두 살 어린 아이들. 아이들의 법칙 제1장. 너 몇 살이냐?

"너는 몇 살이에요?"

욱! 왜 존댓말이 튀어나오는 거냐! 헤드폰을 끼고 있는 녀석만 빼고는 일제히 웃음을 터뜨렸어. 완전히 체면을 구긴 나는 얼굴이 시뻘게졌고.

"양나 씨에게 들었어. 네가 우리의 이야기를 듣고 기록을 하게 될 거라고."

아무리 봐도 여중생으로밖에 안 보이는 그애는 작고 마른 몸집에 창백한 안색을 하고 있었어. 나는 고개를 끄덕였어.

"여기에선 본명을 쓰지 않아. 서로 나이도 몰라. 양나 씨는 몇 년 상관이 무슨 대단한 것인 양 허풍떨 필요 없다고 했어. 그래서 우리는 그냥 서로 편하게 지내."

"그럼 널 뭐라고 부르면 되는 거야?"

"나는 필. 연필처럼 말랐다고 애들이 그렇게 불러. 얘는 잡설. 쓸데없는 말이 너무 많거든. 그냥 잡이라고도 해. 그 옆에 앉아 있는 애는 누룽지. 한번 눌어붙으면 절대 떨어지지 않아. 끈질기거든."

필, 잡, 누룽지. 나는 잊어버리지 않으려고 입속으로 재빨리 되뇌어보았어.

"넌?"

나는 의자에 앉아 있는 녀석에게 물어보았어.

"나는 이사도라. 애들은 도라라고 불러."

"그건 무슨 뜻인데?"

"잠시도 가만있지 않고 24시간 내내 돌아다닌다는 뜻."

도라는 정말 쉴새없이 의자를 흔들어대고 있었어.

"저건 도라의 지정석이야. 쟨 도무지 가만있지를 못하거든."

잡이 끼어들었어. 나는 음악을 듣고 있는 녀석에게로 시선을 옮겼어. 그애는 이쪽은 아무 관심도 없는 듯 등을 돌린 채 음악에만 열중하고 있었지.

"쟤는 경주마. 한 가지에 빠지면 눈에 꼭 옆가리개라도 하고 있는 것처럼 그것만 보거든. 그냥 마라고 불러. 마는 오늘 음악에 빠져 있으니 자기가 내키기 전까지는 절대 헤드폰을 벗지 않을 거야."

도라, 마. 여자애들이야 어떻든 별 상관이 없었지만 나는 두 녀석의 외모를 품평하듯 뜯어보았어. 도라는 본디 잘생긴 얼굴이었지만 혈색이 좋지 않았고, 건강에 무언가 문제가 있는 것 같았어. 무엇보다 눈빛이 흐려서 인상 전체가 어두웠지. 마는 머리를 텁수룩하게 기른 데다 헤드폰까지 끼고 있어서 얼굴이 잘 보이지 않았어. 하지만 전체적인 스타일이 마음에 들었어. 내가 좋아하는, 약간 마른 듯하면서 탄탄해 보이는 몸을 가지고 있었거든. 하아……
대체 저 녀석들의 외모를 품평해서 뭘 어쩌자는 거냐, 고 한탄해보았지만, 그냥 본능인 걸 뭘 어쩌겠어.

"이리 와서 앉아."

누룽지가 작은 목소리로 말했어. 그애는 양볼까지 붉히고 있었지. 이런…… 예감이 좋질 않았어. 이제까지의 경험으로 미루어봤을 때, 저 표정은 "나랑 사귀어줄래?"의 전주곡이었으니까. 하지만 나는 습관대로 싹싹하게 웃으며 맞은편 의자에 걸터앉았지.

"그런데 나를 뭐라고 부르는 게 좋을까?"

"넌 그냥 수요일의 아이. 처음엔 누구나 수요일의 아이야. 여기 있는 아이들 모두 한때 수요일의 아이였어. 닉네임은 나중에 갖게 돼. 우리가 너에 대해 어느 정도 파악하게 되면."

필이 대답했어. 그애는 목소리조차 작고 가늘었지.

"아, 그렇구나. 알았어."

"넌 근데, 정말 멀쩡해 보인다. 성격도 되게 좋은 것 같고. 왜 수요일의 아이가 된 거니?"

잡의 질문에 필이 인상을 찌푸렸어.

"애 말은 그냥 무시해. 잡! 왜 그런 쓸데없는 걸 묻고 난리야!"

"그래. 무시해도 괜찮아. 우리 모두 여기에 왜 온 건지는 서로 말하지 않아."

누룽지가 여전히 수줍은 목소리로 말했어.

"고마워. 나도 별로 말하고 싶지 않았거든."

나는 미소를 지으며 대답했고, 그 때문인지 누룽지는 그야말로 새빨개지고 말았어. 하아…… 이건 정말 나도 어쩔 수 없는 일이라고, 비너스.

"오늘 오후에는 풀썰매를 타러 나간다고 했어. 그건 생각보다 굉장히 재밌어."

잡이 말했어.

"그래. 정말 재밌어. 너도 갈 거지?"

필의 물음에 내가 그러겠다고 하자 여자애들은 모두 신나하는 표정을 지었어. 나는 가방에서 준비해간 노트와 펜을 꺼냈어.

"그럼, 필부터 먼저 할까? 괜찮겠지?"

필은 고개를 끄덕였고 우선, 이라고 말을 꺼냈어. 필은 처음 이십 분 동안은 지난 토요일부터 바로 어제까지 있었던 시시콜콜한 이야기들과 사소한 다툼, 짜증나는 주변인들에 대한 험담, 그로 인한 불만들을 말했어. 또한 나머지 이십 분 동안은 자신이 앞으로 뭐가 될 것인가에 대한 불안, 그리고 뭔가는(그게 뭔지는 잘 모르지만) 하여간에 될 것이라는 희망이 차지했어. 미래에는 지금의 일상과는 전혀 다른 일상, 전혀 다른 인간들이 자신의 주변에 있을 것이라는 막연한 믿음.

"나는 진짜 날 알아주는 사람들 틈에서 정말 하고 싶은 일들만 하고 살게 될 거야. 난 하고 싶지 않은 모든 것들에서 완전히 자유롭게 될 거야. 난 짜증나는 인간들과 더 이상 엮이는 일도 없게 될 거야."

이상한 건 그애가 하는 이야기들이나(필의 이야기로 미루어 그애는 현재 학교에 다니고 있지 않았어), 학교의 선배들이 하는 이야기들이나 크게 다른 점이 없었다는 점. 나중에 나는 그저 멍하니 앉아 흘러나오는 말들을 기계적으로 받아적으며 내가 무언가 크게 착각하고 있었다는 생각을 했어. 뭐든 처음 하는 일은 비록 그 일이 힘들고 어렵다 해도 끈기를 가지고 견디게 돼. 대체 일이 어떻게 전개될지 알 수 없으니까. 하지만 그 일을 똑같이 한 번 더 반복하는 건 완전히 다른 문제야. 일이 어떻게 흘러갈지 뻔히 알게 되거든. 나는 다른 사람의 불평이나 불만이 얼마나 소모적이고 쓸모없는지 잘 알고 있어. 그런 건 기록할 만한 가치도 없으며, 귀 기울일 만한 가치는 더더욱 없지. 한때 그 안에서 작으나마 보람을 찾은 적이 있었지만, 그 결과가 얼마나 참담한지 더 이상 어쩔 수 없을 정도로 확실히 깨닫지 않았어? 나는 공책을 탁 소리 나게 덮었고 아직 이야기를 끝내지 않은 필은 깜짝 놀라 말을 멈추었어. 각자 딴짓을 하고 있던 아이들도 하던 일을 멈춘 채 나를 보았지.

"여기에서 뭔가 행복한 이야기를 해줄 사람은 없는 거니?"

아이들은 서로를 멀뚱히 바라보았고 나는 노트와 펜을 테이블 위에 올려놓았어.

"양나 씨가 무슨 생각으로 이런 걸 시켰는지 모르겠지만 이건 그저 시간낭비일 뿐이야. 그리고 이 일의 가장 딱한 점은 아무것도 달라지게 하지 못한다는 점이고. 어쩌면 우리는 10년 뒤에도 여전히 같은 소리를 늘어놓고 있을지도 몰라. 이제 이런 건 지긋지긋해."

"그래서 뭘 어쩌자는 거니?"

필이 더욱 높아진 날카로운 목소리로 쏘아붙였어. 글쎄. 학교에 있을 때, 나도 뭘 어쩔 수 없다고 생각했었어. 미래는 바뀔 수 있지만 현재는 절대로 바뀌지 않는다고. 그래서 선배들이 쏟아내는 이야기에 더욱 공감할 수 있었는지도 몰라. 하지만 절대 바뀌지 않을 거라고 철석같이 믿었던 내 현재가, 사소한 실수와 어이없는 오해로 얼마나 완벽히 무너져버리게 됐지? 삶은 그냥 그럴 수 있는 건데도 나는 여전히 여기에서 또 다른 애들과 비슷한 일을 반복하고 있었어.

"이제부턴 각자 하고 싶은 것만 말하자. 막연한 거 말고, 정말 실현가능한 일들, 하지만 혼자서는 도저히 안 돼 포기하고 있던 일이 있다면 그것을 말한 다음 서로가 최선을 다해 도와주는 거야."

마를 제외한 다른 아이들 모두가 입을 다문 채 나를 뚫어져라 보고 있었어. 도라의 흔들의자도 딱 멈춰 있었지.

"나는 그런 게 없는데."

필이 딱딱한 목소리로 말했어.

"그럼 한번 생각해봐. 널 행복하게 만들 수 있는 게 뭐가 있는지."

"너부터 말해보지 그래?"

"필. 누군가 그런 걸 말해준다면 기꺼이 도와주는 게 아마 현재 내가 가장 하고 싶은 일일 거야. 그다음으로 하고 싶은 일은 혼자서도 할 수 있는 일이고."

"그게 뭔데?"

누룽지가 물었어.

"바이크를 사고 싶어. 여길 오갈 때 타고 다닐 수 있도록. 천천히 돈을 모아 혼자 힘으로 살 생각이야."

도라가 다시 굉장한 속도로 흔들의자를 흔들어대고 있었어.

"내가 한번 말해볼까?"

도라가 떨리는 목소리로 말했어.

"도라! 제발 그 빌어먹을 의자 좀 가만두고 이야기하면 안 되겠니? 어지럽단 말이야!"

잡이 잔뜩 짜증을 내자 도라의 의자가 겨우 멈췄어. 아이들은 잔뜩 궁금해하는 표정으로 도라의 말을 기다렸지.

"나, 나는…… 있지."

도라는 불안한 시선으로 주방 쪽을 힐끗거렸어. 양나 씨는 아직도 그 안에서 아이들과 요리를 하고 있었어. 도라는 목소리를 한껏 낮추어 말했어.

"나는 대마초를 피우고 싶어. 너무 피우고 싶어 미칠 지경이야. 그것만 할 수 있다면 정말 행복할 텐데. 그러니 너희들이 나에게 대마초를 좀 얻어다 줘. 나는 감시가 너무 심해서 꼼짝도 할 수 없거든."

하아…… 이게 대체 뭐야. 과연 여기는 학교가 아니라 상담소였고, 애들은 모두 나처럼 뭔가 문제가 있어 여기 모인 것이었어. 내 문제라. 이성이 아닌 동성에게 성욕을 느낀다는 거? 아니면 끔찍한 모욕을 받은 뒤 학교에서도 내쫓기고 엄마에게도 쫓겨나 잘 알지도 못하는 나라로 떠나게 될 뻔한 거? 나는 갑자기 무겁고 비루한 현실이 느껴졌고 내 제안이 유치한 농담처럼 여겨졌어. 거실은 찬물을 끼얹은 듯 조용했지.

"저기 말이야."

누룽지가 조심스레 입을 열었어.

"그…… 대마초라는 걸 피우면 어떻게 되는데 행복해진다는 거야?"

도라는 한숨을 쉬었어.

"대마초는 너희들 생각만큼 그렇게 나쁘지 않다니까. 중독성이 있는 것도 아니고, 그저 환상적인 기분을 느끼게 해줄 뿐이야."

"환상적인 기분? 대체 어떤 건데? 구체적으로 설명해봐."

잡이 잔뜩 흥미로운 얼굴로 캐물었어.

"잡! 그만둬. 도라는 제정신이 아니야!"

필이 날카롭게 외쳤어.

"필! 제발 그 목소리 좀 낮춰! 너야말로 정상적인 인간의 음역대가 아니라고!"

도라가 귀를 틀어막으며 툴툴거렸어.

"그래, 도라. 한번 설명해봐. 나도 궁금한데?"

어느새 마가 헤드폰을 벗고 우리의 이야기에 귀를 기울이다가 불쑥 끼어들었어.

"드디어 마가 끼었군."

잡이 중얼거렸어. 나 역시 도라의 이야기에 흥미가 생겼지. 담배는 흥미삼아 두어 번 피워본 적 있지만 대마초는 정말 먼 나라 얘기쯤으로 알고 살았는데.

"음…… 나 같은 경우는 롤러코스터를 끊임없이 타고 있는 느낌? 그야말로 죽이지."

"에게, 겨우 그거야?"

잡이 실망스러운 말투로 말했어.

"그러게. 겨우 롤러코스터 타는 기분을 느끼려고 그 위험을 감수한단 거냐?"

마도 어이없다는 듯 말했지.

"니들은 글쎄 모른다니까. 놀이공원은 뻘쭘해서 혼자 갈 수도 없잖아. 막상 롤러코스터를 타려고 해봐. 한 시간 줄 서서 기다리는 건 기본이라고. 근데 이건 언제 어디서든 나 혼자서도 실컷 즐길 수 있는 거란 말이야. 게다, 대마초 피우고 먹는 치킨 맛이 얼마나 끝내주는지 니들은 절대 모를걸. 그냥, 하여간에 엄청 즐겁단 말이야. 아무것도 모르면서."

도라가 퉁명스럽게 내뱉었어.

"그럼 다 같이 놀이공원에 가서 질리도록 롤러코스터를 타면 되겠네."

내 말에 도라는 쳇, 하고 혀를 찼지.

"글쎄, 그거랑 이거랑은 달라."

"다를 게 뭐가 있어? 보아하니 너희들 중 학교를 다니고 있는 애는 아무도 없는 것 같은데, 평일 야간개장 같은 경우는 사람들이 별로 없다고. 줄 서서 기다릴 필요도 없고, 다 같이 가는 거니까 뻘쭘하지도 않을 거고, 무엇보다 위험하지가 않잖아. 합법적인 오락이니까."

"롤러코스터의 벨트가 고장 나면 죽을 수도 있어."

"네가 이번에 또 대마초를 피우다 걸리면 차라리 죽는 게 낫다고 생각하게 될지도 모르지."

도라는 입을 다물고는 다시 의자에 기댔어.

"그래도, 그렇게 맛있는 치킨은 절대 못 먹어."

"저기 말이야."

누룽지가 조심스레 손을 들며 말했어.

"나도 그렇게 맛있는 치킨을 먹어본 적이 있어."

"치킨회사 광고는 광고지에 하십시오, 사장님."

도라가 빈정거렸어.

"그런 게 아니라, 다이어트를 하느라고 일주일 동안 토마토만 먹은 적이 있었거든. 더 이상 참을 수가 없어서 포기하고 치킨을 시켜먹었는데, 난 아직도 그 맛이 잊히지가 않아. 말로 형용할 수 없는 맛이었다고."

"그거 그럴듯하네."

마가 배꼽을 잡고 웃으며 말했어.

"그만두자, 그만둬."

도라가 툴툴거렸어.

"아니? 그거 꽤 괜찮은 얘기잖아? 도라, 잘 생각해봐. 어두운 구석에서 꽁초 빠는 재미도 좋겠지만 친구들과 떠들썩하게 놀이공원에 몰려가서 노는 것도 굉장히 재미있다고."

"넌 그래본 적이라도 있는 거냐?"

"당연하지. 설마 넌 한 번도 그런 적이 없었던 거야?"

도라는 기회가 없었다고 중얼거렸고, 다른 아이들의 표정을 보아하니 그애들도 마찬가지인 것 같았어. 비너스. 그건 무척 이상한 기분이었어. 내게 뭔가 끔찍한 문제라도 있는 양 취급을 받다, 갑자기 가장 정상적인 존재가 돼버리는 것 말이야.

"내가 장담할게. 야간개장은 정말 한번 가볼 만해. 불꽃도 터뜨리고, 놀이기구들도 전구를 달아서 반짝반짝 빛나. 얼마나 예쁜데. 특히 롤러코스터를 타면 그게 한눈에 내려다보이거든."

아이들은 모두 도라를 쳐다보았어. 도라는 의자를 흔들면서 망설이고 있었지.

"좋아, 뭐, 한번 해본다고 손해날 건 없겠지."

마침내 도라가 시무룩한 목소리로 말했어.

"하지만 다시 한 번 말하는데, 대마초는 그렇게 나쁘지 않아. 절대로."

우리는 양나 씨가 주방에서 아이들과 함께 쿠키를 산더미처럼 구워가지고 나올 때까지 다음주 '오맙또'에 무엇을 준비해야 하나 토론을 했어.

"다음 주까지 우리는 철저하게 토마토만 먹어야 해. 제일 중요한 건 바로 너야, 도라. 설마 우리만 질리도록 토마토 먹게 하고 너는 온갖 것 다 찾아먹은 뒤 치킨이 맛이 있네, 없네, 그러는 건 아니겠지?"

잡이 엄한 목소리로 말했어.

"넌 왜 그렇게 날 못 잡아먹어 안달이냐? 설마 내가 그런 치사한 짓을 하겠어?"

"뭐, 각자 알아서 할 일이지만 어렵더라도 참아보자고. 누가 알겠어? 정말 세상에서 가장 죽여주는 치킨을 먹을 수 있게 될지."
다시 헤드폰을 끼며 마가 말했어.

양나 씨에게 할 말이 있다고 하자 그녀는 나를 보티첼리의 그림이 걸려 있는 상담실로 데려갔어. 씨아는 밖의 소란을 피해 상담실 소파에서 웅크린 채 잠을 자고 있었지. 나는 양나 씨에게 자초지종을 설명하고 우리의 계획에 대해 털어놓았어. 뜻밖에도 양나 씨는 시종일관 심각한 표정으로 진지하게 귀를 기울였어. 나는 그녀가 반은 장난으로 받아넘길 줄 알았으므로 조금 놀라고 말았어.
"괜찮은 생각이야, 소년. 하지만 생각보다 힘이 들 수도 있고, 잘 안 될 수도 있어. 그때 너나 다른 아이들이 심각하게 좌절하거나 실망하게 되는 건 전혀 괜찮지 않지."
"그게, 그렇게 심각한 건 아닌데요. 그저 이런 식으로 실현가능한 소소한 일들을……."
나는 양나 씨의 표정을 보면서 입 속으로 말을 삼켰어.
"소년. 네 사소한 소망이 어떤 결과를 가져왔었지? 여기는 쏟아지는 소나기를 잠시 피할 수 있는 대피소 같은 곳이야. 답답하다고 지붕을 걷어내면 어떻게 되겠어."
"……반대하시는 건가요?"

양나 씨는 깊은 생각에 잠겼고 나는 묵묵히 기다렸어.

"일단 그렇게 하기로 함께 결정을 했다니 이번 일은 허락할게. 단, 참가하는 인원은 애초에 이 일을 결정한 너희 여섯 명에 한해서야. 너는 돈이 필요해서 이 일을 받아들인 거였으니 만일 뜻하는 대로 잘 되어간다면 따로 수고비를 지불해주마. 네게 돈이 필요하다는 건 원하는 게 생겼다는 뜻이겠지? 그러니까 상황을 봐가면서 계속 의논하자."

"고맙습니다."

"처음이니까, 믿을 만한 인솔자를 한 명 붙이겠어. 나는 다른 아이들과 있어야 하니 안 되고, 현신에게 부탁할게. 괜찮겠지?"

"네, 그럼요."

나는 자리에서 일어났어. 양나 씨가 날 부드럽게 불렀지.

"비너스에게 편지는 잘 쓰고 있니?"

"네."

"그녀가 너를 잘 이해해주고 있어?"

"아마도. 우리는 아주 잘 통하는 것 같아요."

"그거 좋구나. 정말 좋아."

양나 씨가 환하게 웃으며 말했고, 나는 그녀의 걱정으로 인해 무거웠던 마음이 다시 가벼워지는 것 같았어.

일상의 틈새

비너스에게.

또다시 수요일이 되자 나는 '애미'에 갔어. 양나 씨는 주말에 있었던 이야기를 물었지만 나는 별로 할 말이 없었어. 나는 집에서 아무 할 일이 없었고 설사 외출을 하고 싶다 해도 혼자 갈 만한 곳은 그리 많지 않았어. 결국 할 일이라고는 편지를 쓰는 것밖에 없었으므로 나는 밥 먹는 시간을 제외하고는 책상 앞에 붙어앉아 하루 종일 그 일에 매달렸어.

비너스. 너에게 편지를 쓰고 있는 동안은 그런대로 괜찮아. 나는 자신의 안으로 파고들어 오히려 자신을 잊을 수도 있고, 지나간 시간을 되새기며 그것에 대해 성찰할 수도 있어. 하지만 너무 열중하다 지쳐 쓰러져 잠을 자고 일어난 뒤, 도무지 몇시인지 알 수도 없고 며칠인지도 모호해질 때면 나는 정말 뼛속까지 외로워져. 내가 정말 살아 있기는 한 건지, 시간은 정말로 흐르고 있는 건지, 내 곁에 여전히 일상이라는 것이 존재하고 있는 건지 알 수가 없게 되는 거야. 그러면 나는 그대로 뛰쳐나가 영무의 집으로 달려가서 그 녀석을 붙잡고 엉엉 울기라도 하고 싶어져.

만일 내가 모든 자제심을 잃고 영무에게 뛰어가는 날이 온다면 차라리 날 총으로 쏴서 죽여줘, 비너스. 나는 아직 괴로운 것보다는 외로운 게 낫다고 생각하거든.

*

"소년. 벌어진 틈새를 메우는 건 생각보다 쉽지 않아. 하지만 그대로 포기하면서 움츠러들기만 하면 안 되는 거야. 틈새는 더욱 벌어질 뿐이고, 결국에는 내가 어쩌다 이런 곳까지 밀려나 있는 거지, 하면서 어리둥절하게 되는 거야."

"예전의 친구들을 찾아가보라는 건가요?"

"아니야. 누구도 너에게 그런 말을 할 수는 없어. 그런 건 너 스스로 됐다고 생각될 때까지 기다려야만 해."

"영원히 그런 때가 오지 않는다면?"

"영원히 기다리기만 하다 끝나는 거지. 그런 것도 괜찮아. 네가 아무 상관 없다면."

아무 상관 없을 리가 있겠어? 만일 이대로 영무를 잃게 된다면 나는 영원히 나 자신을 용서하지 못하게 될 텐데.

"아직은…… 난 준비가 되어 있지 않아요."

"그래. 그건 부끄러운 일이 아니야. 이 세상에는 회피하기만 하다가 그대로 삶을 마감하는 사람들이 수두룩해. 그건 현실에 맞서는 일이 그만큼 어렵다는 뜻인 거야."

그날은 가을비가 참 예쁘게도 내리고 있었어. 하나와 앨리스가 촉촉하게 내리는 비를 맞으며 한가로이 풀을 뜯었고 씨아는 나를 피해 양나 씨의 발치에서 잠을 자고 있었어.

"운수와는 어때? 여전한 거야?"

"그렇죠, 뭐."

"흠…… 운수는 네게 있어 관계의 기초나 마찬가지야. 주춧돌이 비틀어졌는데 기둥이 세워질 리 없지. 너를 이해시키기 위해 네가 가장 노력해야 할 사람이 있다면 바로 네 엄마야."

"알고 있어요."

"아니. 넌 잘 몰라. 부모자식 관계는 언제나 당사자들이 가장 모르게 돼 있어. 나도 그랬거든."

"모두 돌아가셨죠?"

"그래. 한날 한시에 교통사고로 돌아가셨어. 그래서 내게는 갑자기 자유와 돈이 생겼지. 난 늘 제멋대로 살아왔지만 그건 언제나 '반항'이라든가, '일탈'이라는 무게를 지고 있었어. 부모님은 내 성정체성을 죽을 때까지 이해하지 못했고 입에 담는 것조차 꺼려하셨거든. 하지만 부모님의 존재가 사라지자 대신 '나 자신'이라는, 더욱 무거운 짐이 나를 짓눌렀어. 모든 것을 온전히 내가 책임져야만 하는 그 무서운 무게감을 나는 전혀 알지 못했던 거야. 부모란 자식에게 바로 그런 존재야. 존재의 무게감을 덜어내주는 존재."

"양나 씨도 못한 일을 제가 할 수 있을까요?"

"소년은 미래에 희망을 걸지만 어른은 바로 그 소년에게 희망을 걸지. 그러니까 네가 나의 희망인 셈이야."

계속해서 비가 내리자 양나 씨는 따끈한 칼국수가 먹고 싶다고 했어. 우리는 올리브그린으로 칠해진 아늑한 주방에서 함께 밀가루를 치대고 멸치국물을 만들고 애호박을 썰고 하면서 칼국수를 만들었고, 만들다보니 자꾸만 양이 많아져버려서(어차피 나는 토마토밖에는 먹을 수 없었으므로) 양나 씨는 전화로 현신을 불러냈어. 삼십 분가량 뒤에 현신이 모는 사륜구동 승용차가 마당으로 들어서는 소리가 들리자 양나 씨는 한숨을 쉬었어.

"저런 괜찮은 녀석이 여자였다면 얼마나 좋아. 얼른 잡아먹었을 텐데 말이야."

"저기…… 그러니까 저, 양나 씨는 도저히 남자하고는……."

"그래. 난 아쉽게도 바이가 아니야. 바이면 얼마나 좋겠니. 남녀 가릴 것 없이 정말 좋은 인간과 사랑할 수 있잖아. 너는?"

"저, 저도 아닌 것 같은데요."

"그래? 아쉽게 됐네. 너만 한 인물은 널리 인간을 이롭게 하기 위해서라도 바이로 태어나줘야 하는데 말이야."

그때 현신이 들어서면서 무슨 이야기를 그렇게 재밌게 하느냐고 물었어. 양나 씨는 내가 정말 잘생기지 않았느냐고 물었고(게이 눈에는 얘가 어느 정도인 거야?) 현신은 눈꼬리에 부드러운 주름이 잡히는 눈웃음을 지으며 "성훈이는 상대가 없어 쩔쩔매는 일은 절대로 없을 거야"라고 했어. 현신에게 그런 칭찬을 듣고 있자니 나는 조금 으쓱한 기분이 되었지.

"너무 우쭐대지 마라, 애송아. 돈이 많다고 행복한 건 아닌 것처럼 인기 많다고 좋은 사랑을 하게 되는 건 아니거든."

양나 씨가 그렇게 놀려댔어도 나는 여전히 좋은 기분이었어.

고운 비가 지붕을 두드리는 편안한 저녁에, 우리 셋은 식탁에 둘러앉아 함께 밥을 먹었어. 현신과 양나 씨가 김이 무럭무럭 오르는 칼국수를 먹는 동안, 나는 토마토를 씹으며 군침을 삼켜야 했지. 현신은 양나 씨에게 '오맙또'에 대한 이야기를 들어 알고 있어서 칼국수에서 좀체 시선을 떼지 못하는 처량한 내 모습을 오히려 재미있어 했어.

"성훈이는 괜찮을 거야."

"뭐가요?"

현신의 말에 나는 억지로 토마토를 한입 삼키며 되물었어.

"그냥, 괜찮을 거라고."

그는 웃으며 그렇게만 말했어.

비너스. 상대방을 제대로 이해하기 위해서는 어느 정도의 시간이 필요한 걸까. 나는 현신이 건네는 말들에서 그가 나를 제대로 보고 있는 듯한 느낌을 받곤 해. 우리는 이제 겨우 두 번째 만나는 거고, 나는 그에 대해, 그는 나에 대해 별로 알고 있는 것도 없는데. 그러고 보면 군에 대해 전혀 알지 못하는 상태에서도 나는 사랑에 빠져버렸었고, 그 애매모호한 감정이 내 전부를 먹어치우도록 그대로 내버려두었어. 그래서 결국은 끔찍한 상처를 입고 말았지만, 상대방을 뼛속까지 이해한 뒤에야 시작되는 사랑이라니, 그런 게 과연 이 세상에 존재하기는 하는 걸까? 그냥 사랑에 빠져버리고 나니 자꾸만 바라보게 되고, 자꾸 바라보게 되니 절로 상대방에 대해 이해하게 되는 것. 그래서 많은 부분을 참아주고, 견뎌주고, 끌어안아주는 게 우리가 사랑이라고 부르는 것의 가장 소중한 부분이 아닐까?

비너스. 나는 현신의 부드러운 음성에서 어떤 멜로디를 들을 수 있어. 그건 무척이나 매혹적이고 아름다우며 순수해서 내 마음을 흔들어. 어쩌면 나는 다시 사랑에 빠지고 있는 건지도 몰라. 참 이상한 일이야. 이렇게 아무것도 없는 것에서 완전히 새로운 무언가가 생겨난다는 것은. 만일 내가 현신을 정말로 사랑하게 된다면 아마도 군에 대한 사랑과는 완전히 다를 거야. 우리는 사랑을 사랑하는 게 아니라 사람을 사랑하는 거고, 사람은 모두 저마다의 방식으로 사랑할 테니까.

*

오 맙소사 또 금요일이다. 오맙또 프라이데이. '애미'를 들락거린 지 한 달이 되어가니 나도 애들이 왜 이런 이름을 붙였는지 알 것 같았어. '애미'를 오가다 보면 모든 것이 그곳에 맞춰지게 돼. 바로 어제가 수요일인 것 같은데 또 수요일이 되어 있고 금요일이 엊그제였는데 또다시 금요일 아침이 되어 있거든. 즉 '애미'에 가지 않은 다른 날들은 모조리 기억에서 소거되고 있는 셈.

그래서 나는 또다시 금요일을 맞이하여 '애미'에 와 있었고, 필과 잡, 누룽지, 마, 그리고 도라를 만나게 된 거야. 이제 날씨는 제법 쌀쌀해서 마당의 포플러 나뭇잎들은 바람이 불 때마다 우수수 쏟아져내렸어. 조금 있으면 앙상한 나뭇가지들이 모습을 드러내겠지. 오맙또에 참가하는 아이들은 평균 열두 명 정도. 개인사정에

의해 빠지는 아이들도 있고, 그룹 활동을 할 만한 준비가 돼 있지 않은 아이들은 아예 참가를 시키지 않아. 그러니 나와 함께 움직일 다섯 명은 바깥세상으로 돌아갈 준비가 거의 끝난 아이들이라고 할 수 있어. 하지만 앙나 씨는 우리들의 단체 외출을 많이 염려스러워했어. 그럴 때면 우리의 보호자이자 상담자라는 그녀 본래의 역할이 실감돼. 현신은 약속대로 '애미'에 와 있었어. 그의 무릎에 얌전히 올라가 있는 씨아처럼, 아이들은 그의 주위에 잔뜩 모여 있었지. 그의 모습을 보자마자 내 가슴이 두근거렸어. 제길. 이게 뭐지? 나는 아직 그를 사랑한다고 완전히 인정한 게 아니란 말이다. 대체 내 심장은 왜 이리 방정맞은 거냐!

앙나 씨와 '애미'에 남는 아이들은 모두 다섯 명. 그들은 하나와 앨리스를 씻겨준다고 부산을 떨었어. 그애들은 내게 자기소개를 했는데, 부탄(성격이 불같아서), 검댕(눈썹을 보면 왜 그런 닉네임이 붙었는지 절로 알게 됨), 오궁(사내녀석인데, 엉덩이가……), 습자지(이 녀석은 긴장하면 오줌을 지린다는 거야. 그래서 습, 자지, 가 된 거지), 이와이(아하, 바로 이 녀석이 하나와 앨리스의 이름을 붙인 거였어). 그렇게 봐서는 무슨 문제가 있는지 통 알 수 없는 평범하고 명랑한 아이들. 그애들 모두 벌어진 틈새에 자기도 모르게 떨어져버린 걸까?

"에버랜드에 가는 거야?"

이와이가 물었어. 작고 통통한 그애는 누가 봐도 귀여운 느낌의 여자아이. 하지만 생각보다 나이가 많을지도 몰라.

"넌 알 필요 없어."

필이 쌀쌀맞게 대답했어.

"우리는 오늘 거기에서 롤러코스터를 탈 거야."

"야, 가르쳐주지 마."

필이 인상을 찌푸리며 내게 쏘아붙였어.

"그게 뭐 어때서?"

"이건 우리끼리의 비밀이야. 누가 내 희망사항을 알게 되는 건 싫단 말이야."

"넌 아직 말하지도 않았잖아?"

"어쨌든!"

필은 몹시 예민한 성격인 것 같았고, 다른 아이들은 그애를 잘 아는 모양인지 아예 상관을 하지 않았어. 나는 곤란함을 느끼며 그대로 물러섰어. 그애들과 다투게 되는 건 내가 원하는 일이 아니었거든.

"필은 원래 저래. 신경 쓰지 마."

누룽지가 슬그머니 내 곁으로 와 속삭였어. 생각해보면 나는 별로 화를 내본 적이 없어. 누구와도 잘 지내는 게 내 장점이었고 누구에게나 잘 맞출 자신도 있어. 성격이 좋다는 소리를 하도 많이 듣다 보니 그래야만 할 것 같은 의무감이 생긴 건지도 몰라. 하지만 여기에서는 그런 게 아무 소용이 없었어. 아이들은 기본적으로 상대방에게 어떤 '문제'가 있다는 것을 받아들인 상태여서, 상대가 모난 행동을 보여도 크게 신경 쓰지를 않았어. 그런 만큼 자신도 거리낌 없이 말하고 행동하고 있었지. 나는 아이들의 그런 태도가 몹시 낯설었고, 내가 어떤 태도를 취해야 좋을지 몰라 당황스러웠어.

"나는 정말 토마토만 먹었어. 그래서 이제는 '토'자만 나와도 토할 지경이야. 그래서 오늘 제대로 된 음식을 먹지 않는다면 틀림없이 내일 토하게 될 거야. 토요일이니까."

잡이 진저리를 치며 말했어.

"그건 나도 마찬가지야. 나는 앞으로 토마토케첩도 못 먹을 것 같아."

마가 불쑥 내뱉었어.

"도라는?"

잡이 미심쩍다는 듯 물었어.

"내 피부를 봐라. 일주일 내내 토마토만 먹으면 이렇게 피부가 예술이 되는지 누가 알았겠냐?"

확실히 도라의 안색은 이전보다 훨씬 나아져 있었어. 대체 그전에는 무얼 먹었기에?

"누룽지는 단지 살을 빼려고 이 짓을 했었단 말이야?"

도라가 몸을 부르르 떨며 이해할 수 없다는 듯 물었어.

비너스. 여기에서 나는 누룽지의 외모에 대해 언급해야 할 것 같아. 나는 이제껏 단 한 번도 여자애들의 외모에 대해 신경을 써본 적이 없어. 일반적으로 예쁜 애를 보면, 물론 나도 예쁘다는 생각이 들어. 하지만 그냥 예쁜 거지, 정말 예쁜 건 아냐. 마찬가지로, 나 역시 추녀를 보면 못생겼다고 생각은 해. 하지만 그냥 못생긴 거지, 정말 못생겼다고 느낀 적은 없어. 그건 여자의 미추가 내게 아무런 영향을 미치지 못한다는 얘기야. 하지만 그런 나도 누룽지의 얼굴은 무심히 보아넘길 수 없었어. 우선, 시선을 떼기가 너무 힘들어. 극치의 조화가 사람의 시선을 모으듯, 극치의 부조화도 시선을 모으게 되는 법이거든. 요즘은 '원판불변의 법칙'이 깨지는 시대라고들 하지. 하지만 누룽지의 얼굴은 단순히 턱이나 광대를 깎고 콧대를 높이고 눈을 찢는다 해서 달라질 성질의 것이 아니었어. 물론 일주일 동안 토마토만 먹는다 해서 달라질 것은 더더욱 아니었지. 안타깝게도, 누룽지는 목, 어깨, 팔, 다리, 손, 발, 엉덩이, 종아리, 허리 등등 부위별로 떼놓고 봐도 어디 하나 건질 곳이 없었어. 대체 거무죽죽한 피부에 얼룩까지 진 건 무슨 까닭일까? 내가 아무래도 상관없는 누룽지의 외모에 대해 이렇듯 시시콜콜 늘어놓은 건 바로 그녀의 굉장한 차림새 때문이야, 비너스.

누룽지의 눈은 굉장히 커. 하지만 툭 튀어나온 데다 눈 사이의 간격이 마치 벌판처럼 넓게 느껴져. 그 거대한 눈두덩에 새파란 아이새도를 권투선수에게 제대로 얻어터지기라도 한 것처럼 칠한 데다, 원래 눈썹이 나 있는 자리의 2센티미터 정도 위에 검은 펜슬로 굵은 눈썹을 또 하나 그렸어(아마 눈과 눈썹 사이의 간격이 너무 가깝다고 느꼈나봐). 결이 굵고 거친 머리카락은 여러 번 탈색을 한 상태라 손상이 너무 심해서 가을바람이 불어오는데도 머리카락 한 올 움직이지 않았다고. 누룽지는 미니스커트를 입고 있었는데, 그게 너무 짧아서 그애가 굳이 허리를 굽히지 않아도 흰색 팬티가 다 보이고 있었어. 게다가, 적어도 12센티는 되어 보이는 통굽 구두에 올라타 있었지. 지난주에는 화장을 하지도 않았고, 옷차림도 수수했거든. 놀이공원에 간다고 나름 신경을 쓰고 나온 모양이었어. 나는 시선을 어디에 둘지 몰라 쩔쩔맸지만 다른 아이들은 모두 아무렇지도 않아 했어. 그건 그냥 누룽지의 자연스러운 일부라는 듯, 아이들은 일주일 동안 토마토만 먹어댄 고역에 대해 투덜댈 뿐이었지. 그건 참 이상한 일이었어, 비너스. 아이들의 무덤덤한 태도가 계속되자 나 역시 누룽지의 차림새가 그렇게까지 이상하지는 않으며, 나중에는 그저 이 즐거운 모임에 대해 한껏 부푼 기대감을 극적으로 표현한, 일종의 퍼포먼스처럼 느껴지기까지 했던 거야. ……잘 생각해보면, 그게 사실이기도 했고.

현신은 우리를 위해 8인승 승합차를 렌트해왔어. 아이들이 차례로 승차를 하는 동안 양나 씨는 옆에 서 있다가 한 명 한 명 일일이 껴안아주었어. 맨 마지막에 타는 나를 다정히 껴안으면서 양나 씨가 속삭였어. 아이들을 잘 부탁해. 나는 그녀가 나를 믿어준다는 생각에 무척 기뻤어. 그녀는 적어도 내가 다른 아이들과는 다르게 책임감을 가지고 있다고 여기는 것 같았거든. 차 안에 앉아 창을 통해 마당에 있는 하나와 앨리스와 양나 씨와 아이들을 보았어. 부탄과 습자지가 호스로 물을 뿜다가 서로를 향해 발사를 시작했고, 결국은 굉장한 소리를 지르며 다른 아이들에게까지 물을 마구 흩뿌려 마당은 한바탕 소란이 벌어지고 있었어. 하나와 앨리스는 마침 이때다 싶었는지 포플러나무 밑으로 황급히 도망을 쳤지. 부탄이 우리가 탄 차에까지 물을 뿌려대기 시작하자 현신은 황급히 시동을 켜고 차를 출발시켰어. 양나 씨가 우리를 향해 손을 흔들다가 물을 뒤집어쓰며 비명을 질렀어. '애미'의 마당을 지나 열려진 문을 나와 길로 들어서도록 아이들과 양나 씨의 높은 웃음소리가 계속 들려왔어.

내 옆자리에는 누룽지가 앉아 있었어. 나는 그애가 불편했으므로 될 수 있으면 떨어져 앉고 싶었지만, 과연 그애는 누룽지라는 별칭답게 좀체 내게서 떨어지지 않았어.
"저, 누룽지."

"응? 왜?"

"춥지 않아?"

나는 차가 흔들릴 때마다 누룽지의 훤히 드러난 넓적다리가 내 다리를 툭툭 건드리는 것 때문에 노이로제에 걸릴 지경이었어. 그래서 내 재킷을 벗어 덮어주면 어떨까 생각했어.

"아니? 하나도 안 추운데?"

이런 제길.

"추울 거야. 여자는 저…… 음, 넓적다리가 추우면 안 된다고 엄마한테 들었던 거 같은데."

나는 재킷을 벗어 누룽지를 덮어주며 중얼거렸어.

"넌 정말 친절하구나. 난 너처럼 좋은 애는 만나본 적이 없어."

나는 어색한 기분에 일주일 동안 잘 지냈느냐고 물어보았어. 그러고는 아차 싶었지. 대체 그따위 걸 물어서 뭘 어쩌자는 거람.

"토마토 때문에 조금 힘들었어. 내가 또 다이어트를 하는 줄 알고 토마토를 먹을 때마다 아빠가 소리를 질러대서. 그래서 그만두고 싶었지만 꾹 참았어. 약속을 지키지 않으면 너희들에게 미안하니까."

"다이어트를 자주 하는 거야?"

"그렇게 자주는 아닌데…… 가족들은 내가 하는 일들을 별로 좋아하지 않아."

"그렇구나."

누룽지는 잠시 후에 변명하듯 덧붙였어.

"내가 사고를 많이 쳐서 그래."

"그건…… 나도 마찬가지야."

내가 웃으며 말하자 누룽지의 표정이 겨우 밝아졌어.

나는 누룽지와 계속 이야기를 했어. 그애의 가족은 그애까지 네 명이었고 아래로 두 살 터울의 남동생이 한 명 있었어. 누룽지는 "아무리 열심히 노력해도 잘 안 돼. 내가 뭔가를 하면 다들 화를 내고 비웃어. 하지만 내가 조금 더 열심히 노력하면 다 괜찮아질 거야." 그랬어.

하지만 비너스. 누룽지가 더 열심히 화장을 하고, 더 열심히 멋내는 걸 상상해봐. 문제는 노력이 아닌 거 아닌가…… 라고 생각은 했지만 나는 고개를 끄덕이며 그럼, 그럴 거야, 라고 말해주었어. 이야기를 하면서 느낀 건데, 누룽지는 정말 목소리가 좋아. 작고 나직하고, 곱고, 다정하고, 따뜻한 느낌의 목소리. 그래서인지 그애가 해주는 이야기들은 모두 다감하게 들려왔고 나는 그애의 기괴한 화장을 그럭저럭 잊어버릴 수 있었어.

'애미'에서 에버랜드까지는 사십 분 정도의 거리. 평일 오후여서 진입로도 원활했고 주차장에도 자리가 많이 남아 있었어. 현신은 우리가 차에서 내리기 전에 "각자 하고 싶은 게 있겠지만 오늘은 조금만 참자. 다 함께 왔으니 다 함께 움직이는 거야"라고 말했어.

"촌스러."

필이 입술을 내밀며 투덜거렸어.

"기왕 왔으면서 넌 대체 왜 그러니?"

잡이 참견을 하는 사이 아이들은 차례대로 차에서 내렸어.

차에서 내리자마자 동물원에서 풍겨오는 동물들의 냄새가 맡아졌어. 곱게 물들고 있는 붉은 노을 때문인지 나는 오랜만에 와보는 놀이공원에서 아이처럼 가슴이 두근거렸어. 나는 또래 아이들과 외출을 한 게 4개월 만이었고, 그 때문인지 학교를 다니던 평범했던 시절의 나로 돌아간 것 같은 느낌이었어. ……물론 내 옆에 찰싹 달라붙어 있는 누룽지만 아니라면. 나와 누룽지를 지나치는 사람들은 모두 입을 벌리고 그애와 나를 번갈아 쳐다봐서 나중에는 그들의 무례함에 염증이 날 지경이었어. 그러자 어쩔 수 없이 학교를 그만둬야 했던 날이 떠오르고 말았어. 그들의 따가운 시선은 따가운 생각을 품고 있기 때문에 생겨난 것일 테지. 따듯한 시선을 만들어내는 유일한 방법은 따듯한 생각뿐일지도 모르겠어, 비너스.

아이들은 나와는 달리 줄곧 시시해하는 표정이었지만 막상 표를 끊고 출입문을 통과하자 모두들 들뜨는 것 같았어. 현신도 아이들이 쉴새없이 떠들어대자 기분이 좋은지 계속 웃고 있었어. 원래 학생 같은 느낌이어서인지, 그는 아는 동생들을 데리고 놀러 온 대학생처럼 보였어. 우리는 약속대로 롤러코스터를 타기로 했어. 다른 건 아무것도 타지 않고, 도라가 만족할 때까지 오로지 롤러코스터만. 그동안 놀이공원을 꽤 들락거렸어도, 그렇게 무한정으로 롤러코스터만 타본 적은 없었기 때문에 나에게도 커다란 도전이었지.

"사람이 너무 많아."

도라가 질린다는 듯 말했어. 평일 오후인데도 롤러코스터를 타려는 사람들은 많았어. 나는 도라에게 점점 더 줄어들 것이라고 설명했어.

"끈질기게 버티다보면 결국 우리밖에 남지 않을 거야. 보통 사람들은 그렇게 늦게까지 놀지는 않아."

우리는 줄의 맨 끄트머리에 서서 차례를 기다렸어. 마는 이어폰을 낀 채 자기만의 세계에 빠져 있었고 필과 잡은 계속 수다를 떨었지. 현신은 눈에 띄게 불안해하며 제자리에서 끊임없이 뱅글뱅글 돌고 있는 도라를 달래주느라 옆에 서서 차분하게 말을 걸어주고 있었어. 나는 이제 누룽지가 내 옆에 있는 것을 반쯤 포기하고 받아들인 터라 그애에게 이런저런 시시한 농담을 늘어놓으며 마음껏 웃겨주었어. 혼자 있는 시간이 지나치게 외롭고 답답해서인지 몰라도, 나는 누룽지와 함께 웃고 떠드는 게 제법 즐거웠다고. 그리고 누룽지의 굉장한 차림새 역시 그애의 개성이라고 생각하니까 오히려 재미있게 느껴지기도 했어. 그런데 말이야, 언젠가 누룽지도 세련돼져서 이때의 자신을 부끄럽게 여기는 날이 올까? 아니면 누룽지는 죽을 때까지 여전히 퍼포먼스라고밖에는 여겨지지 않는 이러한 차림새를 고수하고 있을까. 어느 쪽이 되어도 굉장한 일이지 않아, 비너스? 사람은 계속 변화하거나, 아니면 영원히 변화하지 않는다는 뜻이니 말이야.

사십여 분간을 기다린 끝에 마침내 우리 차례가 되었어. 이제 도라는 너무 긴장을 해서 사시나무 떨듯 떨어대고 있었어. 현신은 그애의 어깨를 부드럽게 감싸안은 뒤 자리에 앉혀주었어. 그 모습을 보고 있자니 나도 모르게 짜증이 나고 말았어. 내가 현신을 정말 사랑하기라도 하는 걸까, 라고 잠깐 고민해보았지만, 비너스. 사실 나는 여전히 사랑이 뭔지 잘 모르겠어. 그것 때문에 이렇게나 된통 혼이 나고도.

단단히 벨트가 채워지고, 열차가 서서히 출발을 하자 옆에 앉은 누룽지는 어떡해, 어떡해를 연발했어. 나는 반사적으로 괜찮아, 괜찮아, 라고 말해주었지. 마도 이어폰을 뺀 채 사방을 두리번거렸고, 잡과 필은 벌써부터 비명을 질러대고 있었어. 열차가 태산에라도 올라가려는 듯 끝도 없이 기어오르는 동안, 나는 제일 앞자리에 앉은 도라와 현신의 뒤통수만 뚫어지게 보고 있었어. 그러고는 마침내 중력의 장난이 시작되었어. 일제히 터지는 비명, 지구를 뚫고 핵으로까지 떨어져내릴 것 같은 탈락감, 내 몸이 거대한 장난꾸러기의 손에 의해 마음대로 내동댕이쳐지고 있는 듯한 느낌. 옆을 슬쩍 보니 누룽지는 "내릴 거야! 내려주세요!"라고 외치며 벨트를 끌러보려고 안간힘을 쓰고 있었어. 나는 눈을 감았지. 하늘과 땅이 사라지고, 사람들의 비명소리도 칼처럼 꽂히는 열차의 굉음에 묻혀버렸어. 모든 게 아무러면 어떠냐는 생각이 들었고 나는 홀가분해진 마음 때문인지 조금 눈물이 나왔어. 그 모든 일에도 불구하고, 롤러코스터는 여전히 흥분되고 즐거웠기 때문이야.

"대단해!"

도라가 창백한 얼굴로 외쳤어.

"정말이지, 굉장해. 장난 아냐, 이거."

도라가 팽이처럼 빙빙 돌며 계속 중얼거렸어. 딱하게도 누룽지는 너무 우는 바람에 마스카라까지 검게 번져서 이제는 권투선수에게 제대로 한 방 맞은 판다처럼 보였어. 마는 이어폰을 낄 생각도 하지 않고 필과 잡에게 출발부터 도착까지의 감상을 코너별로 토해내고 있었어. 현신은 핏기 없는 얼굴로 서 있기조차 힘들어했지. 그는 이런 것에 무척 약한 사람임에 틀림없었어. 하지만 우리는 도라가 지칠 때까지 롤러코스터를 타기로 약속했으므로 또 사십여 분을 기다렸고, 차례가 돌아와 다시 롤러코스터를 탔어. 두 번을 타고 나니 탈락자가 생겼어. 누룽지는 흰 팬티를 훤히 보이며 벤치에 힘없이 주저앉았고 저걸 계속 탄다면 누군가가 자기를 업고 다녀야 할 거라고 했어. 그래서인지 아이들은 군말 없이 그애가 쉬도록 놔두었어. 사실 제일 안 된 건 현신이었어. 그는 책임감 때문인지 힘들다는 내색조차 하지 않고 있었지만 걷는 것도 힘들어 보였거든. 그는 도라 때문에 계속해서 제일 앞자리에 앉아야 했어.

"내가 도라와 함께 탈게요. 앞자리에 타는 걸 좋아하거든요."

현신이 고개를 살짝 끄덕이며 고맙다는 뜻의 미소를 보이자 나는 얼굴이 조금 붉어지고 말았어. 세 번째의 롤러코스터는 될 대로 되라는 심정이었어. 해가 져서 사방이 푸르스름했고 놀이공원의 조명들이 하나둘 켜지고 있었어. 롤러코스터가 천천히 정점을 향해 올라가는 동안 나는 도라에게 아래를 내려다보라고 외쳤어. 도라의 환호성은 열차가 급강하를 시작하자 비명으로 변했지. 네 번째에는 필과 잡과 현신이 포기를 했어. 마는 토할 것 같다면서도 한 번을 더 탔고 다섯 번째는 도라와 나만 남았어.

"도라, 이제 불꽃놀이가 시작될 거야. 어때? 이번만 타고 가서 그걸 볼래?"

도라는 단호히 고개를 흔들었어. 비너스. 나 역시 다른 아이들처럼 그만 포기하고 싶었어. 머리가 흔들려서 아팠고 속이 울렁거리는 데다, 다리에도 힘이 없어 걷는데 몸이 비틀거렸단 말이야. 하지만 그럴 수가 없었어. 도라는 혼자서 놀이공원에 오는 것은 뻘쭘하다고 했어. 그 말은 롤러코스터를 꼭 타보고 싶은 게 아니라 '누군가'와 함께 타고 싶다는 뜻이었을 거야. 나는 그애가 바라는 소박한 소망을 이루어주고 싶었어. 그애가 아니라 날 위해. 그것만이 힘겨운 내 일상, 다른 아이들의 일상, 그러므로 모두의 일상에서 벗어날 수 있는 유일한 방법인 것 같아서였어.

이제는 기다리는 사람도 얼마 없었어. 도라와 나는 제일 앞자리에 앉아 빙글빙글 도는 세상에 아무렇게나 내팽개쳐졌어. 한동안의 비행 끝에 열차가 도착하자 결국 나는 토하고 말았어. 도라가 당황해서 내 등을 두드려주었고, 밑에서 기다리고 있던 현신과 아이들은 걱정스러운 표정으로 달려왔어. 낮에 먹은 벌건 토마토를 게워내고 고개를 든 순간 나는 믿기지 않는 순간을 맞이해야 했어.

영무. 그리고 온갖 농담을 지껄이며 함께 몰려다니던 학교 친구들. 그애들 틈에는 흰 팬티가 보이는 미니스커트를 입은 여자애도 없었고 눈가리개를 한 듯 멍해 보이는 애도 없었어. 계속 롤러코스터를 타야 한다고 고집을 부리는 아이도 없었고 마음에 커다란 상처를 입고 외진 곳으로 도망 온 어른 게이도 물론 없었지. 하여간에 어떤 문제가 있어 낙오해버린 사람은 아무도 없었어. 영무가 먼저 나를 발견하고 놀란 표정을 짓자 곧 다른 녀석들도 나를 보았어. 나는 이맘때쯤이 개교기념일이라는 걸 기억해냈어. 게다 내일은 토요일. 롤러코스터를 토할 때까지 타는 것만으로는 일상의 무게에서 벗어날 수 없는 거였어, 비너스.

영무가 이쪽으로 다가오려는 듯 보였어. 다른 녀석들은 자기들끼리 옆구리를 찔러가며 무언가를 속삭였지. 나는 그동안 '애미'를 들락거리며 무언가 달라졌을까? 천만에. 나는 몸을 돌려 정신없이 달리기 시작했어. 당황한 현신이 내 이름을 불렀지만, 그래. 나는 겨우 그 정도의 인간, 어쩌면 죽을 때까지 영원히 변화하지 못할지도 몰라. 숨이 턱에 닿자 나는 뛰던 것을 멈추었어. 그러고는 몸을 굽히고 숨을 몰아쉬었지.

"성훈아!"

영무가 소리도 없이 내 뒤를 쫓아와서는 내 어깨에 손을 얹었어. 그 녀석도 달리느라 숨이 찼는지 호흡이 무척 거칠었지. 나는 뭐에라도 감전된 것처럼 펄쩍 뛰며 그 녀석의 손길에서 벗어났어. 이제 뭘 어째야 하는 거지?

"어, 영무야, 반갑다."

제기랄!

영무는 막상 나를 붙잡아놓고는 어색하게 서서 말 한마디 없었어. 나는 우리 사이에 흐르는 그 낯선 공기 때문에 울고 싶어졌어.

"……잘 지냈냐?"

영무가 간신히 내놓은 말에 나는 말없이 고개만 끄덕였어.

"전화가…… 몇 번이나 했는데 안 되더라."

난 휴대폰의 전원을 아예 꺼놓았고 집 전화는 울리든지 말든지 상관도 하지 않았어. 어쩌면 영무가 집으로 직접 찾아와주었다면 나는 곤란한 척하면서도 내심 기뻤을지 몰라. 하지만 그 녀석도 끝내 날 찾아오지는 않았어.

"그렇지, 뭐."

"친구들이냐?"

나는 조금 머뭇거리다 목에 돌덩이라도 걸린 듯한 느낌으로 고개를 끄덕였어. 나는 영무 앞에서 그애들을 부끄러워하고 있었던 거야. 심지어는 헌신까지도. 어째서 나는 이것밖에는 안 되는 인간인 거지.

"……아줌마도 잘 계시지?"

나는 대답은 하지 않고 호주머니에 손을 찔러넣은 채 멍하니 다른 곳을 쳐다보았어. 지금 이 순간 영무와 우리 엄마 안부 따위나 주고받고 싶지 않았어. 나는 그애에게 내 수많은 잘못을 사과하고 싶었고 날 버리지 말아달라고 간청하고 싶었어. 나를 이해해달라고 영무에게 하소연하고 싶었지만, 영무는 시시한 말이나 내뱉으면서 나를 더욱 절망시키고 있었지.

"네가 조금 더…… 괜찮아지면……."

영무는 말을 하다 말고 한숨을 쉬었어.

"아니야. 모처럼 친구들하고 놀러 온 거니까 재미있게 놀다 가라. 나도 그만 가볼게."

뭔가를 말해야만 했어. 그래야 영무를 잃지 않게 될 테니.

"저기, 영무야."

영무는 가버리는 대신 내 말을 기다려주었어.

"내가……"

"그래."

"……내가 좀…… 괜찮아지면……."

"그래."

"……미안."

영무가 내 어깨에 손을 올렸어. 그 녀석은 여전히 따듯한 손을 가지고 있었고, 날 포기하지도 않았어. 이제 내가 그 녀석을 찾아갈 수만 있다면 우리는 정말 괜찮아지는 걸까. 시간과 인연의 힘을 어디까지 믿어야 하나. 영무는 조심스레 내 어깨를 토닥였고 잠시 내 곁에 머물다 자신의 세계로 돌아가버렸어. 나는 숨을 가다듬은 후 내 세계로 돌아갔지.

대충 상황을 눈치챈 현신이 무척 걱정스러운 표정으로 나를 보았지만 나는 아무렇지도 않은 척했어. 필은 내가 멋대로 행동한다며 투덜댔고, 잡은 그런 필에게 눈치도 없다고 면박을 주었으며 도라는 롤러코스터를 한 번 더 탈 수 있겠느냐고 물었어. 마는 이어폰을 낀 채 멍하니 음악을 들었고 누룽지는 내 곁에 찰싹 달라붙었어. 그때 불꽃이 터지기 시작했어. 우리는 모두 입을 다문 채 밤하늘을 수놓는 아름다운 불꽃을 구경했어. 불꽃이 터지는 동안 다행히 도라는 배가 무척 고프다는 사실을 기억해내면서 롤러코스터에 대한 열망을 접었어. 우리는 노천카페로 몰려가 치킨과 콜라를 산더미처럼 주문했어. 현신이 구운 감자와 옥수수, 과일 샐러드를 먹는 동안 우리 여섯 명은 마치 대마초를 실컷 피워대기라도 한 것처럼 정신없이 닭다리를 뜯었어.

  그건, 정말이지 잊을 수 없는 맛이었어, 비너스. 밤새도록 폭풍 설사에 시달리긴 했지만.

뿔로 받는 날

비너스에게.

수요일이 되어 '애미'에 갔다가 봉변을 당할 뻔했어. 여느 때처럼 느긋하게 마당으로 들어서다가 하마터면 앨리스의 뿔에 받힐 뻔한 거야. 나는 앨리스가 콧김을 뿜어대며 내게 돌진을 하는데도 설마 하며 눈을 크게 뜨고 바라보기만 했고, 양나 씨가 맨발로 뛰어나오며 "소년! 뛰어! 얼른!"이라고 외치는 소리를 듣고서야 몸을 돌려 허겁지겁 달아나기 시작했어. 나는 뛰면서 조마조마한 마음으로 뒤를 돌아봤지만 역시 두 발로 뛰는 것과 네 발로 뛰는 건 비교가 되지를 않았어. 앨리스의 뾰족한 뿔이 바로 내 엉덩이를 겨냥한 채 바싹 가까이 다가와 있었지. 나는 그제야 장난이 아니라는 생각에 정신이 번쩍 들었어. 속도를 올려 전력질주로 도망을 쳤고 앨리스는 그런 내 뒤를 쫓았으며 그 뒤를 양나 씨가 두 팔을 허우적거리며 뒤쫓았어. 우리 셋은 꼬리잡기라도 하는 것처럼 한동안 마당을 빙글빙글 돌았어. 하나는 한가로이 풀을 뜯으며 느긋하게 구경하고 있었지.

"앨리스!"

양나 씨가 손뼉을 치며 날카롭게 외치자 앨리스는 날 쫓던 걸 멈추고 방향을 바꾸었어. 양나 씨는 우리를 향해 나는 듯 달렸어. 앨리스의 뿔에 닿을 듯 말 듯 아슬아슬 달리던 양나 씨가 우리 안으로 뛰어들었고 그 뒤를 앨리스가 쫓아들어갔어.

"소년! 문 닫아!"

양나 씨가 반대편 담을 훌쩍 뛰어넘으며 소리쳤어. 나는 허겁지겁 우리 문을 닫아걸었어. 열이 받을 대로 받은 앨리스가 사납게 뒷발질을 했지만 소용없는 짓이었지.

"대체 뭐가 어떻게 된 거죠?"

땀으로 범벅이 된 채 내가 묻자 양나 씨도 숨을 헐떡이며 대답했어.

"앨리스는 지금 발정기야. 발정기가 되면 사나워지거든."

"제기랄. 엉덩이에 구멍 날 뻔했어요."

양나 씨가 웃음을 터뜨렸어.

"미안. 진즉 우리에 가뒀어야 했는데. 앨리스가 답답해하는 게 불쌍해서 그만."

 사실 나는 약속시간보다 한 시간 정도 일찍 도착한 거라 양나 씨가 사과할 일은 아니었어. 하지만 그녀는 지나치는 말로라도 남 탓을 한 적이 없어. 나는 양나 씨에게 이런저런 많은 말들을 듣고 있었지만 바로 이런 점 때문에 그녀를 점점 더 신뢰하게 되는 걸 테지. 나도 누군가의 신뢰를 얻고 싶다면 반드시 해야 할 일보다는 절대로 하지 말아야 할 일이 더 많을 거야.

 양나 씨는 내 팔에 팔짱을 끼었어.

 "미남을 보니 기분이 좋아지는걸. 오맙또는 재미있었니?"

 "생각보다 힘들긴 했지만…… 나름 재미있었어요."

 "놀이공원에서 네 친구들을 만났다고?"

 "네."

 "당황했겠구나."

 "차라리 잘된 일인지도. 혼자 힘으로는 어쩌지 못하는 걸 '우연'이 대신 처리해준 느낌이에요."

 양나 씨는 만족스러워 보이는 웃음을 지었어.

 "그래. 그런 식이면 앞으로 다 잘될 거야."

 놀이공원에서 영무와 우연히 만난 후, 나는 집으로 돌아가 고민을 했어. 어떻게 해야 조금이라도 영무, 그러니까 정상적인 세계에 가까워질 수 있는 건가 하고. 엄마는 아직도 보란 듯이 내 책상 위에 뉴질랜드 유학 가이드북을 올려놓았고 학원소개 책자를 거실 테이블에 비치해두었어. 너무 속이 뻔히 보이는 행동이었지만 엄마로서는 최대한의 양보였겠지. 나는 그녀가 단지 나를 자신의 눈앞에서 치워버리고 싶은 건지, 아니면 정말 내 입장에서 충분히 생각해본 결과 그 방법밖에는 없다고 결론을 내린 것인지 혼란스러웠어. 하지만 이제 이유야 어떻든 그만 쉽게쉽게 흘러가고 싶은 생각이 들어버렸어. 미지의 나라, 미지의 사람들. 어쩌면 거기에서 나는 예전처럼 사소한 일에 불평불만을 늘어놓는 아무 생각 없는 아이로 돌아갈 수 있지 않을까? 마치 아무런 상처도 없는 듯, 무거운 부담감도 가지고 살지 않는다는 듯 말이야.

"유학원에 등록했어요."

"흠. 충분히 생각해본 거니?"

"네. 엄마가 무척 좋아했어요."

엄마는 나를 안아주었고 약간 울었어. 그녀의 행복해하는 모습이 너무 오랜만이라 나는 아무러면 어떠냐는 생각이 들었지. 그냥 이걸로 된 거다, 라고.

"소년. 유학을 가느냐 마느냐는 중요한 게 아니야. 네가 정말 가고 싶은 건지 아닌지가 중요해."

"가고 싶어요."

"그게 현실도피인지, 아니면 현실대응인지 잘 구분하고 있는 거니?"

"뭐가 다르죠? 결국 하는 일은 같은데."

"완전히 달라. 단지 도피일 뿐이라면 거기에는 전혀 다른 현실이 있다고 믿고 있는 거지. 그게 아니라는 걸 알았을 때 어떻게 할 거지? 또다시 짐을 꾸려 다른 나라로 떠날 거니?"

양나 씨가 너무 정곡을 찔렀기 때문에 나는 할 말이 없었어. 그녀도 나의 결정을 기뻐해주리라 생각했는데.

"그런 건…… 아니에요."

양나 씨가 내 눈을 지그시 바라보았어.

"그럼 다행이야. 다행한 일이지."

우리는 상담실 안으로 들어갔어. 양나 씨가 치즈 케이크와 커피를 내오는 동안 씨아는 단잠을 깨운 나를 못마땅한 눈초리로 노려보다가 다시 꾸벅꾸벅 졸기 시작했어. 씨아는 사랑을 위해 몸단장을 하는 시간 이외에는 하루 종일 잠만 자는 것 같았어.

"넌 행복한 놈이구나."

내가 부드러운 등을 살짝 쓰다듬으며 중얼거리자 씨아의 몸이 움찔했지만 그대로 잠이 들어버렸지.

양나 씨는 커피를 마시며 오맙또에 대한 내 생각을 물었어.

"걱정을 많이 했는데, 다른 아이들도 재밌었다고 했어. 특히 도라가 무척 좋아했단다. 나 역시 이 정도 선이라면 너희들 스스로 하고 싶은 일을 결정하는 것도 나쁘지 않겠다는 생각이 들었어. 또래들끼리만 할 수 있는 일이 분명히 있으니까. 너는 어때?"

"……괜찮을 것 같아요."

"어쩐지 시들한데?"

양나 씨의 충고가 맞았기 때문이라는 말은 할 수 없었어. 다른 사람의 소박한 소망을 들어주는 일은 생각보다 힘들었고 왜 그래야 하는 건지 회의가 들었어. 하지만 내가 제안한 이 일에 벌써부터 부담감을 느낀다는 말은 죽어도 할 수 없었지. 양나 씨를 실망시킬까봐 무서웠던 거야. 아니면 스스로에게 실망하는 것이 지겨웠던 건지도.

"그렇지 않아요."

뉴질랜드에 가서도 나는 이런저런 이유로 거짓말을 늘어놓게 될까. 그럼 여기서와 무엇이 달라지는 거지.

"좋아. 그럼, 오맙또는 당분간 네가 맡아주렴. 무언가를 결정한 후에는 반드시 내게 알려주고. 약속할 수 있지?"

"네. 그럴게요."

"좋아. 현신이 몸살에 걸렸단다. 그는 오늘 하루 진료소를 쉬어야 한다고 했어. 나랑 같이 그에게 가볼래?"

마침 그의 안부가 궁금했던 터라 나는 얼른 양나 씨를 따라나섰어. 그러고 보니 나는 그가 어떤 곳에서 어떤 식으로 생활하고 있는지 전혀 알지 못했어. 막연히 상상만 했을 뿐. 양나 씨는 따듯해 보이는 검은색 캐시미어 숄을 둘렀어. 날씨가 제법 쌀쌀했고 마당의 나뭇잎들도 거의 다 떨어져내렸거든. 곧 첫눈이 오겠지. 그때에도 나는 '애미'에 있게 될까.

현신의 집은 '애미'에서 도보로 삼십여 분 정도의 거리. 양나 씨와 나는 산책 겸 해서 걸어가기로 했어. 현신에게 줄 음식이 든 피크닉 바구니는 내가 들었고 양나 씨는 내 팔을 붙들었어.

"운수는 좋겠다. 너처럼 멋진 아들이 있어서."

"엄마는 그렇게 생각하지 않을걸요."

"아니. 틀림없이 그래."

"……저, 양나 씨의 애인은……."

"그녀는 잘 지내고 있어. 몇 달 동안 일 때문에 영국에 가 있었거든. 다음 달쯤 돌아올 거야."

"좋겠네요."

"그래, 좋아. 몹시 기다려져. 하지만 막상 만나게 되면 얼른 떠나주길 바라겠지."

"그냥 함께 있기만 해도 좋은 사람을 만나면 되잖아요?"

"그 말은 살아만 있어도 좋다는 말과 같아. 외로움에 질식해버리기 직전이라면 누군가와 함께 있기만 해도 좋겠지. 하지만 바로 그 누군가 때문에 숨을 쉴 수 있게 되면 이런저런 다른 고통이 느껴지게 되거든. 그게 바로 사람이야."

"누구와 함께 있더라도 마찬가지란 뜻인가요?"

"적어도 나는 그랬지만…… 미리 실망할 필요는 없어. 내 세계와 네 세계는 분명 다를 테니."

"그럴까요?"

"그렇고말고. 말했잖니. 넌 내 희망이라고."

"양나 씨도 아직 얼마든지 기회가 있어요."

"오!"

양나 씨가 걸음을 멈추더니 장난스러운 표정을 지었어.

"내게 충고를 하려면 아직 백년은 이르다, 소년."

"그러지 말고, 좋은 말은 좀 들어요."

양나 씨가 웃음을 터뜨렸어. 그러고는 다시 다정하게 내 팔을 붙들었지.

현신의 진료소가 세들어 있는 건물은 원래 약국이었다고 해. 이층에는 살림집이 붙어 있는 데다 약장 같은 것도 다 되어 있어 약간의 수리를 한 뒤 현신이 들어왔다고. 붉은색 벽돌로 지어진 아늑한 이층 건물에는 '현신동물병원'이라는 간판이 붙어 있었어. 근처에는 슈퍼나 세탁소 같은, 생활에 필요한 작은 상점들이 있어 별로 불편하지 않을 것 같았어. 하지만 현신처럼 젊은 사람이 혼자 살기에는, 역시 너무 을씨년스럽고 쓸쓸한 느낌이었어. 인근의 축사나

농가에 출장 진료를 자주 나가야 해서 병원 앞에 세워져 있는 현신의 사륜구동 자동차는 늘 흙먼지를 뒤집어쓰고 있었지. 양나 씨가 병원 출입문 옆에 붙어 있는, 이층의 살림집으로 연결된 호출기를 누르자 잠시 후에 현신이 내려와 출입문을 열어주었어. 현신의 얼굴은 핼쑥했고, 몸은 더 가늘어진 것 같았어.

"저런. 어제보다 더 안 좋아진 거야?"

양나 씨가 걱정스러운 목소리로 묻자 현신은 억지로 웃었어. 계단을 오르는 것도 힘겨워 보이기에 나는 그를 부축해주었어. 그의 몸이 생각보다 너무 가벼워서 깜짝 놀랐어. 이층의 살림집은 방 두 개에 거실과 주방, 욕실의 구조로 되어 있었어. 현신의 학생다운 느낌답게, 집 안도 반듯하고 청결한 느낌. 쓸모없는 물건은 없었지만 필요한 것은 꼭 있어서 현신이 꽤나 제대로 살림을 하고 있다는 걸 알 수 있었어. 현신의 침실은 제대로 정리를 못했는지 흐트러져 있었어. 양나 씨가 가져온 죽을 덥히기 위해 주방으로 나갔고, 나는 방바닥에 떨어져 있는 옷가지며 수건 같은 것들을 대충 정리했어. 현신이 누워 있는 침대도 엉망이어서 나는 그의 몸을 조심스레 들어올리고 시트의 주름을 펴주려고 했어. 하지만 현신은 내가 가까이 다가가자 얼굴을 붉히며 당황스러워했어.

"미안. 그동안 제대로 씻지를 못하는 바람에 몸에서 냄새가 나."

현신이 잠긴 목소리로 속삭이듯 말했어.

"그, 그런 건 괜찮은 것 같은데……."

나 역시 갑자기 부끄러워져서 얼굴이 조금 붉어지고 말았어. 그는 분명히 나를 의식하고 있었고 그건 나도 마찬가지였어. 비너스. 그건 달콤하고도 매혹적인 느낌이었어. 나는 현신의 가는 몸과 팔, 다리, 머리를 차례로 들어올려 시트의 주름을 펴주고 베개를 바로 놓아주었어. 그러다 현신의 흰 목덜미에 작은 점 하나가 있는 것을 발견했고, 그것이 무척 귀엽다는 생각을 했어.

"아주 멜로드라마를 찍어요."

양나 씨가 죽 그릇을 쟁반에 받쳐들고 오며 명랑하게 말했어.

"너희 둘이 있으면 왜 이렇게 공기가 에로틱해지는 거야? 현신! 애 아직 미성년이야."

"양나 씨는 성년이 된 다음에 연애했어요?"

"미쳤니? 시간을 그렇게 낭비하게. 다 그 나이 때 맞는 연애가 있는 거야. 그 시기를 놓치면 영원히 못하는 그런 게 있다고."

"그렇다면……."

"농담은 그만해, 양나 씨."

현신이 단호하게 내 말을 잘랐어. 양나 씨는 어깨를 으쓱하면서 한 발 물러섰지만 나는 약간 상처를 입었어. 그가 나를 완전히 애 취급했기 때문이야. 앞으로 살아가면서 현신처럼 괜찮은 게이를 만나게 될 확률은 과연 얼마나 될까? 또한 그 게이가 날 매력적이라고 생각하게 될 확률은? 현신이 하필이면 이곳으로 도망쳐 들어온 것도 나와의 운명이며 인연이라고 할 수는 없는 걸까? 하아…… 이런 극적인 망상에 매달리게 되면 결국 그 관계는 끝이 좋지를 않아. 나도 알고는 있지만 현신을 유혹해보고 싶다는 생각도 들었어. 나는 적어도 문자를 날려 이별을 통보하는 또라이는 절대로 되지 않을 텐데. 그 역시 나와의 일을 자기 엄마에게 징징거리며 털어놓지도 않을 테지.

양나 씨와 나는 그가 죽 한 그릇을 비운 뒤 조용히 잠이 드는 것을 지켜보다가 집을 나왔어. 한참을 걸어나와서야 그가 단 한 번도 아프다거나 힘들다는 말을 하지 않았다는 걸 깨달았어. 몸이 불덩이처럼 뜨겁고 장작처럼 야위어 있었는데도. 그는 무서울 정도로 침착했고 평소와 다름없었어. 그는 마치 타인에게 응석부리는 법을 배워본 적이 없는 사람 같았어. 그는 사실 마음 편히 응석을 부릴 만한 사람이 한 번도 곁에 없었던 건 아닐까?

"저, 양나 씨. 먼저 가세요. 저기, 저는……."

내가 걸음을 멈추며 그렇게 말하자 양나 씨가 나를 흘긋 보았어. 그리고 그녀는 살짝 미소를 지었어.

"너무 늦게까지 있지는 마렴. 운수가 걱정할 거야."

양나 씨의 말에 나는 고개를 끄덕였고 몸을 돌려 현신의 집을 향해 뛰었어.

현신은 다시 찾아온 나를 보더니 어리둥절해했고 자기는 괜찮으니 돌아가라며 걱정을 했어. 나는 그를 억지로 침대에 누이고 따듯한 물을 받아 수건에 적셔 그의 얼굴과 목, 손과 발을 닦아주었어. 그는 계속 얼굴을 붉히며 몸을 움츠렸지만 결국에는 내가 하는 대로 가만히 몸을 맡겼어.

"개운하네. 고마워."

현신이 작은 목소리로 중얼거렸어. 나는 그의 열이 내릴 때까지 계속해서 따듯한 수건으로 마사지를 해주었어.

비너스. 적어도 그가 아프고 외로울 때 생각나는 사람이 나였으면 하는 바람이 너무 허황된 것일까? 나는 뜨거운 현신의 손을 잡았고 그는 내 손을 밀쳐내지 않았어. 누군가 내게 손을 맡겨준다는 건 정말이지, 굉장히 행복한 일이었어. 어쩌면 그건 키스보다 행복한 일인지도 몰라.

*

"정말 어이없네."

필이 콧방귀를 뀌며 말했어.

"그건 안 돼. 절대로. 넌 여기서 대체 뭘 배운 거니?"

"필, 제발. 얘기나 좀 제대로 들어보자. 나는 쟤가 저렇게 진지한 건 처음 본다고."

잡이 말했어.

우리 그룹은 상담실 안에 있었어. 필이 '다른' 아이들이 '우리' 얘기를 엿듣는 건 몹시 불쾌하다고 양나 씨에게 강력하게 항의했고, 결국 양나 씨가 상담실을 우리에게 빌려주기로 한 거야. 대체 언제 우리가 '우리'가 된 거지?

얘기를 처음 꺼낸 건 뜻밖에도 마. 그애는 이어폰도 없이, 멍한 표정도 짓지 않고 우리들을 똑바로 응시하고 있었어. 상담실 안에는 흔들의자가 없었으므로 도라도 소파에 다소곳이 앉아 있었지.

"다시 한 번 말하지만 내 소망은 간단해. 날 괴롭혔던 녀석들을 죽도록 패주고 싶어. 너희들이 도와주면 충분히 실현가능한 일이잖아?"

우리는 서로의 눈치를 살폈어. 그러고는 동시에 말했지. 그건 좀…….

"어째서? 그 자식들은 내게 더한 짓도 했는데?"

마의 목소리가 떨리기 시작했어.

"아무리 여기에서 좋은 이야기를 잔뜩 듣고 마음을 다잡는다 해도, 결국 내 손으로 마무리 짓지 않으면 안 되는 일이라는 게 있어. 이게 바로 그런 거야. 내가 그 자식들보다 훨씬 훌륭한 인간이라고 계속 되뇌면 뭐해? 난 아직도 밤에 그 녀석들이 날 괴롭히던 꿈을 꾸며 오줌을 지려. 이런 일에 도덕성 운운하는 게 얼마나 웃기는 일이야?"

상담실 안에는 무거운 침묵이 흘렀어. 그래도 그건 안 되겠다고 내가 말하려는 순간 구석에 앉아 있던 누룽지가 주춤거리며 손을 들었어.

"저기, 난 마의 의견에 찬성해. 난 도와주고 싶어."

"누룽지. 이건 놀이공원에서 롤러코스터나 타면 되는 일이 아니야. 잘못되면 일이 아주 심각해질 수도 있고, 무엇보다 양나 씨가 절대 허락하지 않을 거야."

"그래도, 그래도, 마의 말이 맞아. 직접 해야 하는 일이라는 게 있어."

누룽지가 고집스럽게 말했어.

"안 돼, 난 절대 빠질 거야. 난 이제 거의 정상이야. 가족들한테 다시는 '미쳤다'는 소리 듣고 싶지 않아."

필이 머리를 쥐어뜯으며 말했어.

"난 찬성."

도라가 시원스레 말했어.

"머리를 쥐어짜다 보면 뭔가 방법이 있겠지."

마가 잡을 쳐다보았어.

"글쎄, 이런 건, 마의 기분을 모르는 건 아니야. 정말 두고두고 열받고 겁나는 일이라는 게 그런 일일 거라고는 생각해. 하지만 그걸 우리가 꼭 도와주어야 하는 건지 나는 잘 모르겠어. 마가 그대로 참아보는 것도 좋은 방법이 되지는 않을까 싶기도 하고, 그냥 참았다가 나중에 더 큰 병이 되면 그것도 나름 문제이기도 하고, 하지만 폭력을 폭력으로 갚는다는 건 아무래도 너무 비인간적이지 않나 그런 생각도 들고……."

"잡설은 필요 없어! 도와줄 거야, 말 거야?"

마가 잡의 말을 가로막으며 소리쳤어.

"알았어, 알았다고. 소극적으로는 도와줄 수 있을 것 같아."

"소극적으로 돕는다는 건 또 뭐냐?"

도라가 인상을 찌푸리며 물었어.

"그냥, 적극적으로는 도울 수 없다고."

"좋아, 그 정도면 됐고, 너. 수요일의 아이. 어떡할 거야? 네가 먼저 우리를 돕고 싶다고 나선 거 아니었어?"

모두의 시선이 내게로 쏠렸어. 나는 완벽하게 궁지에 몰린 거였어. 나는 지금 여기가 아니면 아무것도 없다는 사실. 만일 이곳에서도 실패하면 앞으로도 계속 실패할 것이라는 막연한 불안감. 내가 저애를 돕는다면 나는 어떤 식으로든 변화하는 걸까? 그렇다면 양나 씨에게 거짓말을 해야만 해. 자신을 보호하기 위해 나는 앞으로도 거짓말을 하게 될 것이라 알고 있었어. 거짓말은 항상 나쁘기만 한 걸까? 예를 들자면 엄마를, 친구들을, 세상을 끝까지 속여넘길 수만 있었다면 난 내 거짓말에 축배라도 들었을걸. 물론 거짓말에겐 그런 능력이 없다는 것이 문제이긴 하지만. 그럼에도 불구하고 나는 더 생각해볼 것도 없이 불쑥 내뱉고 말았어.

"좋아, 알았어. 하지만 너희들 모두 내 말에 따라줘야 해."

"안 돼. 난 양나 씨에게 가서 사실대로 털어놓을 거야!"

필이 뾰족한 연필처럼 날카롭게 외쳤어.

"필. 우리가 '우리'라며? 그렇다면 적어도 비밀은 지켜줘야지. 널더러 도우라는 말까지는 안 할 테니 걱정 마."

내가 낮은 목소리로 위협하듯 말하자 필은 겨우 입을 다물었어.

"고마워."

마가 말했어. 그러고는 힘없이 소파에 주저앉았어.

"모두들 정말, 고마워."

그 녀석은 진심이었어.

복수를 성공하기 위해서는 치밀한 계획이 필요해. 무턱대고 덤비다가는 오히려 이쪽이 낭패를 보게 될 일. 게다가, 마가 다시는 오줌을 지리는 일이 없도록 하기 위해서라도 완벽하게 성공해야만 하겠지. 나는 마치 이런 일이 생기리라는 것을 예상하고 있기라도 한 것처럼 근사한 생각이 번쩍하고 떠올랐어.

"잡이나 누룽지는 그애들을 직접 상대하기 어려워. 악력의 차이라는 게 존재하니까. 그럼 도라, 나, 마, 이렇게 셋이서 상대해야 하는 거야. 그애들이 모두 몇 명이었어?"

"다섯."

"불가능해. 셋으로 추려보면?"

마가 골똘히 생각에 잠겼어.

"괜찮을 것 같아. 그중에서 덜 악랄했던 놈 둘을 빼면."

"셋의 체격은?"

"좋은 편."

"달리기는?"

"그게 무슨 상관이야?"

도라가 끼어들었어.

"큰 상관이 있지. 걔들은 운동신경이 어느 정도였어?"

"셋 다 아주 좋아. 몸도 민첩하고."

"흠. 그래…… 도라, 너 롤러블레이드 탈 줄 알아?"

"에? 그야, 당연하지. 초딩 때 다 타지 않나?"

"잡과 누룽지는?"

잡은 전혀 탈 줄 몰랐고 누룽지는 예전에 타본 기억이 가물가물 정도.

"마는?"

"탈 줄은 알지만 그렇게 능숙하지는 않아."

"그건 나도 마찬가지야. 우리는 앞으로 한 달간 롤러블레이드에 완전히 익숙해져야만 해. 그런 다음 마가 그 녀석들의 연락처를 알아내고. 가능해?"

마는 고개를 끄덕였어.

"잡과 누룽지가 그 녀석들에게 문자를 보내는 거야. 평소 동경해 왔으니 꼭 한 번만 만나달라고. 반드시 넘어오게 그럴 듯한 문자를 찍어야겠지. 그래서 일단 그 녀석들을 한자리에 모으는 거야."

"그 정도면 나도 도울 수 있을 것 같은데."

필이 불쑥 말했어.

"그럼 좋지. 되도록 밤 시간으로, 으슥한 장소를 고르자."

"그래서?"

도라가 흥미진진해하며 물었어.

내 계획은 이랬어. 일단 녀석들을 한자리에 모은 다음 우리는 복면을 한 뒤 롤러블레이드를 타고 나타난다. 그 녀석들이 덤벼들어도 잽싸게 도망칠 수 있고, 반대로 그 녀석들이 도망을 치면 우리가 쫓아갈 수도 있다. 괴성을 지르거나 하면 그 녀석들은 더욱 겁을 집어먹겠지. 잡과 누룽지도 롤러블레이드를 타고 주변을 경계한다. 만일 위험한 사태가 발생하면 신호를 보내 우리가 무사히 도주하도록 한다.

"우리는 헤어스프레이를 그 녀석들에게 쏠 거야. 눈 쪽에다 분사

하면 잠깐 동안 볼 수 없게 되는 데다 균형도 잃을 테니 제대로 잡을 수 있겠지. 붙잡은 뒤엔 팔다리를 묶고 복수를 감행하면 돼."

"그럼 몽둥이도 있어야겠네. 야구방망이 같은 거."

마가 흥분된 목소리로 말했어.

"절대 안 돼. 이 계획의 가장 중요한 점은 비폭력이라는 거야."

"그게 무슨 소리야? 눈에 스프레이 한 방 쏘고 복수 끝이라는 거냐?"

"그게 아니라, 바리캉으로 머리를 밀자. 반짝반짝 대머리로 만들어버리는 거야. 그리고 그 머리통에 각자 생각나는 욕이 있다면 한마디씩 써주는 것도 괜찮겠지."

"헐, 그거 완전이다!"

도라가 배꼽을 잡고 웃었어.

"난 절대 지워지지 않는 매직으로 얼굴에다 온통 '고기'라고 써줄 테다. 마사루처럼 말이야! 내가 그걸 얼마나 해보고 싶었다고!"

"마사루가 누군데?"

누룽지가 물었어. 잡이 누룽지에게 『멋지다 마사루』에 대한 설명을 길고 지루하게 늘어놓는 동안(애초에 그 만화를 '설명'한다는 게 무리이기는 했어) 나 역시 도라처럼 '고기'라고 쓰는 것도 괜찮겠다는 생각이 들었어. 그런 녀석들에게 그만큼 잘 어울리는 말이 또 어디 있겠어? 마는 내 계획을 썩 마음에 들어한 건 아니었지만,

그런 녀석들 때문에 너무 큰 위험을 무릅쓸 필요는 없다는 내 설득 (이건 도라의 대마초나 마찬가지야. 작은 즐거움에 비해 너무 큰 위험이지)에 그럭저럭 마음을 돌렸어.

"다들 알겠지? 이 계획에 필요한 건 바로 완벽한 롤러블레이드 실력이야. 우리는 거의 재주를 부릴 지경이 되어야 한다고."

"우리끼리만 알아들을 수 있는 암호가 있으면 좋겠어. 이 계획을 뭐라 부르는 게 좋을까?"

잡이 물었어. 나는 갑자기 사나워져서 내게로 돌진한 앨리스를 떠올렸어.

"뿔로 받는 날."

모두들 만족스럽게 고개를 끄덕였어. 앨리스에게 받힐 뻔한 게 나뿐만이 아니었던 거야.

경계인

비너스에게.

나는 제법 바빠지고 있어, 비너스. '애미'에 가지 않는 날은 어학원에 가서 공부를 해. 나는 영어를 별로 좋아하지 않아. 왜 공부해야 하는지 필요성도 잘 못 느끼겠고. 영화나 미드 같은 것을 자막 없이 보면 편하겠다는 생각은 가끔 들지만, 단지 그것 때문에 학원이니 과외니 하며 많은 시간과 돈을 투자하는 건 바보 같은 짓이야. 영어라는 과목의 점수 비중이 그렇게까지 높아야 하는 이유도 잘 모르겠어. 영무는 영어를 잘해. 좋아하기도 하고. 그 녀석은 어문학에 뛰어나거든. 영무야말로 한 번쯤은 영어권 국가에서 제대로 공부해보는 것도 괜찮을 거야. 나 같은 녀석은 영무 같은 녀석이 번역한 텍스트를 보며 즐기는 거지. 이게 합리적인 일 아니겠어? 하지만 엉뚱한 사건으로 엉뚱한 인생에 직면한 나는 전혀 어울리지도 않는 어학원 책상에 내 몸뚱이를 구겨넣고 백 퍼센트 영어로 진행되는 수업을 따라잡으려 안간힘을 쓰고 있는 중. 유학원에서는 적어도 내년 초에는 내가 입학할 학교가 정해질 거라고 했어. 나는 그 기간 동안 어떻게 해서든 영어실력을 늘려놓아야만 해. 유학원에서 얻어들은 얘긴데, 나처럼 늦은 나이에 유학을 가게 되면 언어 스트레스 때문에 탈모증까지 생긴다는 거야.

"비단 언어뿐만 아니라, 키위들하고는 완전히 다른 문화적 배경에서 성장했으니 소통에 심각한 문제가 생길 수 있죠."

이러다가 반짝반짝 대머리가 되는 건 내 쪽인지도 모르겠어. 해서 유학원에서 추천해준 방법은 한국 애들이 오글오글 모여 있는 학교로 진학하라는 것. 뉴질랜드에 가서 한국 애들과 한국말로 마음껏 떠들다 오라는 얘기. 그렇담 대체 거기까지 왜 가는 거지?

쓸모없는 일에 시간과 노력을 쏟아붓고는 있지만 그로 인해 얻어지는 좋은 점도 있어. 엄마와의 관계가 한결 부드러워졌다는 거. 엄마는 이제 농담을 건네기도 하고, 나는 그 농담에 웃음을 터뜨릴 수도 있어. 사실 누군가와의 관계에서 가장 힘든 건 그런 건지도 모르겠어. 항상 마음이 가벼울 수 있는 거. 하지만 아직도 '애미'에 관한 말은 서로 전혀 하지 않아. 엄마는 그곳이 내가 꼭 가야만 하는, 이를테면 군대 같은 거라 생각하는 눈치고, 언젠가

만기제대하면 영원히 굿바이, 추억조차 되새길 필요도 없을 것이라 여기고 있어.

"양나하고 다시 얘기해보아야겠지만, 엄마 생각으로는 이제 그만 다녀도 되지 않을까? 너도 많이 좋아졌고, 유학 준비를 하려면 시간도 별로 없잖아."

엄마가 꺼내놓은 말에 나는 아직 더 다니고 싶다고만 했어. 엄마는 그 말에 순순히 물러섰어. 모처럼 만사가 잘 풀려가는 판국에 괜히 일을 망치고 싶지 않다는 의중. 엄마는 진짜로 나와 잘 지내고 싶은 거야, 비너스. 그리고 내가 잘 자라기를 누구보다 바라고 있고. 하지만 역시 엄마도 사람인지라 모든 것을 자기 입장에서 생각하고 판단할 수밖에는 없는 거지. 엄마가 더 이상 뭘 어쩔 수 있겠어?

나는 구석에 처박아두었던 롤러블레이드를 꺼냈어. 오랫동안 타지를 않아 조금 불안했지만, 몇 번 비틀거리다 바로 균형을 잡기 시작했고 예전처럼 스피드를 낼 수도 있었어. 문제는 정확한 방향 전환이나 급브레이크 같은 기술적인 것들. 나는 그 상황에서 벌어질 수 있는 온갖 변수를 생각해가며 롤러블레이드를 내 맘대로 다루기 위해 매일 공원에 나가 세 시간 이상 맹렬히 연습했어. 몸이 의지대로 움직이지 않으면 짜증이 치밀기도 하고 내가 왜 이런 일에 매달리는 건지 의아할 때도 있어. 하지만 결과적으로 밤에 잠도 잘 오고, 쓸모없는 망상에 시간을 보내는 일도 적어졌지. 그러니까, 뭐, 아무렴 어때.

양나 씨에게는 '뿔로 받는 날'이 롤러블레이드 시합이 열리는 날이라고 설명해두었어.

"그러니까, 마는 언젠가 해보고 싶었다는 겁니다. 친구들과 다 같이 롤러블레이드를 타며 재주를 부려보는 걸 말입니다."

처음에 양나 씨는 고개를 갸웃했지만 실제로 우리가 오밋또에 롤러블레이드를 들고 나타나 하루 종일 그것만 타고 있자 그대로 납득해버렸어. 잡이나 누룽지는 겨우 서 있는 정도이고, 그나마도 쉴새없이 넘어지는 바람에 한숨이 나왔어. 보다 못한 필이 끼어들어 잔소리를 늘어놓더니 급기야는 사이즈가 같은 누룽지의 것을 빌려신고 직접 시범을 보였어. 놀랍게도 필의 실력은 그야말로 수준급. 작고 마른 몸집을 바람처럼 움직이며 회전을 돌기까지 했어. 알고 보니 초딩 때 롤러블레이드 CF에도 출연한 적이 있다는 거야. 도라나 마는 꽤 괜찮은 실력. 특히나 마는 얼마나 연습을 했는지 무릎과 팔꿈치가 다 까져 있었어. 필이 우리 모두에게 기술적인 문제를 지도해주었기 때문에 우리는 그애를 '코치'라고 불렀지.

"기초를 닦은 자만이 즐길 권리가 있는 거야!"

필이 날카롭게 외쳐대는 동안 우리는 열심히 뛰고 굴렀어. 그런 식으로 계속 함께 뭔가를 해나가다보니 우리가 정말 '우리'처럼 느꺼지기 시작했어.

　날이 본격적으로 추워지고 있었어. '애미'의 벽난로에 장작이 타오르고, 씨아는 그 앞에 깔린 양탄자 위를 좀체 떠나지 않았어. 양나 씨의 월동준비를 돕기 위해 12월의 첫째 수요일에 현신이 왔어. 그의 병문안을 갔다 온 뒤 처음 보는 거라 나는 가슴이 수런댔어. 현신을 보고 있지 않을 때면 가끔 그가 떠오르고는 해. 하지만 그건 보고 싶다, 라든가 그립다, 같은 강렬한 감정이 아니라 단지 그는 잘 지내고 있는지, 몸은 이제 괜찮은 건지 같은 담담하고 평온한 감정. 어쩌면 현신의 진중함이 내 감정에까지 영향을 미치고 있는 건지도 몰라. 오랜만에 보는 현신은 여느 때와 다름없었지만 약간 달라진 것 같기도. 그는 좀체 나와 시선을 마주치지 않았고 실수로라도 몸이 닿을까봐 이전보다 더 조심하고 있었어. 그가 정말 나를 애처럼만 생각하고 있는 건 아니라는 뜻이라 나는 오히려 그 거리감이 기뻤어.

　비너스. 이런 감정은 도대체 어떻게 처리해야 하는 걸까. 막무가내로 솔직하게 드러내는 건 이제 겁이 나. 그러다 또 이전처럼 상처를 받으면 어쩌지? 그렇다고 그저 숨을 삼키며 아무렇지도 않은 척하고 싶지는 않아. 그러기에는 내 감정이 너무 뚜렷하고 현실적이기 때문이야. 이만큼 확실한 감정조차 스스로 인정하지 못한다면, 대체 내 진실을 어디에서 찾을 수 있겠어? 나는 이 일에 대해 누군가와 이야기를 하고 싶었어. 다행히 내 곁에는 현명한 조언자가 있었지.

"잘 모르겠어요."

"뭐를 말이니?"

"그냥, 서로 주고받는 시선이라든가, 거기에서 느껴지는 따듯한 호감 같은 거, 그런 것만으로도 사람은 만족할 수 있는 건가요?"

"넌 어떤데?"

"그걸로 괜찮은 것 같기도 하고, 그 이상을 원하는 것 같기도 하고."

양나 씨가 나를 물끄러미 보았어.

"그거 현신과 네 얘기?"

나는 고개를 끄덕였어. 그러고는 손에 든 따듯한 커피 잔을 공연히 만지작거렸지.

"소년. 현신은 너보다 훨씬 더 복잡한 입장이야."

"뭐가요?"

"어른이잖아."

"어른이라고는 해도…… 누구에게나 사랑은 필요하잖아요."

"물론 필요하지. 하지만 그는 지금 무척 많이 지쳐 있는 상태야. 어른이란 상처 입은 개수를 차곡차곡 세어놓는 지치고 불쌍한 존재들이거든."

"그럼 우리는 그냥 이렇게 그만인 걸까요? 내가 어른이 아니라서?"

"이런 건 억지로 되는 게 아니야. 만일 둘이 연이 닿는다면 물 흐르듯 너무 자연스럽게 이어져서 너 자신도 깜짝 놀라게 될 거야. 그러니까 초조해하지 말고, 안타까워할 필요도 없어. 그냥, 이런 따듯하고 애틋한 관계도 좋지 않니?"

"글쎄요."

"아니, 틀림없이 그래. 아마 너도 어른이 되면 이런 순간 자체가 얼마나 아름다운 건지 알게 될 거야. 현신은 알고 있어. 그래서 지키고 싶은 걸 테지."

양나 씨와 이야기를 나누다보면 소년에서 어른이 되는 유일한 방법은 상처를 끊임없이 받는 수밖에는 없는 것처럼 여겨져. 그 말은 우리가 모르는 시간 안에도 이미 지나온 시간 안에서처럼 무수한 상처들이 숨겨져 있고, 그 시간을 통과하려면 상처 역시 필연적으로 겪어낼 수밖에 없다는 뜻. 두렵고 무섭지만, 고통이 뭔지를 알게 되는 게 그렇게 나쁜 일일까?

양나 씨는 내게 아르바이트비라면서 흰 봉투를 하나 건넸어. 봉투 안에는 40만원이 들어 있었지.

"이만한 돈을 받을 만큼 한 게 없어요."

"그건 아이디어에 대한 권리금 같은 거야. 아이들이 네가 제안한 아이디어 때문에 많이들 행복해해. 또 너는 최선을 다해서 네 말에 대한 책임을 지고 있고. 충분히 받을 만하다고 보는데?"

나는 가슴 한구석이 찌르르 아파왔어. 양나 씨의 신뢰를 배신하고 있다는 가책. 돈을 받아넣으면서 나는 '뽑로 받는 날'에 조금의 문제라도 생기면 절대로 안 된다는 다짐을 했어. 그래서 또다시 롤러블레이드 맹연습. 필의 말마따나, 기초를 닦은 자만이 즐길 권리가 있으니까.

나는 양나 씨에게 받은 돈으로 일단 원동기 면허증을 따기로 했어. 면허증을 따려면 학생증이나 주민등록증이 있어야 하는데, 나는 학생이 아닌 데다 아직 만 17세가 되지도 않았어. 내 생일은 12월 25일 크리스마스니까 만 17세가 되기까지 2주간을 더 기다려야 하는 거야. 내 신분을 증명할 다른 뭔가가 없을까 좀 더 뒤져보니 '청소년증'이라는 게 있었어. 학생도 아니고 성인도 아닌 나 같은 애들에게 국가가 발급해주는 신분증. 하지만 그것 역시 발급받으려면 이십 일 정도 기다려야 한다는 말에 나는 우울한 심정으로 포기하고 말았어. 결국 생일이 지나야만 시험에 도전해볼 수 있다는 얘기.

학원이 끝난 후 집 근처에 있는 중고 모터숍에 들르는 게 일과가 되었어. 나를 한눈에 사로잡은 건 야마하에서 2008년에 제작된 125cc짜리 마제스티 125. 검정 펄의 세련된 바디에 멋지게 튜닝

된 머플러를 달고 있는 날렵한 녀석이야. 가격이 350만원. 양나씨에게 받은 돈 40만원과 초등학교 때부터 통장에 모아온 저금액수가 260만원. 부족한 금액 50만원에 이런저런 잡비까지 계산하면…… 하아. 엄마에게 말해보면 어떨까 잠깐 생각했지만 곧 외국으로 뜰 놈이 그런 걸 사서 뭐할 거냐는 엄마의 목소리가 자동 재생되었어. 그러게. 곧 여기를 떠날 텐데, 나는 왜 아직도 저걸 사서 꼭 타보고 싶다 생각하는 거지? 그나저나 생일이 오기 전에 반드시 해야 할 일이 남아 있었어. 그래서 집에 도착하자마자 롤러블레이드 맹연습. 이제 나는 벽을 타고 달릴 수 있는 경지에 오르기 직전이었어. 그리고 그건 다른 아이들도 마찬가지. 이제 슬슬 실행단계가 된 거야.

필, 잡, 누룽지는 문자 날리기에 한창 재미를 붙여가고 있는 중이었어. 조신하고 수줍게 시작된 그애들의 문자는 날이 가면 갈수록 스킬이 늘어 이제는 상대방을 가지고 놀기까지 했어. 우리는 오맙또에 모이면 걔들이 상대방 녀석들과 주고받은 문자를 돌려 읽으며 그야말로 데굴데굴 굴러다녔어.

"이 새끼들 너무 진지해서 무서워!"

도라가 너무 웃는 바람에 눈물을 줄줄 흘리며 말했어. 마는 우리처럼 쉽게 웃지는 못했지만, 그래도 어느 정도 마음이 풀리는 모양이었어. 괴물도 그냥 사람이었다는 얘기. 그러니 이제는 자신의 손으로 해결을 보는 일만 남았던 거야.

*

"답답해."

도라가 여섯 번째로 투덜대는 중. 나는 그냥 참아, 라고 짧게 대답해주었어. 답답하기는 나도 마찬가지인걸. 우리의 복장을 한번 봐. 우리가 뒤집어쓰고 있는 흰색 복면은 누룽지가 KKK단에서 착안해 만든 거야.

"난 그런 거는 잘 모르고, 그냥 예전에 영화에서 봤을 때 무시무시한 느낌이었거든."

KKK단의 부정적인 의미를 지적하며 잡이 반대를 하자 누룽지가 한 말. 우리는 그 녀석들 역시 KKK단이 뭔지는 몰라도 무시무시한 게 뭔지는 알 거라는 데 의견을 모았어. 해서 흰색 면직으로 된 원뿔 모양의 복면 여섯 개를 누룽지가 만들어왔고, 우리는 그것을 받아 썼지만 도무지 사이즈가 제대로 맞지를 않았어. 그나마 바느질 흉내라도 낼 줄 아는 건 누룽지밖에 없는지라 우리는 불평을 늘어놓을 처지가 아니었지.

"코에다가도 구멍 좀 내주면 안 되겠냐?"

도라가 숨쉬기 불편하다며 그렇게 말하자 누룽지는 고개를 흔들었어.

"그럼 무시무시한 게 아니라 우스꽝스러울걸."

맞는 말. 해서 우리는 조금이라도 더 편히 숨쉴 공간을 확보하기 위해 복면을 이리저리 돌려보았지만 결과는 그리 신통치 않았어. 하지만 여섯 명이 나란히 복면을 하고 거울을 보고 있자니 누룽지의 말마따나, 꽤 무시무시해 보이기는 했지.

"다시 한 번 확인해보자. 도라는?"

"동조자1을 잡는다. 그 녀석은 아홉시에 나타날 거야."

"좋아. 마는?"

"난 주모자를 잡는다. 그 녀석은 아홉시 이십분에 나타나."

"좋았어. 난 동조자2를 붙잡으면 돼. 그 녀석은 아홉시 사십분에 나타나."

우리가 복수의 장소로 고른 곳은 마가 다니던 중학교. 마가 그걸 원했기 때문이야. 확실한 성공을 위해 우리는 사전답사를 했고, 마의 중학교는 아홉시가 되면 개미새끼 한 마리 얼씬 안 한다는 걸 발견했어. 학교 자체가 산을 깎아 세워진 곳이라 구불거리는 오르막길을 한참 동안이나 올라가야만 겨우 교사가 나타나. 그냥 걸어다니기에는 벅찬 곳이라 아이들 대부분이 스쿨버스를 이용한다는 거야. 이 말은 학교가 완전히 격리된 곳이나 마찬가지라는 뜻. 그래서 그 학교에는 정문이나 담이 따로 있지를 않아. 마는 바로 그곳에서 그 녀석들에게 온갖 괴롭힘을 당했던 거지. 해서 필과 잡, 누룽지는 진입로를 지키기로 했어.

"다시 한 번 말할게. 절대로 폭력을 휘둘러서는 안 돼. 우리는 그 녀석들에게 아픔을 주는 게 아니라 수치심을 주는 게 목적이야. 마! 수치심이 폭력보다 훨씬 고통스러울 수 있다는 걸 잊지 마. 게다 필과 잡, 누룽지의 폰 번호가 노출되어 있으니 잘못하다가는 그 애들이 피해를 입을 수도 있어. 얻어터진 건 문제 삼을 수 있지만 머리를 밀리고 낙서 당한 건 함부로 말하기도 쪽팔리겠지. 오늘밤 그 자식들에게 평생 잊지 못할 쪽팔림을 주자!"

"조아쓰!"

도라가 신나게 외쳤어. 아무래도 도라는 롤러코스터를 탈 때보다 더 신나하는 것 같았어.

우리가 모여 있는 곳은 마의 집. 학교에서 가까운 데다 부모님이 맞벌이라 낮에는 비어 있기 때문. 오래된 단독주택이라 내부는 조금 낡았지만 정원이 널찍해서 여섯 명이 시끌벅적하게 굴어도 끄떡없었어. 작전시간을 기다리는 동안 우리는 몇 봉지나 되는 스낵을 먹어치우고 3리터나 되는 콜라를 마셔댔으며 트럼프나 플레이스테이션을 하며 놀았어. '애미'가 아닌 곳에서 그러고 있자니 그냥 한가롭게 친구들끼리 시간을 죽이는 느낌.

우리는 한 시간 정도의 여유를 두고 집을 출발했어. 밖의 날씨가 제법 매서웠기 때문에 우리는 단단히 무장을 하고 있었지. 각자 롤러블레이드를 어깨에 짊어지고, 스프레이와 매직, 박스테이프가 든 배낭을 멘 채 일렬로 걷고 있는 우리 모습을 누군가 봤다면, 쟤들은 롤러블레이드 타러 가면서 왜 저렇게 비장한 표정을 짓고 있나 의아해했겠지.

학교 앞의 문방구나 분식점들은 이미 모두 문을 닫아 거리는 썰렁하기 그지없었어. 필, 잡, 누룽지는 미리 점찍어둔, 언덕길이 시작되는 진입로의 건물 뒤편에 몸을 숨기기로 했어. 그 녀석들이 나타나면 바로 우리에게 문자를 날리는 거야. 마와 도라, 그리고 나는 찬바람을 맞으며 언덕을 오르기 시작했어. 그간 롤러블레이드를 타며 심폐기능과 다리 힘이 좋아진 덕분인지, 우리 셋은 별로 숨차하지도 않고 수월하게 오르막길을 올랐어.

"만일 녀석들이 나타나지 않는다면?"

마가 초조한 목소리로 물었어.

"반드시 나타나. 자길 위해 뭐든 할 여자애가 어두운 밤, 으슥한 곳에서 만나자는데 안 올 녀석은 '곧휴'가 부러진 녀석뿐일걸."

도라가 별 걱정을 다 한다는 듯 말했어. 이 계획을 짠 건 나지만, 역시 나는 남자애들의 그런 심리를 전혀 이해할 수 없어. 머리로는 알지만, 몸으로는 전혀. 아니. 현신이 나를 어두운 밤, 으슥한 곳으로 불러낸다면 열 일 제치고 나는 듯 달려가겠지. 하아…… 왜 상상만으로 몸이 달아오르는 거냐.

밤의 학교는 어디를 막론하고 참 으스스해. 더구나 마의 학교처럼 바로 뒤에 깎다 만 산이 버티고 있다면 더 볼 것도 없지. 우리는 교사 앞에서 롤러블레이드를 꺼내 신은 뒤 각자 지정해놓은 자리로 흩어졌어. 그때 시간이 여덟시 사십분. 이제는 어두운 그늘에 몸을 숨긴 채 기다리는 일만 남았어. 내가 몸을 숨긴 샛길은 학교의 오른쪽으로 나 있는 경사면. 산으로 이어지는 길이 시작되는 곳에는 등나무 의자와 테이블이 놓여 있어. 거기에서는 축구부의 합숙소 건물이 훤히 보여. 회색 시멘트 벽에 슬레이트 지붕을 얹고 있는 길쭉한 모양의 그곳은 얼핏 보기에는 꼭 축사 같은 느낌. 마는 지금이 전지훈련기간이라 아무도 없다고 했어. 우리의 계획을 위해서는 천만다행한 일이었지.

겨울의 밤하늘은 차갑고 반들반들해서 손에 닿으면 꼭 피부가 베어나갈 것같이 느껴져. 바람이 매서웠지만 아직까진 견딜 만했고, 오히려 나는 그 싸한 공기가 좋았어. 누군가를 위해 뭔가를 한다는 거, 결국은 자기만족을 위한 게 아니냐고 얼마든 비웃을 수 있겠지. 자기만족이면 어떻고, 심심풀이면 뭐 어때. 자기만족이나 심심풀이로 사람을 죽이는 녀석들도 있는 마당에, 남을 돕는다면야 그것처럼 좋은 일이 어디 있을라고.

비너스. 설사 이 일이 잘못되어 엄마나 양나 씨에게 알려지는 최악의 경우가 생긴다 해도, 나는 적어도 도덕적인 잘못을 저지른 건 아니라고 생각했어. 내가 그녀들에게 저지른 유일한 잘못은 바로 거짓말뿐이라고. 이 '거짓말'이라는 놈은 지독히도 능력이 없는 주제에, 인간의 한계 때문에 인류멸망의 날까지 끈질기게 살아남겠지. 그리고 바로 그 인간 한계의 살아 있는 표본, 나. 어째서 나는 이런 일에만 지극히 평균적인 거냐.

그때 휴대폰이 부르르 떨렸어.

"동조자1이 방금 진입로를 통과했음."

도라에게 바로 문자가 들어왔어.

"준비 완료. 걱정 마."

만일 도라가 그 녀석을 놓치거나 하면 바로 튀어나가 도와야 했으므로 나 역시 온몸에 긴장을 늦추지 않고 있었어. 째깍째깍, 귓속으로 초침소리가 들리는 듯한 착각이 들 정도. 녀석은 대체 뭘 하고 있는 건지 좀체 모습을 드러내지 않았어. 그 녀석이 너무 꾸물대다보면 뒤의 녀석과 겹칠 수도 있고, 그럼 일이 복잡해지는데, 라고 걱정하는 사이 마침내 녀석이 모습을 드러냈어.

비너스. 사람에게는 모두 고정화된 이미지라는 게 있어. 예를 들면, 조폭은 몸에 문신이 있고 우락부락할 것이다, 헬스강사는 몸짱일 것이다, 요리사는 미각이 뛰어날 것이다, 한 사람을 집단으로 괴롭히는 녀석은 보기에 역겨울 것이다, 같은 것들. 그래서 너무나 평범한 녀석이 불쑥 나타났을 때 그 녀석 어디에 그런 역겨움이 숨어 있나 눈을 크게 뜨고 찾아보게 되는 거지. 그야말로, 대체 그토록 평범한 주제에 왜 집단으로 한 사람을 괴롭히고 지랄이냐는 생각이 딱 들 수밖에. 바로 너 같은 녀석들 때문에 평범한 인간들 모두에게 회의가 드는 것 아니냐고.

그 녀석이 주위를 두리번거리며 휴대폰을 꺼내드는 순간 복면을 한 채 롤러블레이드를 탄 도라가 괴성을 지르며 튀어나왔어. 그 녀석은 너무 놀라 휴대폰을 떨어뜨리며 그 자리에 엉덩방아를 찧었어. 도라는 더욱 요란하게 소리를 지르며 그 녀석의 주위를 미친 듯이 돌았고, 그간의 특훈으로 쌓은 실력을 마음껏 뽐내느라 전혀 상관없는 2회전을 돌기까지 하는 거였어. 쓸데없는 짓 그만하라고 소리치려는 순간 도라가 스프레이를 그 녀석에게 분사했어. 녀석이 비명을 지르며 팔로 눈을 막았어. 도라는 계획과는 달리 주먹으로 녀석의 머리통을 한 대 갈겼고, 그 바람에 녀석이 쓰러지자 테이프로 팔을 먼저 결박했어. 나는 도라가 통제불능이 된 건가 싶어 입이 바싹바싹 마를 지경이었어. 폭력은 안 된다고 그렇게 누누이 일렀건만.

다행히 도라는 다리를 결박하고 입과 눈을 막은 뒤에 더 이상 주먹을 휘두르거나 하지는 않았어. 그때 휴대폰으로 다시 문자가 들어왔어.

"주모자가 진입로를 방금 통과했음."

도라가 바리캉을 꺼내드는 게 보였어. 나는 먼저 마에게 "자리를 지킬 것"이라는 문자를 찍은 뒤 도라에게 튀어갔어.

"도라, 서둘러, 곧 주모자가 올 거야."

복면에 눌려 어눌해진 목소리로 다급하게 말하자 도라가 내 쪽을 쳐다보았어.

"이제부터 시작인데."

"절대 때리지 말라고 했잖아!"

"알아, 알아, 그래도 마가 보고 속이라도 시원하라고 말이지."

"됐어, 얼른 하기나 해. 시간이 없어."

복면으로 가렸음에도, 도라가 활짝 웃고 있는 게 훤히 보일 정도였다고. 도라가 녀석에게 바리캉을 들이대더니 갑자기 멈칫하며 뒤로 물러섰어.

"뭐야?"

"이 자식, 오줌 쌌어."

정말 고깃덩이처럼 모로 누워 꼼짝도 하지 않던 녀석에게서 김이 피어오르고 있었던 거야.

"이거 정말 마가 봐야 하는데."

"이따 볼 수 있어. 그러니까 제발 빨리 해치워."

내 말을 오해했는지 녀석이 뭍으로 끌려나온 물고기처럼 펄떡대기 시작했어. 말릴 새도 없이 도라가 뒤통수를 다시 한 번 세게 후려쳤어.

"도라!"

"알았어, 알았다고."

도라가 바리캉으로 녀석의 머리카락을 아무렇게나 밀어대기 시작했어. 비너스. 그때 이미 나는 후회하고 있었어. 폭력의 힘을 얕본 걸. 생각대로라면, 그 녀석의 모습은 코믹하고 재밌어야 했어. 하지만 녀석이 사지를 결박당한 채 겁에 질려 오줌을 싸고 머리카락을 밀리는 모습은 절대로 재미와는 거리가 멀었어. 우리가 하고 있는 짓은 이미 폭력이었고, 그 자체로 모든 게 설명 끝. 하지만 그때 나는 도라를 말리지 않았어. '우리'의 힘은 대단해서, 눈 앞의 결박당한 고깃덩이보다는 몇 달간에 걸쳐 쌓은 유대감이 더 소중했기 때문이야. 도라는 만족할 만큼 머리를 밀고 나자, 매직으로 이마와 양 볼에 '고기'라고 크게 썼어. 그러고는 한 발짝 물러서서 눈을 가늘게 뜨고 자신의 글씨체를 감상했지.

"흠, 훌륭해. 아주 훌륭해."

좀체 자리를 뜨려고 하지 않는 도라를 재촉해 녀석을 같이 들어올려 한구석에 보이지 않도록 치워놓고, 우리는 서둘러 내가 있던 곳으로 돌아갔어. 아슬아슬 간발의 차로 주모자가 모습을 드러냈어. 그 녀석도 주위를 두리번거리며 휴대폰을 꺼내들었고, 그 순간 숨어 있던 마가 튀어나왔어. 주모자 녀석은 체격이 무척 좋았어. 무슨 운동을 하고 있는 게 아닌가 싶을 정도. 게다 담력도 보통은 아니었어. 어둠 속에서 복면을 한 마가 불쑥 튀어나오자 무척 놀라기는 했지만 먼저 녀석처럼 기겁을 하며 주저앉지도 않았고, 오히려 "너 뭐야!"라고 맞서 소리를 지르기까지 했어. 과연 주모자.

"저놈 저거 보통 아니네. 도와줘야 하는 거 아냐?"

도라가 걱정스레 중얼거렸어.

"조금 더 기다려보자."

마는 그 녀석의 주위를 빙글빙글 돌면서 기회를 엿보다 얼굴이 정면으로 향하는 순간을 놓치지 않고 스프레이를 분사했어. 그 녀석이 비명을 지르며 몸을 움츠리자 마는 박스테이프를 그대로 녀석의 팔에 감아버렸지. 녀석이 막무가내로 달리기 시작했어. 마는 그간 갈고닦은 실력으로 번개처럼 따라잡아 다리를 걸어 넘어뜨렸어.

"잘한다!"

도라가 신이 나서 외쳤어. 마는 쓰러진 그 녀석의 다리와 눈, 입을 테이프로 봉하고 있는 것 같았어. 마가 뭘 하고 있는 건지 정확히 알 수 없었던 건 우리에게 등을 돌린 채였기 때문. 우리는 마가 얼른 일을 마치기를 초조한 심정으로 기다렸어.

"좀 이상해."

내가 걱정스레 중얼거리자 도라는 뭐가? 라고 되물었어. 주모자 녀석의 팔다리가 마치 경련이라도 일으키고 있는 것처럼 퍼덕대는 게 심상치 않았어. 녀석의 저항이 생각 이상으로 거센 건 둘째 치고, 마의 등에서 느껴지는 불길한 기운이 나를 불안하게 했어.

"안 되겠어. 가보자."

내가 튀어나가자 도라도 당황해서 내 뒤를 쫓아왔어. 마. 대체 뭘 하고 있는 거니.

어쩌면 예상했어야 했는지 몰라. 아무 상관 없는 도라가 그렇게까지 날뛰는데, 하물며……. 마는 녀석의 머리를 보기 흉하게 밀어놓은 뒤 이마에 글자를 새기고 있는 중이었어. 매직이 아니라 등산용 칼로. 주모자 녀석의 몸이 공포와 고통으로 물결치듯 경련하고 있었어. 나는 소리를 지르며 마를 밀쳐냈고 그 바람에 마는 뒤로 벌렁 나자빠졌어. 주모자 녀석의 이마엔 새기다 만 글자 '고 ㄱ'를 따라 피가 흘러내리고 있었어.

"뭐야!"

마가 복면을 벗으며 내게 소리 질렀어.

"방해하지 마! 이건 복수라고!"

"제기랄! 이건 그냥 미친 짓이야!"

나 역시 답답한 복면을 벗어던지며 맞서 소리를 지르자 마가 내게 달려들었어. 도라가 마를 붙잡으며 그만두라고 소리쳤어. 그때 휴대폰이 울렸어.

"동조자2가 방금 진입로를 통과했음."

"작전은 중지야. 이제 그만. 모두 다 끝났어. 네가 다 망쳤어, 마!"

"웃기지 마!"

마가 도라에게 붙잡힌 채 버둥거렸어.

"난 아직 할 일이 남았어! 할 일이 남았다고!"

마가 도라의 팔을 뿌리치고 앨리스처럼 내게 돌진했어. 제기랄, 결국 뿔에 받히는 게 나라니! 나는 명치에 그녀석의 머리를 정통으로 얻어맞고 뒤로 벌렁 넘어져버렸어. 발에 신고 있는 롤러블레이드 때문에 균형을 잡을 수 없었던 거야. 도라가 괜찮냐고 소리 지르며 내 주위를 뱅글뱅글 돌고 있었어. 도라. 네 롤러블레이드 실력은 충분히 알겠으니 이제 재주 좀 그만 부려.

"도라! 녀석을 붙잡아!"

내 말에 도라가 허둥지둥 마를 붙들었어. 나는 겨우 몸을 일으키고 마구잡이로 칼을 휘두르고 있는 마를 멍하니 쳐다보았어. 도라가 비명을 지르며 펄쩍 뒤로 물러났어. 손을 칼에 베인 거야. 나는 벌떡 일어나 마에게 덤벼들었어. 마는 나보다 체격이 작고 힘도 약했지만 필사적이어서 좀체 마음처럼 제압할 수가 없었어. 게다 둘 다 롤러블레이드를 신고 있어 계속 미끄러지는 바람에 꼭 함께 춤이라도 추고 있는 것 같았다고. 결국 나는 그 녀석의 배를 무릎치기로 가격한 뒤에야 손에 든 칼을 빼앗을 수 있었어. 엄마가 어렸을 때부터 "강한 남자가 멋진 거야"라고 부르짖으며 온갖 격투기 도장에 보내준 게 얼마나 고마웠던지.

"으아아아!"

무시무시한 비명이 차가운 겨울 공기를 뒤흔들었어. 동조자2 녀석이 칼을 들고 씨근덕거리는 나와, 복면을 뒤집어쓴 채 피를 흘리고 있는 도라와, 사지를 결박당한 채 누워서 펄떡거리는 주모자 녀석과, 배를 움켜잡고 뒹굴고 있는 마를 보면서 내지르는 소리였어. 우리가 뭘 어쩔 새도 없이 그 녀석은 몸을 돌려 언덕 아래로 뛰기 시작했어. 그러고는 우리가 뭘 어찌지도 않았는데 혼자 엎어지는 거야. 단말마의 비명과 함께 녀석은 엎어진 채로 꼼짝도 하지를 않았어. 내가 달려가보니 녀석은 기절 중. 콧대라도 부러진 건지 코피가 터져나온 데다 이마에서 주먹만 한 혹이 불거져 나오고 있었어. 나는 주위를 둘러보았어. 상황은 이제 내가 수습할 수 있는 수준을 훌쩍 넘어 있었어. 나는 떨리는 손으로 휴대폰을 꺼내들었어. 나는 양나 씨에게 전화를 걸기 전 우선 필과 잡, 누룽지를 피신시켰어. 그애들만이라도 이 난장판에서 빼내야겠다는 생각.

내가 말했잖아. '거짓말'이라는 놈은 지독히도 능력이 없다고. 덕분에 나는 또다시 냉정한 현실과 맞닥뜨리고 있었어.

양나 씨는 부상자 모두를 병원으로 옮겼으며 각자의 부모들에게 연락을 취해야 했어. 그리고 혼란 중에도 어쩌다 이런 사태가 발생한 건지 정확히 파악하기 위해 최선을 다했어. 잠을 자다 말고 불려나온 그녀의 변호사와 담당의사들의 소견을 듣고, 부모들에게 일일이 그 모든 것을 설명하고, 형사 사건으로까지는 가지 않도록 하기 위해 그녀의 모든 힘을 쏟아부었어. 엄마는 파리한 얼굴로 병원 복도의 의자에 앉아 냉정하고 침착하게 일을 처리하는 양나 씨를 쳐다보았지. 그녀는 한 번도 내 쪽을 보지 않았어. 나도 감히 엄마를 쳐다볼 엄두조차 내지 못했고.

모든 게 마무리된 건 새벽 여섯시 무렵. 양나 씨의 변호사가 뒷마무리를 하기로 하고 우리는 우선 병원을 빠져나왔어. 도라와 마의 부모들은 서로 못 볼 사람들을 보기라도 한 것처럼 허둥지둥 인사만 나누고는 아이들을 데리고 돌아갔어. 양나 씨는 무척 피곤해 보였지만 우리 엄마와 이야기를 나눌 정도의 기운은 남아 있는 모양이었어.

"운수. 우리는 아직 성훈이의 이야기를 전부 듣지 못했어. 섣불리 판단하지 말길 바라."

엄마의 얼굴이 더욱 새파래졌어.

"됐어. 널 믿은 내 잘못이야."

"그건 무슨 뜻이지?"

양나 씨가 엄한 목소리로 물었어.

"너처럼 문제가 있는 애한테 우리 애를 맡긴 게 애초에 잘못이라고."

"엄마!"

"넌 입 닥치고 차에 들어가 있어!"

엄마가 나를 노려보며 윽박질렀어. 양나 씨가 나를 보더니 고개를 끄덕였어.

"양나 씨! 저, 저는……."

"소년. 엄마 말이 맞아. 넌 차에 들어가 있는 게 좋겠다."

양나 씨의 목소리는 여전히 침착했지만 분노가 서려 있었어. 나는 입술을 깨물며 말없이 그 자리를 떠났어. 나는 차 안에서 두 사람이 다투는 모습을 지켜보았어. 엄마와 양나 씨의 고함소리가 불분명하게 들려올 때마다 누군가 내 심장을 도려내는 것만 같았어.

비너스. 사람이 똑같은 실수를 몇 번이고 저지르는 이유는 도대체 뭘까? 게다, 좀 더 나은 길이라 생각하고 선택했는데 예전과 똑같은 길인 걸 알았을 때는 어떻게 해야 하지? 아직 원동기 면허증도 딸 자격이 없는 애송이가 할 일이라고는 딱 하나밖에 없었어. 절망에 절망을 거듭하는 거.

위로를 주고받기

비너스에게.

너는 정말 어떻게 된 거니.

이건 엄마가 나를 집으로 데려오며 던진 말.

"애미엔 더 이상 가지 마. 거긴 비정상인 애들만 모인 곳이야."

나는 어이가 없어 웃음이 나왔어.

"나도 이미 충분히 비정상이야. 나만큼 거기 어울리는 애가 또 있을라고?"

"그만!"

엄마가 소리를 질렀어.

"제발, 이제 그만!"

우리는 집에 도착할 때까지 한마디도 하지 않았어. 엄마는 집에 도착하자마자 샤워를 하고 출근준비를 했어. 오늘은 토요일이었지만 엄마는 일요일 하루를 제외하고는 늘 병원 문을 열어두었어. 예전엔 엄마가 돈을 벌기 위해 그런다고 생각했지만, 지금은 그런 게 아니라는 걸 알아. 병원 일을 제외한 다른 현실들이 그녀에게는 피하고 싶을 만큼 벅찼던 거였어. 일을 제외한 엄마의 현실은 바로 나. 즉 나는 그녀에게 피하고 싶을 만큼 부담스러운 존재인 셈. 나를 감자부대처럼 내던져놓고 엄마는 일을 하러 묵묵히 집을 나섰어. 왜 엄마는 내게 변명할 시간조차 주지 않는 걸까?

그런 사건을 겪은 뒤 밤을 꼬박 새웠기 때문에 나 역시 무척 피곤하고 지쳐 있었어. 하지만 내 방구석에 기어들어가 엄마가 퇴근할 때까지 잠만 퍼자고 싶지는 않았어. 내 신경은 이제 닳을 대로 닳아 있어서 누군가 툭 건드리기만 해도 똑, 하고 끊어질 것 같았어. 그건 엄마도 마찬가지겠지. 나는 대충 가방을 챙겨 집을 나왔어. 그리고는 자연스레 시외버스터미널로 향했어. '애미'에 간다면 엄마가 득달같이 달려올 테고, 나는 양나 씨에게 더 이상의 피해를 주고 싶지는 않았어. 한마디쯤 제대로 된 사과를 하고 싶기는 했지만, 그건 언젠가 기회가 있겠지. 나는 시간이 맞는 아무 버스나 대충 잡아타기로 결심했어. 나는 전원을 끄기 위해 휴대폰을 열었어. 잡과, 필, 누룽지에게서 수십 통의 전화와 메시지가 들어와 있었고 현신과 양나 씨에게서도 각각 한 번의 전화와 메시지가 있었어. 비너스. 날 마음 약한 놈이라 여기지는 말아줘. 나는 전화기에 찍힌 숱한 '부재중 전화'와 '문자메시지'를 보고 위로를 받았다고. 그 내용이 뭔지는 몰라도, 하여간에 나와 이야기를 하고 싶어하는 사람들이 여전히 있다는 사실 자체에 위로를 받았단 말이야.

'괜찮은 거니? 괜찮은 거야? 걱정이 돼서 죽을 것 같아. 이거 보는 대로 꼭 좀 연락해줘.'

이건 필의 문자.

'애초에 너무 무리한 일이었어. 진즉 알았어야 했는데. 우리 모두 다 어떻게 돼버렸던 게 틀림없어. 그건 그렇고 너 괜찮은 거야? 우린 양나 씨가 도착하는 것까지 지켜보다가 각자 집으로 돌아갔어. 아슬아슬 위험했지. 집에서 눈치챌까봐 초조해 죽을 지경이었어.'

이건 잡의 문자.

'다 내 잘못이야. 내가 마를 돕자고만 안 했어도. 정말 미안해. 정말정말 미안해. 다 내 잘못이야.'

이건 누룽지의 문자.

그러고는 같은 문자의 반복. 애들은 어쩜 문자도 딱 지들처럼 보내냐. 나는 양나 씨의 문자를 열어보았어.

"소년. 만일 엄마와 잘 풀리지 않으면 내게로 와. 다른 데 가지 말고, 내게로. 난 아직 네 변명을 듣지 못했어."

과연 양나 씨. 그런 그녀가 나 때문에 들어야 했던 터무니없는 비난을 생각하자 가슴이 다시 싸늘해졌어. 나는 마지막으로 현신의 문자를 열어보았어.

"성훈. 연락해줘."

나는 몇 번이나 그 글을 반복해서 읽고 또 읽었어. 시간이 맞는 버스는 부산행 버스. 나는 표를 끊으려다 말고 다시 한 번 현신의 문자를 읽어보았고 그 짧은 문장에서 풍기는 여러 가지 뉘앙스 때문에 마음이 흔들리고 말았어. 아니, 현신이 뭐라 했든 나는 마음이 흔들렸겠지.

"성훈이니?"

전화를 받자마자 현신은 그렇게 물었어.

"네."

"지금 어디?"

"버스터미널이요."

"애미로 오는 중?"

"……아뇨."

"어딜 갈 건데?"

"저도 잘…… 부산이요."

"부산?"

"네."

"이리로 오면 안 되겠니?"

물론 나도 그에게 가고 싶었어. 하지만 그가 하라는 대로 하기에는 자존심이 상해 괜한 고집.

"싫어요."

현신이 한숨을 쉬는 소리가 들려왔어.

"몇 시 버스야?"

"십 분 후에 출발해요."

"알았어. 해운대 조선호텔 로비에서 보자. 거기 카페에서 기다려."

"예?"

현신이 전화를 끊었어. 휴대폰을 닫으며 처음으로 든 생각. 제기랄. 샤워라도 하고 나올걸.

부산으로 내려가는 버스에서 나는 계속 잠을 잤어. 누룽지가 어설프게 만들어온 흰색 복면과 롤러블레이드, 이마에 피로 새겨진 '고 ㄱ'이 옅은 잠 속을 계속 둥둥 떠다녔어. 그냥 마가 끝까지 새기게 둘걸. '고 ㄱ'보다는 그래도 '고기'가 낫지 않나? 그 녀석은 이마에 새겨진 '고 ㄱ'을 볼 때마다 무슨 생각을 하려나. 그나저나 나를 만나러 현신이 부산까지 오다니. 산다는 게 힘든 일만 있는 건 아니구나. 그도 나를 조금쯤은 좋아해주는 건가? 생각이 여기에서 맴돌 때쯤 나는 정말로 깊은 잠에 빠져들었고 붕붕거리는 엔진소리조차 까마득히 멀어져갔어.

*

겨울바다. 이에 대한 내 감상은 한마디로 '춥다'야. 드넓게 펼쳐진 바다와 하늘을 보고 있자니 후련하거나 그런 게 아니라 더 추워지기만 했다고. 겨울바다에 한 번쯤은 꼭 가봐야 한다고 침을 튀기던 멍청이들은 대체 누군 거냐? 펭귄 떼들?

현신이 만나자고 한 조선호텔은 해운대 끝 쪽에 성처럼 불쑥 솟아 있었어. 거기까지 걸어가는데 세찬 바닷바람 때문에 머리가 엉망이 되었어. 나는 현신이 나보다 늦게 도착하기를 바랐어. 화장실에 들어가 스타일을 정리할 시간 정도는 있었으면 했지. 옷도 좀 갈아입고. 하아…… 하지만 역시 현신은 어른. 무슨 수를 쓴 건지 벌써 바다가 내려다보이는 창가 자리에 앉아 커피를 마시며 나를 기다리고 있었어. 그가 나를 발견하고는 가볍게 손을 흔들었어. 반갑고, 고맙고, 쑥스럽고, 그러면서도 자존심이 상하는 상황. 나는 엄마와의 말다툼을 견디지 못해 가방 하나 달랑 들고 무작정 집을 뛰쳐나온 애송이고, 그는 그런 애송이를 걱정해 바로 부산으로 달려와준 멋진 어른이니까. 가출만큼 내가 아직 애라는 걸 분명하게 알려주는 짓이 없다는 걸 깨달은, 만 17세가 되려면 나흘이 남은 겨울. 그래서 나는 현신이 입을 열기도 전부터 집을 뛰쳐나온 걸 후회하고 있었어.

"뭐 마실래?"

"우유"라고 대답한 건 너무 배가 고파 속이 쓰려서이기도 했지만 완전한 자포자기. 미안해요, 내가 어려서. 현신이 슬쩍 미소를 지었고(역시 애군, 이라는 표정. 하아……) 우유를 주문해주었어.(따듯한 걸로 부탁해요) 현신은 커피를 한 잔 더 주문했고, 우리는 주문한 음료가 도착할 때까지 말없이 겨울바다를 바라보았어. 따듯한 실내에서 보는 겨울바다는, 뭐, 그럭저럭 운치가 있었어. 게다 현신과 함께라니.

"양나 씨에게 대충 사정은 들었어. 성훈아. 그간 애미에는 이런저런 일들이 많았어. 물론, 이번처럼 큰 사건은 드문 경우지만. 그래도 양나 씨는 이만한 일에는 눈 하나 깜짝하지 않을 거야."

고마운 위로.

"……내 잘못이에요."

"누구나 잘못을 저질러."

"그래도요."

"잘못 없는 인생이라니, 그건 그거대로 끔찍하지 않니?"

현신은 자신이 한때 엉망진창으로 살았다고 했어. 그래서 안 좋은 일도 많이 겪었다고. 그는 자신의 지나간 한때를 그런 식으로 납득하고 있는 걸까?

"마는…… 나는 그애의 상처를 너무 가볍게 생각했어요. 그러면 안됐는데."

"그래. 하지만 우리 모두 이런 식으로 배워가는 거야."

우리는 입을 다물고 한동안 겨울바다를 바라보았어. 현신과 함께 있으니 마음이 너무 편하고 가벼워서 바로 어제 그런 일을 겪었다는 게 믿어지지 않았어. 왜 엄마와는 이런 대화가 불가능한 걸까. 나는 그녀를 이 세상 누구보다 사랑하는데.

현신은 내 생각을 읽기라도 한 것처럼, 나직한 목소리로 자신의 부모에 대해 털어놓았어. 보수적이고 고지식한 시골 중학교 교장 선생님. 그는 아버지가 간암으로 돌아가실 때까지도 자신의 비밀을 털어놓지 않았고, 미국의 형에게로 가서 살고 있는 어머니도 그 사실을 전혀 모르고 있다고 했어. 물론 형네 가족도 모르고 있기는 마찬가지. 그저 자신이 지나치게 내성적이라 여자를 사귀는 데 어려움을 느낀다고만 여긴다고.

"나는 우리 가족에게 자신의 한계를 넓혀보라고 요구하고 싶지 않아. 너무 사랑하고 있으니까. 그 거리감을 내가 견딜 수만 있다면, 서로 다른 층위에서 살아가는 것도 괜찮아. 외롭고 쓸쓸한 일이기는 하지만, 그래. 그렇게 나쁘지는 않아."

"나는 그게…… 어려워요."

"당연해. 모든 관계는 다 어려우니까."

비너스. 결국 타인에게 이해받는 건 포기해야 하는 걸까? 하지만 비록 이해하거나 이해받지 못한다 해도, 함께 있어 행복한 시간은 분명히 존재하잖아. 현신도 그의 가족과 함께 있으면 분명 따뜻하고 행복한 때가 있을 거고, 그건 나 역시 마찬가지. 그게 그렇게 가치가 없는 일일까?

현신은 뭐든 먹고 싶은 것을 사주겠다고 했어. 나는 바닷가 근처에 주욱 늘어서 있는 포장마차에 가보고 싶다고 했어.

"소주 사줘요. 따듯한 우동이랑, 아, 그리고 닭꼬치도."

"포장마차 메뉴를 꿰뚫고 있네?"

영무 아버지가 나와 영무를 가끔씩 데려가주었기 때문. 포장마차에 따라가면 소주를 몇 잔 얻어마시고 술안주도 잔뜩 시켜먹어. 영무 아버지는 남자애들이란 그런 것도 해봐야 된다고 생각하거든. 아버지가 없어서인가, 나는 그런 기억들을 즐겁게 간직하고 있어.

"좋아. 대신 소주는 딱 두 잔만이야."

"치사하네요."

"그래. 어른은 원래 치사한 거야."

우리는 호텔을 나와 짧은 겨울 해를 만끽하며 바닷가를 거닐었어. 손을 잡고 다정하게 걸어가는 연인 몇 쌍이 우리를 스쳐지나갔고, 현신과 나는 잠깐씩 서서 썰렁한 겨울바다도 바라보고 발끝에 살짝 바닷물도 담가보고 했어. 비너스. 그러니까 이건 내 첫 데이트. 만일 현신도 나처럼 행복했다면 말이야. 포장마차에 자리를 잡고 앉아 나는 우동과 닭꼬치와 계란말이 같은 것을 허겁지겁 먹어 치웠고, 현신은 우동을 조금 먹고 소주를 몇 잔 마시며 금세 얼굴이 발그레해졌어. 그는 술기운이 오르자 더욱 자주 웃어서 날 기쁘게 했어. 나는 그의 웃는 얼굴이 정말 좋으니까.

우리가 포장마차에서 나왔을 때 해가 져 어둑했고 겨울바다는 이제 밤바다로 바뀌어 검은 물결을 일렁이고 있었어. 현신은 시계를 보더니 이제 그만 자러 갈까, 라고 했어. 그는 호텔에 트윈베드룸을 미리 잡아놓았어. 내가 여기 있다는 것을 양나 씨에게 알리면서 하룻밤 묵은 뒤 데려가겠다고 했던 거야. 양나 씨는 엄마에게 그 사실을 알렸고(물론 현신이 남자이며 게이라는 얘기는 하지 않았어. 그저 '애미'의 자원봉사자가 내려가 있다고 했을 뿐. 맞는 말이기는 했어), 결국 내 첫 번째 가출은 양나 씨와 현신, 그리고 엄마에게 억지로 떼를 쓴 철부지 짓으로 결론나고 말았어. 아마도 나는 다신 가출하지 않겠지. 현신의 말마따나 나는 이런 식으로 배워가고 있는 중인 거야.

비너스. 나는 현신과 같은 방에서 밤을 보내게 되었지만 아무것도 기대하지 않았어. 내가 여기에서 그와 함께 있다는 걸 양나 씨나 엄마(물론 정확히 아는 건 아니었지만, 그래도)가 빤히 다 아는데, 우리가 뭘 어쩌겠어. 게다 현신이 우리 사이에 그어놓은 선이 너무 명백해서, 나는 그와 더블베드룸에서 잔다 한들 아무 기대도 하지 않았을 거야. 현신이 먼저 샤워를 했고, 내가 그다음으로 욕실에 들어갔어. 따듯한 김이 오르는 욕실에는 현신의 체취가 남아 있어서 나는 조금 서글퍼지고 말았어. 사랑이 허락되는 시간은 대체 언제? 양나 씨는 그 시기를 놓치면 영원히 안 되는 게 있다고 했어. 그건 시간에 대한 이야기일까, 아니면 사람에 대한 이야기일까. 현신은 내가 정말 어른이 되었을 때도 이런 식으로 내 곁에 있어줄까? 그때쯤이면 현신은 새로운 연인과 함께 아프리카의 바오밥나무 밑에 나란히 누워 있을지도 몰라.

현신은 피곤했는지 침대의 헤드보드에 기댄 채 얕은 잠이 들어 있었어. 나는 수건으로 머리의 물기를 닦으면서 내 침대에 걸터앉아 그런 그의 모습을 한동안 지켜보았어. 사랑을 해본 이들이라면 그때의 내 심정을 알 수 있을 테지. 안타깝고, 행복하고, 아프고, 설레는 그런 순간. 현신이 잠에서 깨어나며 눈을 떴고 나와 시선이 마주쳤어. 그는 내가 어떤 심정인지 이해했으며 그런 나를 외면하지 못했어. 그가 손짓으로 나를 부르고, 나는 그에게로 가 그의 어깨에 머리를 기대어 그의 심장박동 소리를 들었어. 그는 내 머리를 부드럽게 쓰다듬어주다가 입술에 키스해주었어.

나는 정말 더 이상의 것을 원하지 않았어, 비너스. 양나 씨의 말대로, 그냥 그런 것만으로도 충분했기 때문이야.

다음 날 우리는 느지막이 일어나 아침을 먹고, 다시 한 번 바다도 바라보고(그쯤 되자 겨울바다도 한 번쯤 와볼 만하다고 생각하고 있었어), 택시를 불러 타고 부산역으로 갔어. 현신은 KTX 표까지 미리 예매해놓았거든. 그는 내가 그를 따라 순순히 올라갈 거라 확신하고 있었던 거야. 이쪽에서 다시 한 번 내 근성 없는 가출에 대해 면목이 없어지는 거지. 기차에서 나는 음식 판매차가 올 때마다 현신에게 응석을 부리며 잔뜩 얻어먹었고, 현신은 내가 잘 먹는 모습이 좋다면서 기꺼이 주머니를 털렸어. 그도 맥주와 땅콩 같은 것을 먹으며 내가 늘어놓는 이야기들에 귀를 기울이거나 간간이 자신의 이야기도 털어놓아서, 나는 그에 대해, 그는 나에 대해, 몰랐지만 아무래도 상관없던 일들을 엄청나게 많이 알게 되었어. 만일 현신과 나도 이런 시간이 오래 반복되고 함께 지내는 것에 익숙해지면, 차라리 안 보는 게 편하다고 생각하게 될까?

현신은 먼저 '애미'에 들러 양나 씨와 만나는 게 좋겠다고 했어. 나 역시 그렇게 생각했기 때문에 우리는 서울에 도착하자 시외버스를 타고 '애미'로 향했어. 엄마와 만나기 전에, 양나 씨에게 현명한 조언을 듣고 싶었어. 물론 그녀에게 사과도 해야 했고. 나는 정말 엄청난 잘못을 저질렀지만, 날 포기하지 않는 사람들 때문에 또다시 시작할 수 있는 거야. 그러니 누군가가 날 실망시킨다고 해도 그를 포기하지 말아야겠지. 그 누군가에게는 내가 새로운 기회가 될 수도 있을 테니.

하나와 앨리스는 날이 추워지면서 우리에 들어가 있는 시간이 많아. 뜯어먹을 풀도 없기 때문에 양나 씨가 일일이 사료를 챙겨줘야 해. 그녀는 인근 농가에서 발효시킨 옥수숫대를 잔뜩 사 쟁여놓아서 '애미'에 들어서면 그 특유의 시큼한 냄새가 차가운 겨울바람과 섞여 있어. 나는 앞으로 겨울이 되면 어디에서건 이 냄새를 떠올리겠지. 시간은 거의 저녁때가 다 되어가고 있었어.

'애미'의 현관문은 잠겨 있을 때가 없어. 하지만 일요일은 양나 씨도 상담 스케줄 없이 혼자 보내는 시간인지라 어쩔까 싶었어. 다행히 문은 잠겨 있지 않았고, 현신과 나는 자연스레 문을 열고 안으로 들어섰어. 그때 어둑한 실내에서 양나 씨의 가냘픈 목소리가 들렸어.

"누구?"

"현신이에요. 성훈이를 데려왔어요."

현신이 대답을 하면서도 의아한 표정으로 나를 쳐다보았어. 힘없이 처진 목소리가 전혀 그녀답지 않았기 때문.

"아! 그렇지."

"어디 있어요? 우리가 그쪽으로……."

현신이 막 발걸음을 옮기면서 그렇게 말하는 순간 양나 씨의 다

급한 목소리가 들려왔어.

"잠깐! 현신, 잠깐만."

"무슨 일이죠?"

현신의 목소리에 걱정과 불안이 묻어나왔어.

"성훈이도 거기 있니?"

여전히 힘없는 목소리로 양나 씨가 물었어.

"네, 양나 씨. 저 여기 있어요."

나 역시 불안함을 느끼며 얼른 대답했어. 잠시 사이를 두고 양나 씨의 목소리가 들려왔어.

"음…… 저기, 나한테 도움이 필요한 기술적인 문제가 좀 발생했는데 말이야."

"우리가 뭘 도와야 하는 거죠?"

현신이 다급하게 물었어.

"계단에서 굴러떨어졌는데, 아무래도 목을 삐끗하고, 오른쪽 다리가 골절이 된 것 같아. 그래서 꼼짝도 할 수 없는 상황이거든."

"저런!"

"어!"

현신과 내가 동시에 탄성을 내뱉었어.

"우선 우리가 그쪽으로 간 뒤 구급차를 부를게요."

"현신! 안 돼!"

"네?"

우리는 영문을 몰라 어리둥절한 채로 서로를 마주 보았어.

"음…… 그러니까 나는 지금…… 완전 벌거숭이거든. 팬티 한 조각 걸치고 있지를 않아. 그래서……."

"아!"

"아!"

다시 동시에 감탄사.

현신이 곤란한 표정으로 날 보았어.

"저기, 양나 씨. 구급차를 부르겠어요. 그리고 그들이 오기 전에 우리가 몸을 가리도록 해주세요."

"……글쎄, 그래야겠지."

양나 씨가 절망스러운 목소리로 답했어.

"양나 씨! 우린 둘 다 게이니까 여자 몸을 봐도 아무렇지도 않다구요! 괜찮아요!"

나도 모르게 큰 소리로 외쳤어.

"어흑, 그러니? 나도 레즈비언인데 남자가 내 알몸을 보는 건 싫다구."

"어쨌든 그쪽으로 갈게요."

현신의 말에 양나 씨는 꺼질 듯한 목소리로 그러라고 했어.

양나 씨는 계단 아래에 있었어. 그녀는 해부당할 위기에 처한 개구리 같은 포즈로 벌렁 드러누워 있었는데, 몹시 고통스러워 보였어. 씨아가 그녀의 곁에서 안절부절못하며 왔다갔다하고 있었어. 현신이 헛기침을 하며 고개를 돌렸고 나 역시 그녀의 소중한 곳들을 보지 않으려고 애를 썼어. 현신은 내게 이층의 욕실에서 목욕타월을 한 장 가져오라고 했어. 현신이 구급차를 부르는 사이 나는 이층으로 올라갔어. 거기는 양나 씨가 자신의 주거공간으로 꾸며놓은 곳. 처음 들어가보았지만 실내 인테리어나 구경하고 있을 때가 아니라 나는 욕실에서 흰색 목욕타월을 꺼내들고 전속력으로 계단을 내려갔어. 현신은 양나 씨의 머리맡에 앉아 그녀에게 괜찮을 거라고 계속 말해주고 있었어.

"양나 씨, 이제 몸을 조금 움직여서 수건을 둘러줄게요."

"음, 그래."

내가 그녀의 몸 위에 수건을 덮자 현신이 조심스레 그녀의 등에 손을 끼워넣고 살짝 들어올렸어. 그러자 양나 씨가 신음을 했어. 우리는 부자연스럽게 마주 보는 자세로 몸을 밀착시키고 있었어.

"가, 가슴이 멋지네요."

"그렇지? 자연산이야."

양나 씨가 신음하듯 이를 악물고 말했어. 현신이 수건을 잡아빼면서 몸이 약간 움직였기 때문. 마침내 수건으로 그녀의 몸 전체를 감싼 뒤 현신은 수건 끝을 그녀의 쇄골 근처에서 야무지게 옭맸어.

"이제 됐어요. 걱정할 것 없어. 다 됐어요."

현신이 그녀의 머리를 쓰다듬으며 다정하게 말했어.

"어쩌다가 굴러떨어졌어요?"

"음…… 애인과 다투다가 실수로."

현신의 얼굴에 놀라는 표정이 떠올랐어.

"그녀가 당신을 이대로 둔 채 가버렸단 말인가요?"

"뒤도 돌아보지 않고 나가버렸으니 내가 다친 건 몰랐겠지."

"그래도 떨어지는 소리는 들었을 거 아닙니까?"

"그러게. 내 애인도 그냥 또라이였나봐."

양나 씨가 끙, 소리를 내며 그렇게 말했어.

구급차가 도착했고, 구급요원들이 양나 씨를 차 안으로 옮겨주었어. 내가 함께 구급차를 타려고 하자 현신은 병원에는 자신이 쫓아갈 테니 집으로 가보라고 했어.

"먼저 엄마와 이야기를 잘 매듭지은 뒤 병원으로 오는 게 좋겠어. 그럴 수 있지?"

나는 현신의 눈을 보면서 고개를 끄덕였어. 그는 내가 성숙하게 행동하기를 바라고 있었고, 나 역시 그러기를 간절히 바랐어.

내가 집에 도착했을 때, 엄마는 침착한 모습으로 날 맞아주었어. 나는 그녀가 성격대로 불같이 화를 낼 것이라 생각했기 때문에 오히려 기가 죽고 말았어.

"양나와 전화로 얘기를 했어."

엄마가 조용한 목소리로 말을 꺼냈어.

"양나는 내게 있어 가장 중요한 건 내 아들이라고 지적하더군. 그런데 내가 그 사실을 자꾸 잊어버린다는 거야. 그런 말을 다른 사람에게 듣고 있자니 기분이 이상했어. 이 세상에서 너를 나만큼 소중하게 생각하는 사람은 없는데 말이야. 그것에 대해 생각하느라 간밤에 한숨도 자지 못했어. 성훈아, 내가 지금껏 했던 모든 것들이 너를 위한 게 아니란 거니?"

나는 그녀의 말에 슬퍼졌어.

"그건 아니야. 하지만……."

"하지만?"

"엄마 때문에 자꾸 상처를 받게 돼."

"어째서?"

나는 그녀의 물음에 선뜻 답하지 못했어. 서로 사랑하는 사람들끼리 상처를 주고받게 되는 이유를 내가 어떻게 설명할 수 있겠어. 엄마는 한동안 나를 지켜보다가 힘겹게 입을 열었어.

"엄마도 널 돕고 싶어. 알잖아."

"알아요."

"원하는 게 뭐니?"

그 질문은 엄마만이 내게 물을 수 있는 것. 그리고 그녀만이 내게 답해줄 수 있는 것이기도 했어.

"날 좀 더 믿어줘요."

"믿게 해야 말이지."

하아…… 이야기는 다시 원점.

"잘못이나 실수를 하고 있기는 하지만, 나도 나름대로 노력하고 있어요."

"노력을 하는 게 중요한 게 아니야. 잘하는 게 중요하지."

"모든 게 뜻대로 잘 되기만 하지는 않는다는 거, 엄마도 알잖아!"

결국 나는 조금씩 언성이 높아져만 가고.

"넌 기본적으로 미안한 게 뭔지 전혀 몰라."

엄마도 역시 목소리가 사나워지고 있었어. 이런 제기랄.

"엄마가 원하는 건 대체 뭐야?"

결국 나는 소리를 버럭 지르고 말았어.

"내가 없어져버리는 거? 내가 이런 녀석이라 미치기 일보 직전이잖아!"

"싸가지 없는 새끼!"

엄마가 내 뒤통수를 후려쳤어. 나는 입술을 꽉 깨물었어. 나는 엄마에게 화내는 게 아니라 그녀를 설득시키고 싶었어. 여기에서 같이 화를 내버리면 나는 정말 영원히 어린애로 남게 되겠지.

"때리지 마. 난 이제 애가 아냐. 엄마와 충분히 대화할 수 있을 만큼 컸잖아."

내가 침착하게 말하자 엄마는 멈칫하더니 진저리를 치며 한숨을 쉬었어.

"……때린 건 미안해. 이놈의 성질 때문에."

엄마는 일어나더니 글라스와 와인을 꺼내왔어. 그녀는 와인을 한 잔 따라 쭉 들이켰고 다시 한 잔 가득 와인을 따랐어.

"다시 하자. 넌 원하는 게 뭐니?"

"말했잖아. 엄마가 날 좀 더 믿어줬으면 좋겠다고."

"믿는다 치고, 뭘 원하는데?"

제길. 믿으면 믿는 거고 아니면 아닌 거지, 믿는다 치는 건 또 뭐람.

"유학 가기 싫어."

"뭐?"

"도망가는 건 싫단 말이야."

"이 자식이 배부른 소리 하고 앉아 있네. 누가 들으면 웃다 뒤로 넘어가겠다. 남들은 못 가서 난리인 유학을……."

"그래도 난 싫다고!"

엄마의 손이 움찔거렸지만 그녀는 내 뒤통수를 갈기는 대신 와인 잔을 움켜쥐고 한 모금을 마셨어.

"엄마도 결국 눈앞에서 날 치워버리고 속 편해지고 싶은 것뿐이잖아."

"그럼 좀 안 되냐? 널 계속 지켜보다가는 내가 말라죽을 것 같다. 아슬아슬하고 조마조마해서 보고 있을 수가 없어. 내가 마지막으로 맘 편히 자본 게 언제인지나 알아?"

엄마가 울먹이며 말했어. 나는 고개를 숙였어. 가슴이 너무 아파왔기 때문이야. 제기랄! 나는 왜 게이로 태어나서 엄마와 함께 이 생고생을 하고 지랄인 거냐.

"미안해요. 정말 미안해."

엄마가 식탁 위의 휴지를 뽑아들고 코를 팽, 풀었어.

"나도 이러고 싶지 않았어. 미안해요."

"됐어. 미안은. 네 잘못도 아닌데."

"엄마 잘못도 아니야. 그러니까…… 그냥 날 좀 더 믿어줘. 잘할게. 잘하도록 최선을 다할 테니까. 어차피 내 인생이고, 엄마는 좀 지켜봐주면 안 되냐? 그게 엄마가 하는 일이잖아."

"그게 네가 원하는 거야?"

"그래. 나는 여기서도 잘할 수 있으니까 날 좀 믿어줘."

엄마가 잠시 코를 훌쩍였어.

"알았어. 원하는 대로 해."

"고마워요."

나는 몸을 앞으로 기울여 엄마를 안았어. 엄마는 잠시 놀라는가 싶더니 팔을 둘러 나를 꼭 안아주었지.

"그래도 검정고시는 꼭 봐."

엄마가 여전히 훌쩍이면서 내 귀에 대고 말했어.

"대학은 꼭 가기야. 알았지?"

엄마는 도무지 분위기를 너무 몰라. 분위기만 좀 맞출 줄 알아도 벌써 내게 새아버지가 생겼을 텐데.

"알았어."

"약속할 수 있지?"

"알았대두."

엄마는 티슈로 눈물을 닦아낸 뒤에 배가 고프다고 했어. 그녀는 내가 가출한 뒤부터 지금까지 아무것도 먹지를 못했던 거야. 엄마는 특대형 초밥을 주문했고, 텔레비전을 켠 뒤 우리 둘 다 좋아하는 주말드라마를 틀었어. 우리는 드라마를 보면서 초밥을 배 터지게 먹었어. 엄마는 아홉시 뉴스가 시작될 때쯤 소파에서 잠이 들었어. 나는 그녀를 안아들어 침대로 옮겨주었어. 엄마는 내게…… 생각보다 무겁더군. 여러모로.

*

양나 씨는 목과 다리에 깁스를 하고 있었어. 엄마는 그녀의 몰골을 보더니 한숨을 쉬었어.

"그만하길 천만다행이다. 마침 성훈이가 거기 가서 다행이었지 뭐니. 너도 언제까지 그렇게 혼자 살지 말고 같이 살 파트너를 구해. 니들도 그런 거 있을 거 아냐."

"그게 생각처럼 쉽게 되는 거면 너는 왜 아직도 미혼모니?"

"그야…… 그래도 나한텐 성훈이가 있으니까."

"다 품 안의 자식이야, 운수. 결국엔 너나 나나 외로운 싱글일걸."

"애도 없는 애가 말은. 하여간에 자식이 있으면 또 다르단 말이야."

"좋은 방법이 있네. 네가 나랑 연애하면 되잖아. 그럼 성훈이도 내 자식이 되는 거고, 너나 나나 외롭지 않아 좋고. 어때? 생각 있니?"

"넌 좀 사람이 진지하게 말하면 진지하게 좀 받아라. 왜 만날 시답잖은 농담이니?"

엄마가 화를 벌컥 내며 말했어.

"농담 아닌데."

양나 씨와 이야기를 나누고 있는 엄마를 보고 있자니 두 사람의 문제가 뭔지 알 것 같았어. 엄마는 분위기만 못 맞추는 게 아니라 도무지 유머감각이라고는 눈을 씻고 찾아봐도 없다는 거. 양나 씨는 저런 엄마의 어디가 좋았던 거지?

"우리 엄마는 매사 너무 진지해서 탈이라고요."

엄마가 사온 꽃을 화병에 꽂아넣기 위해 잠깐 밖으로 나간 사이 내가 투덜거렸어.

"소년. 운수가 진지한 사람이기 때문에 널 낳은 거야. 난 그녀가 그래서 좋아."

비너스. 나는 한 번도 엄마를 그런 식으로 생각해본 적이 없었어.

"운수는, 진지하게 널 낳아서 진지하게 키웠어. 네가 지금 갖고 있는 것은 모두 엄마가 너에게 준 것들이야. 좋은 것이든 나쁜 것이든. 좋은 것은 당연하게 생각하고 나쁜 것은 전부 엄마 탓으로 돌리는 건 아니겠지?"

"그런 건 아니…… 어쩌면…… 좀 그랬는지도 모르겠어요."

"엄마하고 이야기는 잘된 거야?"

"유학은 그만두기로 했어요."

"음, 그래. 그리고?"

"날 좀 더 믿어주겠대요."

"좋아. 너는?"

"뭐가요?"

"너 자신을 믿을 수 있을 것 같아?"

"아마도. 네, 그럴 수 있을 것 같아요."

양나 씨는 고개를 끄덕였어.

"마와 이야기를 했어."

"뭐라든가요?"

"자기가 뭘 잘못했는지 모르겠다고 했어."

"난 그 녀석이 무슨 짓을 당했나 정확히는 모르지만…… 마가 그러는 것도 무리는 아니지 않나요?"

"그래. 하지만 마는 받아들여야만 해. 사람은 언제든 변화할 가능성이 있고, 그래서 관계도 새롭게 정립될 수 있다는 것. 그러므로 누군가의 이마에 지워지지 않는 낙인을 새기는 일 같은 건 절대로 하면 안 된다는 걸 말이야. 너는 이번 일로 무엇을 깨달았지?"

"쉽게 이루어지는 소망 같은 건 없다는 거요."

양나 씨가 미소를 지었어.

"그래. 하지만 너희가 그애를 돕기 위해 했던 일들이 사라지는 건 아니야."

"우리가 한 일? 롤러블레이드 타기요?"

"뭐, 예를 들자면. 너희들 결국 꽤 멋지게 타게 됐잖아."

이렇게 말하기는 뭐하지만, 그러고 보니 정말 꽤 멋지게 타기는 했어.

양나 씨는 이제 내가 '애미'에 올 필요가 없다고 했어. 넌 이제 괜찮아. 정말? 난 별로 달라진 게 없는 것 같은데.

"오맙또는 어떻게 되는 거죠?"

"그건 남아 있는 아이들이 결정할 문제야."

그녀는 벌써 날 외부인처럼 다루고 있었어.

비너스. 현신과 처음 만난 날, 그는 영원한 건 없다고 했었어. '애미'는 그야말로 양나 씨가 말했던 것처럼 쏟아지는 소나기를 피하는 대피소 같은 곳. 언제나 맑은 날만 계속될 수는 없으니, 나는 다시 소나기를 맞을 준비가 된 건가?

달려라 달려 달

비너스에게.

내가 만 17세가 되던 날, 양나 씨는 나를 '애미'에 초대해주었어. 그녀는 날 위해 커다란 생일 케이크를 구워주고 필과 잡, 누룽지, 그리고 마와 도라까지 불러주었지. 도라는 '뽈로 받는 날' 마에게 손을 베어서 아직도 붕대를 감고 있는 중. 의사는 까딱 잘못했으면 신경이 끊어져서 손을 움직이지 못하게 될 뻔했다고 했어. 그런데도 그애들과 함께 있자니 너무 쉽사리 편해져서 깜짝 놀라고 말았어. 그 녀석들은 내게 생일 축하 노래를 불러주었고 선물도 주었어. 비너스. 그게 뭔지 알아?

'북경.'

그 녀석들이 내게 선물해준 50cc짜리 스쿠터 뒤에 꽂혀 있는 노란 깃발에 그렇게 씌어 있었어.

"이건 도라네 삼촌이 운영하는 중국집에서 쓰던 배달용 스쿠터야. 너무 낡아서 새 걸로 바꾼다기에 우리가 함께 돈을 내서 사온 거야."

잡이 자랑스럽게 설명했어.

"낡긴 했지만 아주 잘 굴러가. 얘가 제법이라고 삼촌도 그랬어."

도라도 신이 나서 말했어.

"어, 이건, 정말, 그래. 멋지다."

그건 진심이었어, 비너스. 조마조마한 표정으로 내 눈치를 살피던 누룽지가 만족스러운 표정을 지었어.

"정말 고마워."

"한번 타봐."

필이 말했어.

"어, 글쎄, 난 아직 한 번도 타본 적이 없는데."

"그러니까 타봐야지."

양나 씨가 명랑하게 말했어. 그녀는 아직도 목과 다리에 깁스를 한 채 휠체어에 앉아 있었어. 나는 조심스레 스쿠터 위에 앉아보았어. 오랜만에 마당으로 나온 하나와 앨리스가 나를 신기하다는 듯 쳐다보고 있었어. 나는 시동을 건 뒤 손잡이의 액셀러레이터를 힘껏 잡아당겼어. 그러고는 말 그대로 붕 날아가 포플러나무 밑에 처박혔지. 이것이 나의 첫 주행. 다행히 양나 씨처럼 깁스를 할 정도는 아니었지만 뒤통수에 혹이 난 데다 눈에서 별이 번쩍했다고.

우리는 거실에 모여앉아 오맙또에 대한 이야기를 나누었어. 우리의 '소망 이루어주기'는 그대로 중지되는 건가? 필과 잡은 누군가의 도움이 필요한 소망은 가지고 있지 않다고 했어.

"누룽지는?"

내 물음에 그애는 얼굴을 붉혔어.

"나는, 나는 바라는 게 있기는 하지만, 이제 됐어."

"그러지 말고 말이나 한번 해봐."

도라가 물었어.

"그래. 우리가 도울 수 있는 일이라면 도와줄게."

마도 선선히 말했지.

"뭔데 그래?"

필과 잡도 이구동성으로 물었어. 누룽지는 고개를 숙이고 한참을 뜸들이다 아이들이 박수를 치며 말해! 라고 연호하자 겨우 입을 열었어.

"내 소망은…… 누군가가 날 위해 달려와주는 거야."

"에게, 그게 다야?"

필이 시시하다는 듯 외쳤어.

"하지만, 하지만, 이제껏 아무도…… 그래준 적이 없어서……."

"뭐, 그런 거라면 간단하잖아. 그냥 달려가기만 하면 되는 거니까."

마가 말했어.

"그게, 나는 정말 먼 거리를, 정말 오직 나만을 위해, 달려와주었으면 하는 거라."

"먼 거리면 얼마 정도나?"

마가 물었어.

"그, 글쎄, 구체적으로 생각해본 적은 없는데, 음…… 예를 들면 부산에서?"

"우왓! 이건 간단한 게 아니잖아. 부산에서 서울까지 달려와야 한다는 거야?"

도라가 깜짝 놀라며 물었어.

"꼭 두 발로 달려야 하는 거야?"

필이 물었어.

"말했잖아. 그렇게까지 구체적으로 생각해본 적은 없다고."

"그럼, 자동차 같은 걸로 가는 것도 괜찮은 거네."

"음……."

누룽지는 자기가 아무 생각 없이 떠올려보곤 하던 몽롱한 환상의 구체적인 모양을 추적해내느라 안간힘을 썼어.

"기왕이면 자동차를 스스로 몰고 왔으면 좋겠어."

"에? 그럼 우리는 안 되겠네. 도와줄 수가 없잖아."

"현신 쌤께 부탁해보면 어떨까?"

마가 의견을 내놓았어.

"그건 반칙이야. 이건 '우리'끼리 해결하기로 한 거잖아."

필이 반대했어.

"하지만 마라톤 선수라도 그건 무리라고. 그럼 하다못해 오토바이라도 탈 줄 안다면……."

잡이 말을 하던 도중에 모두의 시선이 내게로 쏠렸어.

"저 스쿠터로? 무리야, 그건."

마가 말했어.

"하긴. 너무 멀어. 고속도로는 탈 수가 없으니 국도로 와야 하는데, 저걸로는 어림도 없을 거야."

"꼭 부산이어야 해?"

내가 물었어.

"우리 집에서 너희 집까지 정도면 어떨까?"

"네가 와주는 거야? 날 위해서?"

누룽지의 얼굴이 그야말로 홍당무처럼 붉어졌어.

"그것도 좀 그렇지 않나? 얘는 이제 오맙또의 일원도 아니고, 더 이상 수요일의 아이도 아니야."

필이 말했어.

"까다롭긴. 누룽지도 좋아하는 것 같고, 애초 이 계획은 모두 애한테서 나온 거잖아. 뭘 그런 걸 일일이 따지고 난리냐?"

잡이 면박을 주었어.

"그건 그렇고, 넌 이제부터 '수요일의 아이'가 아니니까 다른 닉네임이 필요해. 너는…… '달려라'다. 줄여서 달. 어때?"

잡이 엄숙하게 말했어.

"그거 좋은데 그래? 왠지 어울려. 달."

아이들이 모두 만족스러워했어. 그래서 나는 달이 되었어. 나도 정말 마음에 쏙 드는 닉네임이었지.

"그럼 결정인 거네. 달이 누룽지를 위해 스쿠터를 타고 달려간다. 누룽지. 너 집이 어디야?"

도라가 물었어.

"인천."

이런 제길. 서울이 아니었어!

저녁때가 가까워오자 아이들도 하나둘 집으로 돌아가고, '애미'에는 양나 씨와 나만 남았어. 그녀는 붉은색 포장지에 초록색 리본으로 묶인 커다란 상자를 하나 건네주었어.

"생일선물이야."

"어, 고맙습니다."

나는 당황하면서 받아들였어. 그녀가 날 위해 해준 것들이 너무 많아서 따로 선물까지 준비했을 줄은 몰랐는데. 포장지를 벗기고 상자를 열어보니 안에는 번개모양이 새겨진 붉은색 헬멧이 들어 있었어. 나는 양나 씨를 위해 얼른 써보았어.

"완전 맘에 들어요."

"신나게 달려봐, 달."

양나 씨가 활짝 웃으며 말했어.

"저…… 뭐 하나 물어봐도 돼요?"

"뭐든지."

"애인하고는……."

"그녀하고는 완전히 끝났어."

"그렇군요."

"소년. 네가 뭘 생각하는지 알아. 하지만 그녀가 내 곁에 있어서 행복한 순간이 분명히 있었어. 그래서 우리는 잘 헤어졌어. 서로 미안하다고 사과도 하고, 앞날의 행복을 빌어주고, 따뜻하게 안아 주고, 힘차게 악수까지 했다고."

"다행이네요."

"그래. 다행한 일이야."

양나 씨는 씨아를 부드럽게 쓰다듬다가 분명하게 다시 한 번 말했어.

"정말 다행한 일이야."

어느새 창밖으로 눈이 내리고 있었어.

"눈이 오네요."

내 말에 양나 씨는 창 밖을 쳐다보았어.

"화이트 크리스마스라. 아참, 현신이 네게 시간이 되면 잠깐 들러달라고 했어."

"왜요?"

나도 모르게 얼굴이 붉어지면서 가슴이 뛰기 시작했어. 하지만 양나 씨는 모르는 척해주었지.

"글쎄. 크리스마스인 데다 네 생일이기도 하니까, 그도 너와 함께 시간을 보내고 싶은 것 아닐까? 스쿠터랑 헬멧은 놓고 가라, 소년. 면허가 먼저야."

"그럼요."

나는 너무 좋아하는 티를 내지 않으려고 애를 쓰면서 일어섰어. 그러고는 양나 씨와 다정한 포옹을 했지. 행여 그녀의 목을 건드릴까봐 무척 조심스러웠어.

"정말 고맙습니다."

진심을 담은 내 말에 양나 씨는 천만에, 라고 대답했어.

나는 펑펑 내리는 눈을 맞으며 현신에게로 갔어. 침착하게 걷자고 아무리 마음을 다잡아도 나도 모르게 걸음이 빨라져갔지. 결국 나는 거의 뛰다시피 그에게로 가고 있었어. 누룽지가 원하는 것도 어쩌면 이런 게 아닐까. 현신의 진료소는 문이 닫혀 있었어. 나는 호출기를 눌렀고, 잠시 후에 현신이 문을 열어주었어. 그의 모습을 보자 절로 웃음이 나왔지. 왔구나, 라고 그가 말했어. 네, 왔어요, 라고 내가 대답했어.

"생일 축하한다."

그가 부드럽게 웃으며 말했어.

"이제 열일곱 살이 된 거니?"

"네."

기쁨으로 날뛰던 가슴에 먹구름이 드리워졌어. 그의 입에서 직접 내 나이를 들으니 내가 한참이나 어리게 느껴졌기 때문이야. 11년의 차이. 현신에게는 있고 내게는 없는 11년만큼의 경험.

우리는 함께 이층으로 올라갔어. 현신의 집은 전에 왔을 때보다 훨씬 더 깔끔하게 정리돼 있었어.

"내가 네 나이 때 뭘 좋아했는지 기억을 더듬어봐도 잘 모르겠더라. 난 그저 별 특징 없이 평범하기만 했던 애라. 유일하게 동물을 좋아했지만, 네게 덜컥 동물을 선물해줄 수는 없는 일이고. 그래서."

현신은 식탁 위에 올려놓은 작은 상자를 내게 주었어.

"점원에게 물었더니 이게 너만 한 나이의 애들한테 잘 어울릴 거라고 하더구나."

"고맙습니다!"

현신이 설사 앨리스 같은 사나운 수소를 선물해줬더라도 나는 정말 기뻤을 거야. 하지만 상자를 열어보니 안에는 캐주얼한 디자인의 명품 브랜드 시계가 들어 있었어.

"어! 이건 너무……."

너무 값이 나가는 거라 나는 어안이 벙벙했어.

"내가 가지고 있는 롤렉스도 아버지가 성년이 되던 해에 선물해주신 거야. 좀 이르기는 하지만, 내가 너에게 마련해주고 싶었어."

비너스. 나는 아직 애송이라, 그가 하는 말의 의미를 잘 이해할 수 없었어. 내 아버지가 되고 싶다는 의미? 너는 내 자식 같은 존재라는 의미? 그러니까 맘 접고 떠나라는 의미? 아니면 그냥 단순하게 너에게 좋은 걸 주고 싶었다는 의미? 분명한 건 내 가슴에 적란운이 모여들고 있다는 것. 나는 시계를 도로 상자에 넣고 식탁 위에 올려놓았어.

"당신은 내 아버지가 아니야."

현신이 당황하는 표정을 지었어. 나는 당신을 그런 의미로 좋아한 게 아니니까, 그런 식으로 날 잘라내지 말란 말이야. 자르려면 내 눈을 똑바로 보면서 넌 연인감이 아니라고 분명하게 말해줘.

"네 아버지처럼 굴 생각은 없어. 하지만 우리는 서로 어울리지 않아."

"내가 당신보다 어려서?"

"그렇게 단순한 문제가 아니야."

현신이 끈기 있게 설명했어.

"가슴이 설레고 끌리는 것만으로는 절대로 관계가 유지되지 않아. 관계란 함께 노력해서 만들어나가야 하는 건데, 현재 우리에게는 공유할 수 있는 시간이나 공간이 없어. 그런 관계는 서로를 낭비시킬 뿐이야. 그러니까 지금으로서는 이게 내가 너에게 줄 수 있는 최선이야."

비너스. 어른이란 참 교묘해. 그는 날 잘라내는 듯하면서도 쓸데없는 희망을 주고 있잖아. 이를테면, '현재'라든가, '지금으로서는'이라는 단어를 적절히 사용해서 말이야.

"난 그런 관계라도 상관없어요."

"난 안 돼, 성훈아. 난……."

"어른이니까?"

"그래."

현신이 조용히 대답했어. 나는 몸을 돌려 그의 곁을 떠났어. 현신은 나를 붙잡지 않았고, 그래서 다행히 그에게 내가 우는 것을 보이지 않아도 됐어. 하지만 내 나이 열일곱에 벌써 두 번째 실연이라니, 그것도 생일날에. 이건 정말 너무 잔인하지 않아, 비너스?

*

해가 바뀌면서, 나는 자동적으로 열아홉 살이 되었어. 만으로는 아직 열일곱이긴 했지만 주민등록증도 발급되었고, 원동기 면허시험도 통과. 나는 그것만으로도 숨통이 트이는 것 같았어. 엄마와의 약속대로 학원에 등록한 뒤 한동안 중단했던 공부도 다시 시작했어. 우선 검정고시에 합격하고 나면 수능시험을 치르고, 대학에 가서⋯⋯ 학생증을 손에 넣자. 우선은 그것만 생각하기. 그래서 나는 예전과 매우 비슷하게 생활하고 있는 중. 아침부터 밤까지의 모든 시간이 공부를 위주로 돌아가고 있으니까.

엄마는 처음에 내 '북경'을 보고 위험하다며 걱정을 늘어지게 했지만, 예전처럼 강압적으로 자기 뜻을 관철시키려고 들지는 않았어. 나는 오토바이 수리센터에 가서 이런저런 것들을 손보면서도 노란 깃발은 일부러 떼지 않았어. 달릴 때 바람에 펄럭이는 모양이 무척 마음에 들었거든. 해서 '북경'은 내 애마의 상징으로 완전히 자리를 잡았어. 내가 '북경'을 타고 달리노라면 사람들은 나를 열심히 배달 중인 철가방쯤으로 여기겠지?

나는 가끔씩 오맙또의 아이들과 통화를 하거나 문자를 주고받

있어. 그애들 대부분이 나처럼 사회에 복귀하기 위해 애쓰고 있는 중. 마는 이제 적어도 밤에 자다가 오줌을 지리는 일은 없다고 해. 그건 그 아이를 위해 무척 잘된 일이야. '고 ㄱ'에게는 안된 일이겠지만. 누룽지의 소망을 이루어주는 건 봄으로 미뤄둔 상태. 착한 누룽지가 추운 겨울날 서울에서 인천까지 스쿠터를 타고 달려오는 건 환상 속에 포함되어 있지 않다고 배려해주었기 때문. 그렇게 몇 달을 지내다보니 '애미'는 이제 과거의 한구석으로 밀려나는 느낌이야.

2월에는 마침내 영무를 찾아갔어. 나는 완전히 준비가 되어 있었지만 영무 녀석이 아무런 준비도 되어 있지 않을까봐 무척 걱정스러웠지. 하지만 영무가 날 포기해버리지 않은 것처럼 나도 그 녀석을 절대 포기하지 않으리라 굳게 결심했어. 영무는 집 앞에서 기다리고 있는 나를 발견하고는 무척 놀란 표정을 지었어. 역시 별다른 마음의 준비가 없었다는 뜻.

"오랜만이다."

영무가 어색한 표정으로 인사를 건넸어.

"그래. 정말 오랜만이지."

나는 의외로 편하게 대답할 수 있었어. 영무는 내 스쿠터를 보면서 피식 웃었어.

"이번엔 배달일이라도 하는 거냐?"

"그건 아니고."

"그래?"

"영무야."

"응?"

"보고 싶었어."

"어…… 그게, 음, 그러니까……."

이번엔 내가 피식 웃었어.

"넌 내 친구야. 가장 소중한 친구."

"그건…… 나도 그래."

"정말이냐?"

"그럼."

영무는 머리를 긁적이다가 내게 물었어.

"PC방 갈래?"

"그거 좋지."

'북경'은 영무네 집 앞에 세워두고 우리는 단골 PC방으로 갔어. 우리는 눈이 짓무르도록 게임을 하다가 자장면을 시켜먹었어. 이번에는 내가 쏘기로 했어. 사과의 의미로다가.

*

  개나리가 여기저기 피어나기 시작하면서 오맙또의 아이들에게서 연락이 잦아지게 되었어. 작전명 '달려라 달려 달' 때문이었지. 그 촌스러운 이름을 떡하니 붙인 건 도라. 그 녀석은 이게 아주 재밌는 구경거리가 될 거라고 생각하는 게 틀림없었어. 잡은 우리 집에서 누룽지의 집까지 가는 가장 빠른 길의 상세지도를 구해 몇 번이나 메일로 보내주었고(이건 그제 보낸 지도보다 약 십이 분 정도를 절약할 수 있다는 거야. 물론 그때 도로사정이 어떤지에 따라서 달라지긴 하겠지만, 그래도 조금이라도 빠른 길로 가는 게 좋지 않을까 싶어서, 같은 메일들), 필은 가는 길에 배가 고플지도 모르니 중간지점에서 기다리고 있다 도시락과 음료를 건네주겠다고 했어. 물론 그럴 필요까지는 없었지만, 필이 어떤 식으로든 이 일에 참여하고 싶어하는 것 같아서 그래 주면 고맙겠다고 대답했어. 마와 도라는 내가 가는 도중에 뒤차에 받힐 수도 있다는 끔찍한 가정을 늘어놓으며 재빠른 조치를 위해 함께 달려야 한다고 주장했어.

  "대체 어떻게? 정말 마라톤이라도 하게?"

  내 문자에 도라가 답문자를 보냈어.

  "삼촌이 트럭을 빌려준대. 식당의 알바 형이 운전을 해주고. 만일 네가 사고를 당하면 우리가 그 트럭에 '북경'을 싣고 누룽지에게 가는 거지."

과연 이 녀석들은 내 안전에 대해 눈곱만큼이라도 걱정하고 있기는 하는 거냐?

"그래. 그게 좋겠다."

어쨌든 만전을 기해 나쁠 건 없겠지.

결행일로 정해진 건 4월 중순. 우리는 3월 말쯤 하는 것이 좋겠다고 했지만, 누룽지가 그날을 위해 다이어트에 돌입했으니 원하는 체중을 만들 때까지 기다려달라고 했기 때문이야.

"괜한 짓이야. 사실 누룽지는 화장만 안 해도 체중이 3킬로그램은 줄어 있을걸."

이건 마가 보낸 문자.

엄마는 최근 샤넬 핸드백과 구찌 쇼퍼백을 사들였어. 이건 그녀에게 새로운 연인이 생겼다는 뜻. 마지막 연애가 끝난 지 3년 만이야.

"이번엔 잘해서 결혼해봐."

내가 밥을 먹으면서 이렇게 말하자 엄마는 깜짝 놀랐어.

"그게 무슨 소리니?"

"엄마가 결혼하면 좋겠다고."

"⋯⋯아버지가 갖고 싶은 거니?"

"설마. 애도 아니고, 난 이대로도 상관없어. 그냥, 엄마가 덜 외로우면 좋겠어."

"남편이 있다고 외롭지 않은 건 아니야."

"그걸 엄마가 어떻게 알아?"

"남편 있는 애들이 그러더라."

"그건 가진 자의 여유고."

엄마는 젓가락으로 콩나물무침을 뒤적거렸어.

"저기, 성훈아."

"응?"

"너 있잖아, 남자끼리는……."

"응."

"진짜 콘돔 끼고 해야 하는 거 알지?"

"어머니!"

"알았어. 알았다고. 그냥 노파심이야."

엄마의 노파심은 시도 때도 없이 발동하기 때문에 나는 정말 걱정이 되었어, 비너스. 그녀는 남자들 간의 안전한 섹스가 어떤 것인지 온갖 자료를 다 뒤지고 있을 게 뻔했거든. 검색은 나도 할 수 있으니, 제발!

*

　드디어 '달려라 달려 달'의 결행일. 날씨는 쾌청, 낮 기온은 18도, 저녁에는 기온이 급강하해서 5도까지 떨어질 예정, 비올 확률 제로. 나는 갈색의 가죽 라이더재킷을 멋지게 차려입었고, '북경'에 연료를 만땅 채웠으며, 잡이 보내준 상세지도들도 주머니에 고이 접어 넣었어. 평일 오후여서인지 도로는 그럭저럭. 밀리는 구간은 밀리고, 뚫리는 구간은 시원스레 뚫리고. 고속으로 주행하는 자동차 사이를 달리다보면 나만 뒤처지는 것 같아 초조하기도 하고, 작은 스쿠터에 앉아 아무런 보호막 없이 내 몸을 그대로 드러내고 있으니 꼭 다칠 것 같아 불안하기도 해. 하지만 대신 정지신호에 걸려 멈춰서서 쳐다보는 드넓은 푸른 하늘과, 달릴 때 내 곁을 지나치는 바람은 정말 최고라고. 내 뒤를 따라오고 있는 푸른색 트럭에는 마와 도라가 타고 있겠지.

　잡과 필이 기다리고 있는 공원까지 걸린 시간은 삼십여 분. 그애들은 약속대로 김밥과 샌드위치, 커피와 주스 같은 것들을 잔뜩 싸와서 우리를 기다리고 있었어. 십여 분 정도 뒤에는 근처의 공영주차장에 트럭을 세우고 마와 도라, 알바 형이 합류했어. 꼭 소풍이라도 나온 것처럼 자리를 깔고 시끌벅적하게 도시락을 먹고 있자니 '달려라 달려 달' 작전 따위야 알 바 없다는 '아무려면 뭐 어때'

작전으로 돌변. 급기야는 알바 형이 근처의 매점에서 맥주를 사들고 오기까지 하는 돌발상황이 발생. 마와 도라, 알바 형이 거푸 맥주를 따라 마시는 가운데 목구멍으로 침이 꼴깍 넘어가던 내가 끝까지 사양할 수 있었던 건 매섭게 노려보고 있는 필 때문. 알바 형은 머리를 샛노랗게 염색하고, 귀에는 각기 세 개씩의 피어싱을 하고, 손에는 별모양의 작은 문신을 하고 있었어. 좀 더 용기가 생기면 어깨에 호랑이 문신을 새길 예정. 알바 형은 지금 돈을 모으고 있는 중이라고 했어. 이때다 싶을 만큼 모으다가 그때 가장 하고 싶은 일을 해버릴 거라고.

"그럼 형도 그게 뭔지 모르는 거예요?"

"그렇기는 한데, 아마 엄청나게 시시한 일이 걸려버릴 것 같은 불길한 예감이 들어."

"시시한 일?"

"지금 살고 있는 원룸의 보증금을 올려줘야 한다든가, 어영부영 술값으로 다 날려버린다든가, 시시한 일이야 어디든 널려 있으니까."

"에에, 그러지 말고 확 떠나버려여."

혀 꼬부라진 소리로 마가 실실 웃으며 말했어. 알바 형도 그러게, 라고 외치며 다시 맥주를 한입에 털어넣었어.

"달, 넌 지금 떠나는 게 좋겠다."

필이 시계를 보면서 재촉했어.

"쟤들은 그냥 두고 가. 잡이랑 나도 슬슬 돌아갈 거니까."

결국 필과 잡, 내가 일어섰을 때 마와 도라, 알바 형은 근처의 노래방으로 의기투합, 신이 나서 사라졌어. 필이 피크닉 바구니에서 자그마한 프리지어 꽃다발을 꺼냈어.

"이건 잡과 내가 같이 산 거야. 남자에게 꽃을 선물 받는 건 여자애의 로망이니까. 누룽지가 좋아할 것 같아서."

"고맙다. 누룽지에게 잘 전해줄게."

뭔가 일이 이상하게 돌아가고 있기는 했어. 진성 게이가 서울에서 인천까지 스쿠터를 타고 달려가 여자애에게 꽃을 선물한다니 말이야. 그래도 나는 꽃다발을 배낭에 조심스레 집어넣고 스쿠터에 올라탔어. 배도 든든히 채웠겠다, 나는 필과 잡의 배웅을 받으며 다시 길에 올랐어. 공원에서 너무 많은 시간을 잡아먹는 바람에 길은 이미 퇴근 러시아워. 제기랄.

인천. 생전 처음 와본 도시. 바다에서 불어오는 습기 어린 바람이 느껴지고 오래된 가옥과 건물이 골목골목 늘어서 있는 고도古都. 거리를 지나치는 사람들의 검은 눈동자에는 항상 곁에 있는 검푸른 바다가 어른거리고, 탯줄로 이어받은 오랜 이야기들이 도시의 낡은 벽돌과 벽, 그리고 자갈들과 감응하는 곳. 낯선 도시에 와본 것만으로도 가슴이 설레고 해방감이 느껴지는 건 왜지? 그때 나는 예언과도 같은 확신을 얻었어. 언젠가의 나는 스쿠터를 타고 이렇게 낯선 도시들을 찾아 새롭고도 익숙한 공기냄새를 맡아볼 것이라고. 뉴욕의 마천루들을 기어오르며 줄자로 길이를 재는 것만큼은 아니지만, 그래도 멋진 꿈이지 않아?

나는 갓길에 잠깐 스쿠터를 세운 뒤 잡이 보내준 상세지도를 펼쳐서 누룽지의 집으로 가는 길을 살펴보았어. 그애가 살고 있는 곳은 바다와 가까웠어. 집으로 돌아가기 전 나는 인천의 밤바다를 볼 수 있을 거야. 나는 누룽지에게 문자를 보냈어.

"너에게 가고 있어. 이십 분 내로 도착할 거야. 달."

나는 다시 '북경'의 시동을 걸었어. 달려라, 달려, 달!

멀리서부터 누룽지의 모습이 보였어. 저녁놀이 지고 있었고, 오후부터 서서히 떨어지기 시작한 기온으로 바람이 무척이나 차가웠어. 누룽지는 그토록 싸늘한 저녁에 짧은 반바지를 입고, 민소매의 탱크 탑을 걸치고 있었어. 누룽지의 통통한 팔다리가 유난히 강조되는 패션이었지만, 적어도 팬티는 보이지 않았는걸.

비너스. 이렇게 말하면 이상하게 들리겠지만, 나는 정말로 누룽지에게 달려가는 동안 무척 행복했어. 나를 발견한 누룽지가 기쁨에 넘쳐 폴짝폴짝 뛰고(누룽지. 그러다 다쳐. 네 구두굽을 좀 봐. 넌 사다리에 올라탄 거나 마찬가지야!) 마구 손을 흔들어주었어.

나는 누군가를 위해 달린다는 것이 이렇게 기쁜 일인지 전혀 모르고 있었어.

나는 배낭에서 프리지어 꽃다발을 꺼내들었어. 누룽지의 두 눈이 놀라움으로 더욱 커지고, 내가 헬멧을 벗고 그애에게 다가가는 동안 새파랗게 질린 입술을 떨며 두 손을 모으고 있었어.

"내가 왔어, 공주님."

프리지어 꽃다발을 내밀며 그렇게 말하자 누룽지의 두 눈에 눈물이 맺혔어.

"고마워. 정말 고마워."

누룽지는 떨리는 손으로 꽃다발을 받아들었어. 우리는 시선이 마주치자 함께 웃음을 터뜨렸어.

"행복해?"

"최고로."

"안 믿겠지만, 오는 내내 나도 행복했어."

내 말에 누룽지가 고개를 숙이고 작은 목소리로 말했어. 고마워. 정말 고마워.

우리는 누룽지네 대문 앞에 있는 계단 위에 나란히 앉았어. 누룽지의 맨살에는 보기 안쓰러울 정도로 닭살이 올라 있어서 나는 가죽재킷을 벗어 그애에게 걸쳐주었어. 누룽지는 다시 고맙다고 인사했어. 우리는 그렇게 앉아 해가 지는 것을 함께 보았어. 누룽지네 마당에서 풍겨오는 이르게 핀 라일락 향기가 저무는 봄빛에 뒤섞인 정말 아름다운 저녁이었어.

"평생 잊지 않을게, 달."

"엄청 기쁜 일이네, 그거."

누룽지가 갑자기 울음을 터뜨렸어. 나는 당황해서 어깨를 토닥이며 달래주었어.

"어, 모처럼 공들여 한 화장이 다 번지겠다."

누룽지가 훌쩍거리면서도 웃음을 터뜨렸어.

"미안해. 이럴 생각은 아니었는데."

"아니야. 괜찮아. 더 울어도 되기는 하는데, 저기, 화장이 번지니까 아까워서."

"그동안 나한테는 아무도 없었어. 날 위해 와주는 사람이. 그래서……"

"그래."

누룽지는 코를 킁, 하고 들이마셨어.

"있지, 달. 나는 착각 같은 거 안 하니까 안심해도 돼."

"그게 무슨 소리야?"

"너처럼 멋진 애가 나를 좋아해주리라고는 절대로 생각 안 해. 그러니까 행여 걱정할 필요 없어. 나는 절대 널 귀찮게 하거나 하지 않아. 약속할게."

나는 가슴이 아파왔어. 그애의 그런 모습이 내 모습과 겹쳐 보였기 때문이야.

"내가 널 좋아할 수 없는 건 내가 게이이기 때문이야. 만일 네가 남자애였다면 나는 너를 정말 좋아하게 됐을 거야. 왜냐하면 누룽지. 너는 내가 만나본 사람 중에 가장 사랑스러운 사람인걸."

누룽지가 너무 놀라 눈물을 흘리는 것도 잊어버린 채 나를 쳐다보고 있는 동안, 나 역시 자의로 한 첫 번째 커밍아웃에 나름 놀라고 있었어. 엉겁결이긴 했지만, 나는 뭔가 후련한 기분이었어. 누룽지는 정말이냐고 몇 번을 되물었고, 나는 그때마다 정말이라고 대답해주었어. 결국 누룽지는 납득이 간다는 듯 고개를 끄덕였어.

"저기, 달. 꽃미남은 다들 게이인가봐?"

나는 웃음을 터뜨렸고, 잘은 모르지만 그렇지는 않을 거라고 했어. 나는 누룽지의 어깨에 팔을 둘렀어. 그애는 아까보다는 좀 더 편하게 내 팔을 붙들었고.

"내가 남자로 태어났으면 정말 좋았을 텐데."

누룽지가 작은 목소리로 아쉽다는 듯 말했어.

"그래. 만일 네가 남자였다면 지금 너한테 키스했을 거야."

누룽지는 미소를 지었고 자신의 진짜 이름을 알려주었어. 비너스. 그건 정말 예쁜 이름이었어.

사랑의 밤

비너스에게.

양나 씨에게서 문자가 도착한 것은 7월 말의 어느 저녁.

"하나 출산 임박! 달려와, 달!"

그때 나는 수학문제집을 붙든 채 끙끙대고 있었어. 양나 씨에게 하나의 출산을 돕겠다고 약속을 해온 터라 나는 번개처럼 일어나 뛰쳐나갔어. 아파트 주차장에 세워둔 '북경'에 올라타면서 엄마의 병원으로 전화를 걸어 양나 씨에게 간다고 보고를 했어. 나는 액셀러레이터를 전속력(이라고 해야 시속 65킬로미터)으로 당겼어. 긴 여름 해가 저무는 동안 나는 '애미'를 향해 열심히 달렸지만 그곳의 친숙한 포플러나무가 보이기 시작할 때쯤 하늘에는 벌써 별들이 떠오르고 있었어. 마당에 나와 있던 양나 씨는 내가 '북경'을 몰고 들어서자 달려왔고, 나를 따듯하게 안아주었어.

"달, 늦었어. 하나는 벌써 새끼를 낳았다고."

"벌써요? 전속력으로 달려온 건데!"

"그래. 현신이 지금 막 송아지를 받아냈어. 아주 건강한 암놈이야. 가서 보렴."

이곳에 오면 현신을 보게 될 줄 알고 있었으므로 마음의 준비를 단단히 했는데, 막상 그의 이름을 듣자 날카로운 바늘로 가슴을 찔리는 것 같았어. 양나 씨의 손에 이끌려 우리 곁으로 다가가자 그의 모습이 눈에 들어왔어. 그는 피와 양수로 더러워진 장갑을 벗고 있었어. 그와 눈이 마주치는 순간, 나는 분명하게 깨달았어. 그를 전혀 잊지 못하고 있다는 것을.

비너스. 그건 정말 이상한 일이었어. 그에게 매정하게 차인 뒤, 나는 조금 울고 많이 아프긴 했지만 지나칠 정도로 멀쩡하게 일상을 매 끼니 식사처럼 해치우며 배부르게 살아왔거든. 나는 공부도 열심히 했고, 영무와도 잘 지냈으며 엄마하고도 전혀 문제가 없었어. 웃긴 걸 보면 크게 웃고, 슬픈 걸 보면 훌쩍이기도 하고, 화가 나면 화도 내면서 그렇게 살아왔단 말이야. 하지만 7개월 만에 현신을 다시 보는 순간, 그간의 내 일상이 얼마나 공허하게 느껴지던지. 어째서 그는 존재만으로 그런 충족감을 안겨줄 수 있는 걸까? 한 가지 위안이 되는 건 현신의 표정 역시 나만큼이나 복잡해 보였다는 것. 그래서 우리의 인사는 무척 어색할 수밖에 없었어.

"잘 지냈니?"

"네."

나는 더 이상 할 말이 없어 양수로 젖어 있는 송아지를 열심히 핥아주고 있는 하나를 멍하니 바라보았어. 우리 바닥에는 하나와 송아지를 위한 푹신한 건초가 깔려 있었어.

"조금 있으면 일어설 수 있을 거야. 하나가 생각보다 어미노릇을 아주 잘하고 있어. 간혹 새끼를 돌보지 않는 암소들도 있거든."

"그런가요."

나도 알아. 내가 어린애처럼 굴고 있다는 것을. 하지만 그에게 무언가 대답을 하려고 할 때마다 목구멍에서 딱딱한 덩어리 같은 것이 치밀어올라 제대로 입을 여는 것조차 힘들었다고.

"조산이라 걱정했는데, 하나의 유선이 덜 발달되었다는 것 말고는 특별히 걱정하지 않아도 될 것 같아요. 다른 소의 초유와 영양제를 가져왔으니 우선 송아지에게 먹이고, 하나에게는 비타민 제제와 에스론, 옥시토신을 처방할게요. 이걸로 유량이 증가하면 다행한 일이에요."

"고마워, 현신."

"천만에요. 송아지가 영양이 부족하지 않도록 당분간 신경을 많이 써야 해요."

"알았어. 걱정 마. 어머나!"

하나가 지극정성으로 핥아준 덕인지 송아지의 몸은 그새 보송보송해졌고, 네 다리를 바들바들 떨면서도 일어나기 위해 안간힘을 쓰고 있었어. 우리는 놀라운 자연의 신비를 감탄하는 마음으로 지켜보았어. 몇 번이나 쓰러지던 송아지가 마침내 균형을 잡으며 네 다리로 우뚝 서자 하나는 더욱 더 열심히 송아지를 핥아댔으며 우리 셋은 조용히 감탄사를 내뱉었어. 태어난 뒤 삼십 분 안에 먹이를 먹어야 했으므로 현신은 서둘러서 송아지에게 줄 젖을 준비했어. 그는 직접 송아지에게 우유를 먹이면서 양나 씨에게 요령을 설명해주었어. 다행히 송아지는 젖병을 열심히 빨아대면서 생애 첫 식사를 훌륭하게 해내고 있었지. 나는 그동안 하나의 분비물로 더러워진 건초를 걷어내고 우리 한구석에 쌓여 있는 깨끗한 건초를 다시 깔아주었어. 마당에서는 앨리스가 두 눈을 끔뻑이면서 이쪽을 계속 쳐다보고 있었어. 앨리스도 자신의 새끼가 태어난 걸 아는 것 같았어.

현신이 더러워진 옷을 갈아입기 위해 건물 안으로 들어가자 양나 씨가 나를 불렀어.

"현신과 나는 하나의 출산 때문에 아직 저녁을 먹지 못했어. 냉장고를 적당히 뒤져서 우리를 위해 무언가 만들어줄 수 있겠니?"

"오믈렛 정도라면 만들 수 있어요."

"고마워."

양나 씨가 고개를 끄덕이며 웃었어.

"그와 오랜만에 보지?"

"네."

"기분은?"

"……아프네요."

"저런."

양나 씨는 잠시 생각에 잠겼고 이윽고 말을 꺼냈어.

"현신은 이곳을 곧 떠날 모양이야. 그와 한번 이야기를 해보렴."

가슴에 커다란 돌덩이가 쿵, 하고 내려앉았어. 그래. 결국.

"어, 어디로……."

"그에게 직접 듣는 게 좋겠구나."

양나 씨가 걱정스러운 눈으로 날 보며 그렇게 말했어.

'애미'의 거실은 여전히 아늑하고 포근했어. 아이들이 아무렇게나 늘어져서 놀던 커다란 소파와 도라의 지정석(이제 도라도 이곳에 오지 않으니 다른 아이의 차지가 되었을) 흔들의자와 푸른 잎을 드리우고 있는 커다란 나무 화분들 사이에는 현신의 모습이 없었어. 나는 잠시 머뭇거리다 이층으로 올라가보았어. 마침 현신이 욕실에서 막 나오고 있었어. 그는 날 보더니 조금 놀랐지만 곧 평정

심을 되찾았어. 역시 어른.

"여길 떠난다는 게 무슨 소리죠?"

"양나 씨가 얘기하든?"

"네."

"나도 여길 떠날 준비가 된 것뿐이야."

"어디로…… 어디로 가죠?"

나는 바보처럼 울먹이고 있었어. 역시 애.

"그런 건 중요하지 않아."

"나, 나는…… 알아야 해요. 내가 갈 테니까, 반드시 당신을 만나러 달려갈 테니까."

"성훈아."

"지금은, 지금은 아니라고 당신이 말하니까, 기다릴게요. 그래서, 내가 당신을……"

나는 흐느껴 울었어. 지금 그가 아니면 안 된다는 내 감정이, 왜 언제나 이렇듯 허무하게 부정당하는 거지? 어차피 어디에서 오는지 알 수도 없는 모호하고 이상한 감정에 휘둘려서는, 아프고, 울고, 쓰리고, 그러다가는 잠깐 기쁘고, 다시 아프고, 울고, 쓰리고. 내가 정말 어리고 철이 없어 이렇듯 당신을 사랑하는 거라면, 나는 절대로 어른이 되고 싶지가 않아. 언젠가의 내가 지금의 이런 나를 부끄러워한다면, 그 언젠가의 나도 또 언젠가의 나에게 비웃음을 당할 것이고, 결국 나는 언제까지나 내 감정을 부끄러워하기만 한 채 진심을 꽁꽁 숨기고 살아가야 하겠지.

현신의 긴 한숨소리가 들려왔어. 안타까운 듯, 조금은 어쩔 줄 몰라 하는 느낌. 그가 내 곁으로 다가와 나를 안아주었어. 이제껏 그랬던 것처럼 달래주는 듯한 포옹이 아니라 연인이 연인을 안아주듯이. 내가 팔을 둘러 그를 끌어안자 우리의 몸이 완전히 밀착되었어. 뜨겁고 흥분되고, 어지러운 느낌이 파도처럼 밀려왔다 사라지고 다시 밀려들었어. 나는 그에게 키스했고 그도 나에게 키스했어. 나는 그에게 달라붙었지만 그는 부드럽게 나를 떼어놓았어. 둘 다 호흡이 거칠었고 몸은 불덩이처럼 뜨거웠어.

"나중에 다시 얘기해."

현신은 떨리는 목소리로 그렇게 말했어. 나는 스스로를 진정시키기 위해 안간힘을 썼어. 그래서 입을 굳게 다물고, 팔짱을 낀 채 그의 말에 고개를 끄덕였어. 나는 그 순간 결심했어. 그를 절대로 놓치지 않겠다고.

현신이 무척 피곤해 보여서 나는 그를 억지로 소파에 앉혀놓은 뒤 주방으로 들어갔어. 발이 허공에 붕 떠오르는 듯한 느낌. 냉장고를 열어 계란과 버섯, 토마토, 양파, 피망 같은 것들을 꺼내 오믈렛을 만들면서도 비현실적인 감각이 내내 나를 지배했어.

막 오븐에서 오믈렛을 꺼내는데 양나 씨가 들어왔어. 그녀는 와인을 한 병 땄고, 현신과 나 둘 사이에 흐르는 달뜬 공기를 철저히 모르는 척했어. 우리 셋은 식탁에 둘러앉아 큼직하게 자른 오믈렛을 앞에 두고 와인 잔을 들어 하나의 출산을 축하했어. 양나 씨는 무엇보다 '사랑의 밤' 파티를 열 수 있게 되어 기쁘다고 했어.

"그날은 무조건 파트너 동반이야. 하다못해 개미 새끼라도 한 마리씩 달고 오라고 할 거야."

"양나 씨도 아직 싱글이잖아요?"

현신이 웃으며 말했어.

"날 무시하지 말라고. 내가 무슨 일이 있어도 그날까지 파트너를 구해올 테니까."

"그래요. 기대할게요."

"소년! 아무리 입시가 바빠도, 꼭 참석할 거지?"

"그럼요."

"으이구, 이쁜 것. 나도 너 같은 아들이 있음 정말 좋겠다."

양나 씨가 내 머리를 쓰다듬었어. 그럴 때의 그녀는 정말 쓸쓸해 보여.

"운수도 오라 그래야지. 걔 요즘 연애중이라며?"

"그렇긴 한데, 한 번도 본 적은 없어요."

"잘됐네. 이번 기회에 얼굴도 좀 보고 하면 좋지 않겠어?"

"글쎄요. 엄마가 뭐라 그럴지는 저도 잘……"

"하여간에 옛날부터 음흉하기는. 나도 네 아버지를 한 번도 못 봤어. 그래도 당시에는 제일 친한 친구였는데. 그래서, 소년. 애석하지만 네게 말해줄 게 아무것도 없단다."

"괜찮아요. 별로 알고 싶은 것도 없고."

"그래. 중요한 건 그런 게 아니야. 지금 네 곁에 있는 것들이 가장 중요해."

양나 씨가 그렇게 말하자 현신은 생각에 잠긴 표정으로 와인 잔을 만지작거렸어.

양나 씨는 시간이 늦었으니 '북경'은 여기에 두고 버스를 타고 가라고 했어. 그러고는 현신에게 터미널까지 좀 바래다주라고 했지. 그래서 나는 현신의 자동차에 올라탔고 그와 함께 애미를 나왔어. 현신은 운전을 하면서 음악을 좀 듣겠느냐고 물었어. 나는 괜찮다고 대답했어.

"양나 씨가 정말 그렇게 빨리 새로운 연인을 구할 수 있을까요?"

"글쎄. 우리 같은 사람들은 만남의 기회가 그리 많지를 않아서. 선택의 폭도 좁고. 특히 양나 씨처럼 이런 외진 곳에 있다 보면 더 힘들겠지. 하지만, 누구나 그럴 거야. 정말 인연을 만나는 건 동성애자나 이성애자나 모두 힘들고 어려운 일이야. 양나 씨는 그런 걸 누구보다 잘 알고 있으니 걱정하지 않아도 돼."

현신의 자동차가 멈춘 곳은 시외버스 터미널이 아닌 그의 진료소 앞. 그는 시동을 끄고 나를 똑바로 바라보았어.

"오늘 우리 집에서 자고 가."

"에?"

그는 변명하듯 덧붙였어.

"많이 늦었으니까."

나는 감히 소리를 내어 대답할 엄두도 내지 못하고 고개만 끄덕였어.

"먼저 엄마에게 연락드리렴."

나는 그가 보는 앞에서 엄마에게 전화를 걸었고 시간이 늦어 하룻밤 묵겠다고 했어. 엄마는 선선히 그러라고 했지. 최근 양나 씨와 엄마의 관계가 예전의 우정을 회복하는 수준으로 좋아졌기 때문. 엄마는 날더러 양나 씨에게 잘해주라고 한 적도 있어. 외롭고 힘든 애야, 그러면서. 사실 양나 씨도 엄마를 그렇게 생각하고 있는데 말이야.

현신은 '애미'에서 샤워를 했기 때문에 나만 몸을 씻었어. 그가 무슨 생각으로 나를 불러들인 건지는 모르지만, 적어도 이 밤은 사랑의 밤, 분명한 건 내가 그를 원하는 것처럼 그도 날 원한다는 것. 얼마나 많은 우연과 인연이 겹쳐야 이런 순간을 만날 수 있는 거지? 흐르는 시간 안에는 상처뿐만 아니라 이러한 보석 같은 순간도 숨겨져 있다는 사실. 누구 손에서, 어떤 순간에 빛을 발할지 모르니 우리는 눈을 크게 뜨고 주변을 살펴봐야 해. 함부로 가볍게 여기지 말고, 함부로 무시하지 말고, 함부로 절망하지 말고, 그러면서도 함부로 기대하지는 말자. 현신의 말처럼 영원한 건 없고, 아무리 좋은 것이라도 모두 언젠가는 우리 곁을 스쳐 지나가게 되어 있으니까.

"내 첫 경험은 끔찍했어."

현신이 침대에 걸터앉아 내 양손을 다정하게 잡으며 말했어.

"그때는 그럴 수밖에 없었다고 생각하지만, 그래도 좀 더 좋았더라면 하는 아쉬움은 항상 있지."

"나는 어떤 일이 있어도 그런 생각을 하게 되지는 않을 거예요."

현신이 조용히 웃었어.

"그래. 네가 첫 경험을 추억할 때마다 정말 좋았다고 생각하게 해주고 싶어."

그가 내 양손에 번갈아 입을 맞추었어. 그의 가슴에서 따듯하고 규칙적인 심장 박동소리가 들려왔지. 그 소리가 이 세상 무엇보다 나를 행복하게 했어.

나는 새벽녘에 잠깐 잠이 깼어. 현신이 바로 옆에서 평온하게 잠

들어 있었어. 몸이 밀착된 부분이 더없이 따스했고, 고른 숨소리가 귓가에 감겼어. 잠들어 있는 그의 얼굴이 사랑스러워서 한참을 바라보았어. 비너스. 내가 정말 운이 좋았다는 걸 나도 알아. 앞으로 현신과의 관계가 어떻게 변하든, 나는 이 순간의 아름다움을 영원히 기억할 테지. 아무리 영원한 건 없다지만 시간이 흘러도 기억은 고이게 마련이니까. 나는 그의 이마에 입을 맞춘 후 다시 깊은 잠에 빠져들었어.

*

양나 씨가 공언한 대로 '사랑의 밤'을 연 건 그로부터 한 달 뒤. 시끌벅적한 파티가 될 거라는 내 예상과는 달리, 그것은 양나 씨의 가까운 친구들을 불러모은 조촐하고 화목한 소모임이었어. 나는 그때 처음으로 나와 같은 성향을 지닌 사람들을 다양하게 만나보았어. 레즈비언 커플 두 쌍이 왔고, 게이 커플도 한 쌍 있었어. 현신과 나도 커플로 참석했으니 게이 커플이 둘인 셈. 그리고 스트레이트 커플 한 쌍, 외로운 싱글 세 명. 그들은 절대로 혼자서는 오지 말라는 양나 씨의 협박 때문에 자신들의 애완동물을 데리고 왔어. 그래서 고양이 한 마리와 개 두 마리까지 참석. 엄마는 바쁘다는 핑계를 대고 오지 않았어.

"난 양나의 친구들이 항상 불편했어. 지금도 아마 그럴 테고. 너 나 가서 재미있게 놀다 와."

"그날 엄마는 뭐 할 건데?"

"데이트."

이번엔 정말 괜찮은 상대인 것 같냐는 내 질문에 엄마는 어깨를 으쓱했어.

"항상 상대가 문제였던 게 아니야. 내가 변함이 없다는 게 문제지. 그리고 난 지금도 별반 달라지지 않았거든. 그러니까 너무 기대하지 마."

현신은 어른이야, 비너스. 나는 아직 어른이 아니고. 그는 자신의 삶을 스스로 결정해서 변화시킬 수 있는 능력이 있고, 또 마땅히 그래야 하겠지. 나는 그에게 한 말을 잊지 않고 있어. 지금이 아니라면 기다리고, 언젠가는 반드시 당신을 찾아갈 거라고. 나는 현신과 연인이 된 후에도 여전히 그 말을 되뇌고 있어. 아무리 사랑이 대단하다 한들 흘러가는 시간을 잡아 묶을 수는 없기 때문이야. 억지로 멈추려 드는 순간 사랑도 끝이 나겠지.

양나 씨의 파티에 모인 게이, 레즈비언, 스트레이트, 바이 들은 아무런 편견이나 오해의 소지 없이 이야기를 나누고, 사랑을 표현하고, 농담을 던지고, 즐겁게 웃었어. 나는 그 파티에서 나온 많은 말들이 일반적인 사회에서 통용될 수 없다는 것을 알고 있고, 심지어는 내 가장 친한 친구 영무와도 절대 나눌 수 없다는 것을 알아. 나는 아마 앞으로 말할 수 있는 것보다는 말하지 못하는 것들이 훨씬 많을 것이며 그로 인해 종종 거짓말을 해야 할지도 몰라. 하지만 그게 오직 나에게만 해당되는 이야기인 양 징징대지는 말자. 세상 그 누가 자신의 깊이를 모두 말할 수 있을 것이며, 그 안에 숨겨진 감정의 소용돌이를 타인에게 이해시킬 수 있겠어. 그것은 나뿐 아니라 모두가 지고 가는 천형의 무게, 사람이 사람으로 사는 한 평생 답해야 하는 삶의 묵직한 질문일 테지. 그렇다 해서 '사랑의 밤'이라는 양나 씨의 파티가 무의미하거나 허무한 것도 아니야. 현신과 나는 나란히 앉아 가끔씩 손을 잡으며 서로의 눈을 보고 이야기했어. 그리고 현신은 가끔씩 몸을 기울여 나를 안아주었어. 아마 우리는 길을 걸으며 손조차 마음대로 잡지 못할 테지만, 우리를 이해하고 받아들이는 이러한 시간과 사람들도 분명히 존재하니까. 존재의 의미를 가볍게 여기지 않는 사람이라면 사는 게 절망적이지만은 않다는 것도 분명히 알게 될 거야. 지금의 내가 서서히 깨달아가듯.

    파티가 끝난 후 우리는 현신의 집에서 사랑을 나누었어. 나는 이제 다시는 보지 못할 것처럼 그를 안아주고, 그는 마지막 사랑인 양 나를 안아줘. 정말로 그렇게 되는 것은 단지 우연과 시간의 결과물. 하지만 그런 것인 양 서로에게 최선을 다하는 것은 사랑의 결과물. 모든 현명한 사람들이 이구동성으로 말하듯 사는 건 결과가 아니라 과정이니까. 우리는 우연에 지배당하는 게 아니라 당당히 사랑을 하고 있는 거야.

엄마는 '간절히 원하면 이루어진다'는 말이 미성년자 한정이라고 했어. 내가 성년이 되려면 아직 2년하고도 4개월이라는 긴 시간이 남아 있으니 그동안 내가 할 일은 무언가를 정말로 간절히 원하는 것, 그럴 만한 가치가 있는 것을 찾아내기 위해 노력하는 거야. 그래서 나는 한 사람을 사랑하듯 내 삶도 사랑하는 법을 배워가고 있어.

해설

'다름'과 '틀림' 사이에서 길 찾기
― 권하은의 『비너스에게』 읽기

정여울(문학평론가)

1. 다른 것은 틀린 것이다?

　아이들은 엄청난 질문 공세를 퍼부으며 자라난다. 이건 뭐예요? 저건 뭐예요? 그건 왜 그런 거예요? 하루 종일 '질문하는 것'이 아이들의 스케줄 대부분을 차지한다. 세계의 프레임이 아직 형성되지 않은 시기이기 때문이다. 아이들의 눈에 비친 세계가 아직 조형되지 않은 찰흙처럼 말랑말랑한 유동성의 세계라면, 청소년들에게는 '이미 형성된 프레임'과 '아직 형성되지 않은 프레임'이 자기 안에서 힘겨운 싸움을 계속하는 시기가 아닐까. 『비너스에게』의 주인공 열일곱 살 소년 강성훈에게는 '이미 형성된 프레임'과 '아직 완성되지 않은 프레임'이 엇비슷한 인력으로 싸움을 한다. 성훈은 남자인 자신이 '여자를 사랑할 수 없다'는 것을, '남자는 여자를, 여자는 남자를 사랑한다'는 어른들의 가르침을 자신은 결코 따를 수 없다는 것을 깨닫는다. 성훈은 '자신을 솔직히 드러내고 싶은 욕망'과 '특별한 아이로 찍히고 싶지 않은 욕망' 사이에서 치열하게 고민한다. 권하은의 『비너스에게』는 자신의 성 정체성을 사춘기에 명료하게 인식한 한 소년의 드라마틱한 자기탐구의 기록이다.

어린 시절에는 '부모가 보여주는 세계'가 곧 세계 전체처럼 보이지만, 사춘기가 되면 '또래집단과의 네트워크가 곧 세계'인 시기로 접어든다. 부모님이 모르는 나만의 비밀을 갖는 일이 많아지고, 그 비밀은 '어른'이 아니라 '친구'와 나누고 싶어진다.

성훈에게도 자신의 비밀을 털어놓고 싶은 소중한 친구가 있다. 싱글맘인 엄마와 둘이서만 살아온 성훈은 어린 시절부터 쭉 친하게 지내왔던 영무에게마저 자신의 비밀을 털어놓을 수가 없다. '사람들이 나를 어떻게 바라보는지'를 예민하게 인식하기 시작하는 사춘기 소년에게, 처음으로 여자가 아니라 남자를 사랑하기 시작했다는 엄청난 비밀은 그 자체로 고통스러울 수밖에 없다. 잘생긴 외모와 다정한 성격으로 동성친구와 이성친구들 모두에게 인기가 많은 성훈은 그럴수록 '자신의 고정된 이미지'를 깨뜨리고 싶지 않다. 친구들에게 인정받고 사랑받는 것이 얼마나 신나는 일인지를, 소년도 알고 있기 때문이다.

아직 성훈에게는 '다름'과 '틀림'의 구분이 명료하지 않다. 그러나 성훈은 자신의 '다름'이 '틀림'으로 이해되는 세계의 폭력을 처음으로 경험한다. 자신과 같은 '남자'를 사랑한다는 이유로.

> 부지런히 거짓말을 하고, 과장되게 팔다리를 허우적거리며 내 모든 관심사가 여자에게 있는 양 가식을 떨다보면 나도 내 정체를 모를 정도로 뿌옇게 흐려져서 안심이 됐지. 내가 어떤 놈인지 나 자신도 모른다면 남들도 그러지 않을까 하고. 영원히 그렇게 희뿌연 존재로 살 수 있다면 그것도 괜찮지 않을까 생각했어. 자신을 전혀 다른 무엇으로 가장하는 건 생각보다 어렵지 않았고 곧 익숙해지기도 해서 내 가장술은 둔갑술의 경지에 이르러 어느새 벌써 몇 명의 여자와 이런저런 체위를 구사해본 '경험자' '바람둥이' '가벼운 녀석'이 되어 있었어.(13쪽)

자신이 남들과 너무 다르다는 것을 알았을 때 이 소년이 대응하는 첫 번째 방식은 바로 남들과 '똑같은 척하기'다. 남들과 마찬가지로 여자를 좋아하는 척, '이성애자'인 것처럼 행동함으로써 타인의 눈에 띄지 않으려 한 것이다. 그러나 남들과 똑같은 사람인 척 여자친구를 사귀는 동안, 소년은 '상대방의 진심'이라는 중요한 변수를 잠시 망각하는 실수를 범한다. 성훈을 좋아한 여자친구는 처음부터 끝까지 성훈에게 '진심'을 보여주고, 그 진심이야말로 그가 피할 수 없는 가장 강력한 무기였음을 알게 된다. 여자친구와 둘만의 시간을 갖게 되자 성훈은 더 이상 자신의 본성을 숨길 수 없게 되고, 여자에게는 전혀 설렘이 느껴지지 않는 자신의 육체를 확인하게 된다. 자신이 '진성 게이'라고 판단을 내린 성훈은 자신이 동성애자라는 것을 알면 가장 큰 충격을 받을 사람, 엄마를 떠올린다. 과연 소년은 '평범하게 자라라'라고 입버릇처럼 말했던 엄마의 '소원'을 들어줄까. 자신의 진심을 속이고 자기 아닌 다른 사람이 될 수 있을까.

엄만 항상 날 보며 입버릇처럼 말했었어. 평범하게 자라라. 평범하게. 그게 제일 좋은 거야. 나는 엄마가 왜 그렇게 평범한 것을 열망하는지 잘 알아. 아빠 없는 아이에게 자신의 성을 붙여 키우다보면 누구나 그렇게 될 거야. 엄마가 날 위해 골라준 것들은 언제나 지극히 평범했어. 평범한 셔츠, 평범한 바지, 평범한 양말, 평범한 가방, 평범한 연필, 평범한 자전거 등등……. 그래서인지 나는 엄마의 성을 가진 아이 치고는 꽤나 평범했고 앞으로도 평범하게 살게 될 거라 굳게 믿었었어. 하지만 나는 아빠가 없는 것 정도는 비교도 할 수 없을 만큼 튀게 될 처지에 놓이고 말았던 거야. 다른 문제야 다 접어둔다 해도, '동성애자'라는 건 그야말로 엄청나게 튀게 돼

있는 거잖아.(27쪽)

2. 가도 가도 닿을 수 없는 곳

　누군가를 처음으로 사랑하게 되면서 성훈은 자신에게 솔직해지는 것이 얼마나 중요한 일인지, 누군가를 좋아한다는 마음만으로 얼마나 행복해질 수 있는지를 깨닫게 된다. 자신이 마치 '이성친구 사귀기의 달인'인 것처럼, 과장된 제스처로 자신의 '정상성'을 드러내려고 했던 성훈. 그는 너무 가슴이 아파 차마 이름을 밝힐 수 없는 고3 선배, '군'을 짝사랑하게 되면서 더 이상 스스로의 삶을 '위장'할 필요성을 느끼지 못하게 된다. 누군가를 좋아하는 마음이 자신의 마음을 꽉 채워, 더 이상 쓸데없는 자기과시나 위장전략이 필요하지 않다고 여기게 된 것이다. 처음으로 누군가를 사랑하게 된다는 것, 그것은 오직 '한 사람'을 위해 자신의 모든 감각의 안테나가 쏠리는 엄청난 밀도의 집중을 의미하기도 했던 것이다. '군'을 사랑하게 되면서 성훈은 잠깐이나마 자신을 짓누르는 '비정상성'의 고통을 망각하게 된다.

　사람에게는 누구나 자신의 시야를 벗어나는 곳에 모서리가 있어서, 그 모양이 어떤지를 혼자서는 절대로 알 수가 없는 거야. 그런데 자신에게 꼭 맞는 누군가와 만나게 되면 철컥, 소리와 함께 그 모서리 부분이 단단히 맞물리게 돼. 상대방의 모서리 모양을 보면서 내 모양이 어떤지를 처음으로 깨닫게 되는 거, 그게 바로 사랑 같았어. 군을 보면서 나는 내가 어떤 사람인지 알 수 있을 것 같았고, 한 사람의 외면과 내면 모두가 내게 그렇게까지 완벽할 수 있다는 것이 믿어지지 않았어. 나는 지금 이 순간 그를 놓치면 다시는 사랑할 수 없을 것 같았고 평생 후회 속에서 살아가게 될 것 같았지.(50쪽)

내가 알 수 없는 내 마음의 모서리와 그가 알 수 없는 그의 모서리가 완벽하게 맞아떨어지는, 이 세상 하나뿐인 마음의 퍼즐. 그것은 바로 '첫사랑'이라는 이름의 퍼즐이었고, 이 감정에 충실한 동안 성훈은 더 이상 내적 갈등에 시달리지 않게 된다. 그러나 그 행복도 잠시, 그가 더 이상 '짝사랑'에 만족하지 못하고 상대방의 눈 또한 자신만을 바라봐주기를 바라기 시작하자 문제는 심각해진다. '군'과의 첫 키스를 시도하고 그에게 사랑을 고백하는 순간, 그 순간은 성훈에겐 더없이 행복하고 소중한 순간이었지만 남동생처럼 성훈을 바라봤던 '군'으로서는 너무나 충격적인 순간이었다. '군'은 성훈처럼 동성애자가 아니었던 것이다. 사태는 급박하게 돌아가기 시작한다. '군'은 어머니께 그 충격적인 '첫 키스'의 황당함을 하소연했고, 어머니는 학교에 이 사실을 알렸으며, '사실'은 어느새 엄청난 '편견'들과 섞여 어느새 한 소년을 '괴물'로 만들어버린 것이다. '군'과 친해지기 위해 '고3수험생의 일상생활'을 주제로 설문조사를 했던 사실조차 모두 한 두름에 엮여 '동성애자 소년의 충격적인 비행'이 되어버린 것이다. 급기야 엄마와 함께 교장선생님 앞으로 불려나온 성훈은 생애 처음으로 동성애자를 향한 사회의 차별과 폭력을 몸소 경험하게 된다.

> 엄마는 핏기 없는 얼굴로 나와 함께 교장실 소파에 나란히 앉아 끝도 없이 쏟아지는 모욕들을 고스란히 들어야 했어. 아버지의 부재, 일하는 엄마, 방치, 무관심, 반항아, 사회적인 문젯거리, 문란, 건학 이래 처음 생긴 전대미문의 사건, 못된 송아지 엉덩이에 뿔난다, 미꾸라지 한 마리가 진흙탕을 만들게 둘 수는 없는 법 등등. 말없이 듣고 있던 엄마가 더 이상 견딜 수 없었는지 힘겨운 저항을 했어.
> "이건 개인적인 성향의 문제입니다. 말씀이 지나치시네요."(66쪽)

> 아버지와는 달리 엄마하고는 대화가 통해. 사고가 트여 있거든. 분명 그렇게 말했었지. 내가 완벽한 이상처럼 숭배했던 군이 아기처럼 자신의 엄마에게 징징거리며 그날 밤의 일을 몽땅 털어놓았다는 것이 교장 앞으로 불려나온 것보다 더 충격이었어.(62쪽)

수치와 당혹감을 이기지 못한 엄마는 급기야 아들의 '자퇴'를 결정하고, 성훈은 자신에게 온갖 비난을 퍼붓는 사람들 앞에서 한 번도 당당하게 자신의 입장을 설명하지 못한 채 굴욕적으로 학교를 그만둬야 한다는 사실 때문에 공황상태에 빠져버린다. 가장 아름다워야 했을 '첫 키스'가 죽는 날까지 '수치'의 기억으로 남게 되었다는 것, 그 첫 키스 때문에 강요된 퇴학을 당해야 한다는 사실까지 겹쳐 소년을 짓누른다. 엄마는 동성애자에 대한 인권이 보장되고 차별이 덜한 뉴질랜드에 가서 유학생활을 하라고 성훈에게 일방적으로 선포한 후, 성훈이 제발 '정상인'으로 돌아와주기를 바란다. 동성애자라는 사실 자체를 바꿀 수는 없더라도, '남들처럼' 대학에 가고 '남들처럼' 평범한 일상생활을 할 수 있기를 바란 것이다.

그러나 아들의 고통은 엄마의 예상을 뛰어넘는 것이었다. 아들은 단지 '퇴학'을 한 것이 아니라 인생이라는 레일 위에서 완전히 이탈당한 것 같은 패배감을 맛보고 있었던 것이다. 첫 키스 때문에 퇴학은 물론 소중한 친구들과 일상생활까지 모두 잃어야 하다니. 나는 과연 누군가를 또다시 사랑할 수 있을까. 아니 이 사회에서 '사람'으로서 살아갈 수 있기는 한 걸까. 이제 '동성애자'라는 고통뿐 아니라 '낙오자'가 되었다는 고통까지 합세하자, 성훈은 더 이상 열심히 살아갈 의욕 자체를 잃게 된다. 집에서 한 발짝도 나가지 않고, 누구와의 대화도 거부하게 된 것이다.

소년은 누군가를 사랑했다는 사실 자체가 '형벌'이 되어 자신을 짓누르는 것을, 나아가 '남들과 다른 나'라는 존재가 더없이 무거운 부담이 되어 자신을 짓누르는 것을 견딜 수 없게 된다. 결국 소년은 엄마의 손에 이끌려 '애미愛美 청소년 상담소'를 방문하게 되고, 그곳에서 카운슬러 양나 씨를 만나게 된다.

소년은 더없이 소중했던 모든 관계와 순식간에 멀어져버렸다. 가장 친한 친구 영무, 자신의 첫사랑이었던 '군', 그리고 어떤 순간에도 자신의 편이 되어줄 것만 같았던 엄마까지도. 소년은 사면초가의 상황에 빠졌지만 지금까지와는 전혀 다른 종류의 '인식의 차원'을 경험하게 된다. 내가 이해하고 있었던 모든 사람들을 내가 완전히 이해한 것은 아니라는 것, 내가 가장 잘 알고 있다고 생각했던 나까지도, 나를 가장 사랑한다고 생각했던 엄마와 절친까지도, 내가 완전히 이해할 수 있는 대상은 아니었다는 것을 아프게 깨닫게 된 것이다. 첫사랑 또한 마찬가지였다. 실패할 수밖에 없는 첫사랑의 끔찍한 교훈 중 하나는 '가도 가도 영원히 닿을 수 없는 곳', 그곳이 바로 '사람의 마음'이라는 것을 깨닫게 되는 것이다.

3. 편견의 늪 속에서 '자존'을 지키는 법

"어떤 누구라도 자신의 본모습은 절대 수치스러운 게 아니야. 자연에 가장 가까운 모습이거든. 단지 그 모습을 인정할 수 없는 자신은 수치스러워해야 해. 자신을 인정할 수 없으면 더 나은 사람이 될 가능성도 없기 때문이야."(46쪽)

자폐와 우울의 늪에 빠진 소년 성훈에게 카운슬러 양나 씨는 '자신을 인정하라'라는 조언을 해준다. 양나씨의 지적은 문제의 핵심을 찌른다. 불완전한 자신, 무언가 결핍된 자신, '비정상적'으로 보이는 자신. 그런 자신보다 더욱 심각한 것은 그러한 스스로를 인정하지 못하는 것이다. 자기혐오야말로 우리의 삶을 파괴하는 부정적 열정이기 때문이다.

첫사랑의 실패라는 혹독한 신고식을 치른 성훈은 사랑에 실패한 것보다 더 끔찍한 실패는 '자신을 사랑하는 일'의 실패임을 깨닫게 된다. 모든 주변 사람과 소통을 포기했던 성훈의 가슴속에는 '나는 아무에게도 사랑받을 수 없다'라는 비관적 전망이 싹트고 있었던 것이다. 동성애자를 향한 사회의 편견과 싸우기 전에, 그에게 먼저 필요한 것은 '있는 그대로의 자신'을 사랑하는 것이었다.

양나 씨는 자신도 레즈비언임을 당당하게 밝히고, 자신의 친구인 현신도 소개시켜준다. 동물병원을 운영하는 수의사 현신도 게이라는 사실을 알게 되면서, 성훈은 처음으로 '자신과 같은' 부류의 사람을 실제로 만나게 되고, 그들이 '건강한 어른'으로 성장했다는 사실에 남모를 위안도 받는다. 뿐만 아니라 '오맙또'라는 클럽의 아이들과 만나면서 그가 잃어버린 '또래집단'을 향한 열망도 되살아나게 된다. '오 맙소사 또 금요일이다'라는 뜻의 이 모임에서 성훈은 저마다 '나는 비정상이다'라는 마음의 상처를 지니고 있는 친구들을 만난다.

저마다 고통스러운 '왕따'의 경험을 지니고 있는 이 친구들의 고민을 들어주면서 성훈은 또다시 특유의 사교 감각을 발휘해 다른 아이들의 고민을 '들어주는 아이'가 된다. 누군가의 아픈 사연을 들어주는 일에 소질을 보이는 이 소년의 재능을 알아본 것은 양나씨였다. 성훈은 타인의 고통에 귀 기울이는 것이야말로 상처받은 자신의 마음을 치유하는 '자기 안의 처방전'임을 깨닫게 된다.

서로의 소망을 들어주는 게임을 시작한 '오맙또' 아이들은 친구들과 롤러코스터 타기, 누군가가 나를 위해 달려와주기 같은 '소박한 소망'들을 이야기하며 서로의 친구가 되어준다. 그러나 그중에 '마'라는 별명을 가진 친구의 소원은 결코 소박하지 않았다. 자신을 끊임없이 괴롭힌 아이들에게 '복수'를 하고 싶다는 것. 아직도 자신을 학대한 녀석들을 꿈에서 보면 오줌까지 지린다는 '마'의 고통은 이해하지만, 그 녀석들에게 '똑같은 괴롭힘'을 갚아준다는 것은 좋은 생각이 아니었다.

오맙또 원년 멤버들보다는 스스로 조금 더 '어른스럽다'고 생각하는 성훈은 절충안을 제시한다. '마'를 괴롭힌 아이들에게 '폭력'은 절대로 쓰지 않되, 그들에게 '수치감'만 맛보게 하자고. 상처받는 아이들을 돕는 데서 자존감을 회복하고 있었던 성훈은 아이들의 고통을 외면하기 어려웠던 것이다. 롤러블레이드를 타고 잽싸게 그들을 추격해서 머리를 빡빡 민 후 매직으로 '고기'라는 우스꽝스러운 낙서를 해주자는 것. 그러나 스스로 '어른스럽다'고 생각했던 성훈의 절충안 또한 또 하나의 폭력이었다.

우리의 복장을 한번 봐. 우리가 뒤집어쓰고 있는 흰색 복면은 누룽지가 KKK단에서 착안해 만든 거야.

"난 그런 거는 잘 모르고, 그냥 예전에 영화에서 봤을 때 무시무시한 느낌이었거든."

KKK단의 부정적인 의미를 지적하며 잡이 반대를 하자 누룽지가 한 말. 우리는 그 녀석들 역시 KKK단이 뭔지는 몰라도 무시무시한 게 뭔지는 알 거라는 데 의견을 모았어. 해서 흰색 면직으로 된 원뿔 모양의 복면 여섯 개를 누룽지가 만들어왔고, 우리는 그것을 받아 썼지만 도무지 사이즈가 제대로 맞지를 않았어. 그나마 바느질

흉내라도 낼 줄 아는 건 누룽지밖에 없는지라 우리는 불평을 늘어놓을 처지가 아니었지.(180쪽)

그들은 KKK단처럼 천 조각을 뒤집어쓰고 자신의 신분을 위장한 채 복수극에 나선다. KKK단이야말로 인종차별의 원흉이고, '소수자'를 압박하고 거침없이 폭력을 가한 '다수자'의 전형이지 않은가. 폭력의 가장 끔찍한 결과는 그 폭력을 '모방'하는 또 다른 폭력을 낳는다는 점이다. 아이들은 폭력에 노출되면서 폭력을 증오한 나머지 마침내 스스로 폭력을 닮아간다. '마'를 괴롭힌 아이들을 결박하고 머리를 깎는 친구의 모습을 보며 성훈은 그제야 깨닫는다. 단지 직접적인 폭력을 쓰지 않는다고 해서 '폭력'이 아닐 수는 없다는 점을.

그때 이미 나는 후회하고 있었어. 폭력의 힘을 얕본 걸. 생각대로라면, 그 녀석의 모습은 코믹하고 재밌어야 했어. 하지만 녀석이 사지를 결박당한 채 겁에 질려 오줌을 싸고 머리카락을 밀리는 모습은 절대로 재미와는 거리가 멀었어. 우리가 하고 있는 짓은 이미 폭력이었고, 그 자체로 모든 게 설명 끝. 하지만 그때 나는 도라를 말리지 않았어. '우리'의 힘은 대단해서, 눈 앞의 결박당한 고깃덩이보다는 몇 달간에 걸쳐 쌓은 유대감이 더 소중했기 때문이야. 도라는 만족할 만큼 머리를 밀고 나자, 매직으로 이마와 양 볼에 '고기'라고 크게 썼어. 그러고는 한 발짝 물러서서 눈을 가늘게 뜨고 자신의 글씨체를 감상했지.

"흠, 훌륭해. 아주 훌륭해."(188쪽)

신체를 직접 가격하지는 않아도 이런 식의 '수치감'을 맛보게 하는 것 자체가 이미 '폭력'임을, 성훈은 자신의 '절충안'이 실현되는 장면을 눈앞에서 생생하게 목격하고 나서야 깨닫는다. 성훈과 '오맙또' 친구들의 공통점은 자신을 존중하는 마음을 심하게 훼손당했다는 것이었지만, 그 상처 입은 자존을 회복하는 길은 '복수'가 아니었다. 비로소 성훈은 '복수'만으로는 자아 존중감을 회복하는 데 아무런 도움이 되지 않음을 깨닫는다. 그들 또한 '다름' 때문에 고통받았으면서 그들을 괴롭힌 '차별'의 주체를 모방하는 것은 너무도 이율배반적인 행위였던 것이다.

'차이'를 '차별'의 근거로 삼는 폭력의 가장 나쁜 점 중 하나는 이렇듯 그 폭력을 '모방'하게 만든다는 점이다. 다른 아이들의 아픔을 들어주고 그들의 소망을 들어주는 데서 상처입은 자긍심을 회복하려고 했던 성훈은 비로소 자신이 아직 남을 도와줄 만큼 충분히 성숙하지 못했음을 깨닫는다.

4. '사랑'의 길 위에서 '사랑 밖의 것'들을 배우다

성훈은 동성애로 인해 상처받은 자신감을 회복할 수 있는 근거를 끊임없이 '외부'에서 찾았다. 누군가 나를 사랑해주는 사람, 누군가 나를 칭찬해주는 사람, 누군가 나를 인정해주는 사람. 그렇게 끊임없이 '외부'에서 자신의 가치를 인정받으려 했던 것, 바로 그런 타인을 향한 의존이야말로 자긍심을 위협하는 요소가 아니었을까. 아들의 고통 때문에 힘들어하는 엄마를 이해하기보다는 '엄마는 왜 나를 이해하지 못할까'만을 고민했던 성훈. 소년은 아직 사춘기 특유의 자기중심적 세계관을 벗어나지 못한다. 양나 씨의 방 안에 걸려 있는 거대한 그림, 보티첼리의 〈비너스〉를 보면서 성훈은 외친다. "저애라면 세상 모든 사람들이 사랑하겠군요." 양나 씨는 이렇게 반응한다. "어리군. 그녀는 세상 모두를 사랑할 수 있는 이야. 그러니까 사랑의 여신이지." 타인에게 사랑받기만을 꿈꾸는 소년에게 진정으로 필요한 것은, 내가 먼저 누군가를 사랑하고 이해하고 인정하는 용기가 아니었을까.

'사랑받는 것'은 물론 행복하다. 그러나 누군가에게 사랑받는 것과 상관없이 '사랑을 주는 행위'에는 단지 사랑을 받는다는 수동적인 기쁨을 뛰어넘는 자유와 해방의 냄새가 스며 있다. 성훈은 그렇게 내가 먼저 사랑하고 내가 먼저 사랑을 주는 행위의 기쁨을 알아가기 시작한다. 그에게 새로운 사랑이 시작된 것이다.

  수의사 현신을 향한 성훈의 사랑은 상대방의 입장을 끊임없이 배려해주는 감정에서 시작된다는 점에서 '군'을 향한 일방적 감정보다 훨씬 성숙한 감정이다. '군'을 짝사랑할 때 가장 중요했던 것은 성훈 자신의 감정이었다. 이렇게 완벽한 사람이 있다니, 이렇게 내 마음을 사로잡는 사람이 있다니, 이런 감탄의 감정조차 '상대방'을 위해서라기보다는 '자신'의 만족감이었다. 결정적으로 '군'이 이성애자라는 사실에 대한 진지한 고려가 없었기에 성훈은 상처받을 수밖에 없었던 것이다. 상대방의 감정을 생각할 줄 몰랐다는 점에서, 상대방의 입장을 이해하지 못했다는 점에서, 성훈은 '사람'을 사랑하기보다 '사랑' 자체를 사랑하고 있었던 것이 아닐까. 이제 현신을 사랑하면서 성훈은 '저 사람의 마음은 어떨까'를 가장 먼저 생각하고 배려하게 된다.

  비너스. 나는 현신의 부드러운 음성에서 어떤 멜로디를 들을 수 있어. 그건 무척이나 매혹적이고 아름다우며 순수해서 내 마음을 흔들어. 어쩌면 나는 다시 사랑에 빠지고 있는 건지도 몰라. 참 이상한 일이야. 이렇게 아무것도 없는 것에서 완전히 새로운 무언가가 생겨난다는 것은. 만일 내가 현신을 정말로 사랑하게 된다면 아마도 군에 대한 사랑과는 완전히 다를 거야. 우리는 사랑을 사랑하

는 게 아니라 사람을 사랑하는 거고, 사람은 모두 저마다의 방식으로 사랑할 테니까.(130~131쪽)

성훈은 누군가의 눈에 띄는 매력이나 자신과 꼭 맞는 취향이나 화려한 화술 같은 외부적 요인 때문이 아니라, '타인을 보살피는 행위'에서 오는 내적인 기쁨을 느낀다. 몸이 아픈 현신을 돌보면서, 성훈은 '군'을 사랑할 때 느꼈던 직설적 감정, 즉 껴안고 싶고 키스하고 싶은 직접적인 욕망과는 다른, 저 사람의 아픔으로 인해 내 몸 또한 함께 아픈 '전이'의 감정을 느끼게 된다. 저토록 힘들어하면서도 '아프다'는 말 한 번 하지 못하는 사람이라니, 그는 한 번도 누군가에게 응석을 부린 적이 없는 것은 아닐까. 그가 아프고 외로울 때 생각나는 사람이 나였으면, 그의 외로움과 아픔이 나로 인해 치유될 수 있다면 얼마나 행복할까. 이런 감정은 '네 입술에 키스하고 싶다' 같은 욕망보다는 훨씬 깊은 사랑의 감정이 아닐까.

적어도 그가 아프고 외로울 때 생각나는 사람이 나였으면 하는 바람이 너무 허황된 것일까? 나는 뜨거운 현신의 손을 잡았고 그는 내 손을 밀쳐내지 않았어. 누군가 내게 손을 맡겨준다는 건 정말이지, 굉장히 행복한 일이었어. 어쩌면 그건 키스보다 행복한 일인지도 몰라.(162쪽)

현신에 대한 성훈의 사랑은 '그가 얼마나 아플까, 그가 얼마나 외로울까'를 항상 배려하는 마음에서 시작된다. 현신을 사랑하게 되면서 성훈은 비로소 '타인의 마음속에 들어간다'는 말의 의미를 깨닫기 시작한다. 현신 또한 나를 사랑하기에 나만큼, 어쩌면 나보다 더 아플 것이라는 점을, 성훈은 알게 된 것이다. 차마 '너를 사랑해'라고 말할 수 없지만, 굳이 말하지 않아도 안타깝게 오가는 눈빛 속에서 서로를 향한 진심을 확인하는 두 사람. 성훈은 '군'을 사랑하면서 자신이 '뭔가 다르다는 것' 때문에 괴로워했다. 그러나 현신을 사랑하면서 비로소 성훈은 '사랑' 자체에 빠질 수 있게 된다. 동성애든 이성애든 누군가의 마음속으로 들어간다는 것은 엄청난 책임감과 고통을 수반한다는 것, 동성애든 이성애든 정말 서로에게 잘 어울리는 짝을 만나기는 어렵다는 것을 알게 되는 것이다.

그의 고민은 이제 '동성애냐 이성애냐'라는 차원이 아니라 '사랑' 그 자체의 문제로 넘어간다. 동성애와 이성애의 '다름'이 아니라 그 본질적인 '같음'을 이해하기 시작하면서, '우리도 그들처럼' 똑같이 사랑하고 아파하고 질투하고 그리워한다는 것을 이해하기 시작하면서, 비로소 성훈은 '남들과는 너무 다른 나'에 대한 혐오감을 치유할 수 있게 된다.

『비너스에게』는 '사랑의 고통'을 통해 '사랑 이외의 감정들'의 소중함을 깨닫는 소년의 이야기이기도 하다. 첫사랑을 잃고, 학교

생활과 친구들마저도 잃고, 모든 '정상적인 삶'과 이별했다는 상실감과 좌절감에 빠져 있었던 소년은 이제 '내 삶을 결정할 수 있는 권리와 책임'을 동시에 인정할 줄 아는 어른이 되어간다. '현실도피'가 아닌 '현실대응'을 배우고, 삶의 고통을 피하는 법이 아니라 고통을 직시하고 그 해결책을 스스로 찾는 어른이 되어가는 것이다. 누군가를 진정으로 사랑하는 법을 배우는 소년은 그 길 위에서 '사랑만큼이나 소중한 다른 감정들'에 눈을 뜨게 된다. 친구의 소원을 들어주는 일의 기쁨을, 누군가 나를 신뢰한다는 느낌의 소중함을, 자신이 늘 의존하기만 해왔던 엄마를 보살필 줄 아는 아들의 행복을, 원하는 것을 얻기 위해 끊임없이 노력하는 자의 보람을. 소년에겐 엄마와 절친뿐 아니라 수많은 관계의 네트워크가 필요했다. 소년은 자신을 둘러싼 관계의 네트워크 전체가 깨지는 위기를 겪으면서 새롭게 관계 맺는 법을 걸음마처럼 새로 배우게 된다. 나보다 더 아픈 타인을 발견하면서, 나의 아픔에만 골몰하다가 타인의 아픔에 노출되면서, 소년은 자신의 고통을 상대화하는 법을 배우게 된다.

엄마는 '간절히 원하면 이루어진다'는 말이 미성년자 한정이라고 했어. 내가 성년이 되려면 아직 2년하고도 4개월이라는 긴 시간이 남아 있으니 그동안 내가 할 일은 무언가를 정말로 간절히 원하는 것, 그럴 만한 가치가 있는 것을 찾아내기 위해 노력하는 거야. 그래서 나는 한 사람을 사랑하듯 내 삶도 사랑하는 법을 배워가고 있어.(259쪽)

어린 시절에는 '지금 내가 느끼는 이 모든 혼란이 어른이 되면 끝날 거야'라고 믿는다. 하지만 어른이 되면 새롭게 깨닫는다. 혼란을 멈추는 것이 어른의 힘이 아니라, 혼란을 혼란 그 자체로 인정하고 혼란조차 여유롭게 즐길 수 있는 것이 어른의 힘이라는 것을. 사춘기가 지나면 '세계의 프레임'이 말끔하게 정리될 것이라는 우리의 생각은 틀렸다. 세계의 프레임이란 처음부터 존재하지 않는다. 우리가 오늘 알고 있는 세계에 대한 지식이 내일 뒤바뀔 수도 있다. 지구가 둥글다는 사실을 수천 년 전 지구인들은 인정할 수 없었듯이.

우리는 가끔 이 세계가 '완성작'이 아니라 '공사 중'이라는 사실을 망각한다. 세계의 윤곽선은 처음부터 정해진 것이 아니다. 우리는 매일매일 살아가며, 아직 말랑말랑한 세계의 윤곽선을 조금씩 매만지고 다듬어나가고 있다.

19세기만 해도 동성애는 '치유해야 할 질병'이었다. 우리 사회에는 아직도 동성애를 일종의 질병으로 생각하는 사람들이 있다. 과학은 끊임없는 연구와 실험을 통해 '아직 알려지지 않은 인간의 본

성'을 발견해낸다. 문학은 때로는 과학의 힘을 빌리지 않고서도 말할 수 있다. 인간 개개인에게 존재하는 천차만별의 '차이'는 '틀린 것'이 아니라 '다른 것'이라고. 그러므로 '너와 내가 다르다'는 사실로 타인을 무시하거나 차별해서는 안 된다고. 우리에게는 서로의 '다름'을 인정하고 존중함으로써 더욱 다양한 빛깔의 삶을 누릴 수 있는 권리가 있다고.

작가의 말

  누구나 한 번쯤은 밤하늘을 수놓는 무수한 별들을 바라본 적이 있을 것이다. 각기 다른 수억 개의 별들이 저마다의 빛을 내며 그들과 우리 사이에 놓인 시공을 넘어 존재하고, 우리 역시 그들에게 그렇게 존재하고 있다. 우리는 그것을 '세계'로 인식하며 '우주'라 부른다. 세계와 우주는 하나인 동시에 다른 존재들이며, 다른 존재들인 동시에 하나이기도 하다. 그 불가해한 곳에는 언젠가부터 두 발로 걷는 기이한 존재들이 살고 있어서, 우연한 생을 얻어 별처럼 빛나다 별처럼 허무하게 스러져간다. 우주는 넓고 세계는 다양하되, 두 발로 걷는 '인간'이란 존재는 좀체 땅에서 발을 떼지 못하고 작디작은 자기 발만 보고 살다 정말 소중한 것들을 보지 못하고 만다.

『비너스에게』는 동성애자(이자 미성년자)가 주인공이지만, 정작 내가 말하고 싶었던 것은 '다양성'에 대한 것이다. 하늘의 별들처럼 제각기 다른 빛을 발하며 그 자리에 존재하지만, 결국 하나가 되어 세계를 이루고 있는 인간 안의 다양성 말이다. 조화로운 세계란 모두 같은 모양을 지닌 채 한 가지 빛을 내는 곳이 아니라, 각자 자신만의 빛을 내며 그 자리를 묵묵히 견뎌내는 곳이라는 것을. 그리하여 그 빛이 모이면 환하고 아름다운 불덩이가 되어 어둡고 공허하며 차가운 인간의 삶을 따스하게 비추어줄 것이다.

'비너스에게'라는 소설의 제목이 말해주듯, 주인공 '성훈'은 자신의 이야기를 사랑의 여신 비너스에게 털어놓고 있다. 자신의 이야기가 세상 모든 것을 사랑하는 넉넉한 마음을 가진 존재에게 향하길 바라고 있기 때문이다. 비단 성훈뿐만 아니라 이해받고 사랑받고 싶어 하는 것만큼은 세상 누구라도 마찬가지일 것이다. 우리가 그런 존재인 한, 우리는 타인을 이해하고 사랑할 의무가 있다. 나는 그것이 인간으로 태어난 이상 해야만 하는 유일한 일이라 믿는다.

이 소설은 자신의 정체성으로 혼란스러운, 혹은 소통에 목마른 청소년들을 대상으로 씌인 이야기이다. 내게 있어 '청소년'이란 단어는 부드럽고 말랑말랑하며, 아직 형태를 갖추지 못해 무엇으로

든 변화(혹은 진화)할 수 있는 무한한 가능성을 연상케 한다. 그들은 성훈이기도 하며, 비너스이기도 하다. 나는 이 책을 읽는 독자들이 성훈으로서 말하고, 비너스로서 듣기를 원한다. 아무리 외롭고 고통스러운 시간이 우리 사이에 놓여 있다 해도, 그런 순간만큼은 밤하늘의 별처럼 빛날 것이기 때문이다.

2010년 11월
권하은

비너스에게

ⓒ 권하은, 2010

초판 1쇄 인쇄일 | 2010년 12월 3일
초판 4쇄 발행일 | 2019년 6월 27일

지은이 | 권하은
펴낸이 | 정은영
편 집 | 김현정 김태민
마케팅 | 이재욱 백민열 이혜원 하재희
제 작 | 홍동근

펴낸곳 | ㈜자음과모음
출판등록 | 2001년 11월 28일 제2001-000259호
주 소 | 04047 서울시 마포구 양화로6길 49
전 화 | 편집부 (02)324-2347, 경영지원부 (02)325-6047
팩 스 | 편집부 (02)324-2348, 경영지원부 (02)2648-1311
이메일 | jamoteen@jamobook.com

ISBN 978-89-544-2297-0 (43810)

잘못된 책은 교환해드립니다.
저자와의 협의하에 인지는 붙이지 않습니다.